36 PERGUNTAS QUE MUDARAM O QUE SINTO POR VOCÊ

36 PERGUNTAS QUE MUDARAM O QUE SINTO POR VOCÊ

Vicki Grant

Tradução
Petê Rissatti

1ª edição

Galera

RIO DE JANEIRO

2019

CIP-BRASIL. CATALOGAÇÃO NA PUBLICAÇÃO
SINDICATO NACIONAL DOS EDITORES DE LIVROS, RJ

G79t   Grant, Vicki
36 perguntas que mudaram o que sinto por você / Vicki Grant; tradução de Petê Rissatti. – 1. ed. – Rio de Janeiro: Galera Record, 2019.

Tradução de: 36 questions that changed my mind about you
ISBN 978-85-01-11404-4

1. Ficção juvenil canadense. I. Rissatti, Petê. II. Título: Trinta e seis perguntas que mudaram o que sinto por você.

17-46835
CDD: 028.5
CDU: 087.5

Título original:
36 questions that changed my mind about you

Copyright © 2017 Vicki Grant

Esta tradução foi publicada mediante acordo com Seibel Publishing Services Ltd, em associação com Transatlantic Literary Agency Inc.

Todos os direitos reservados.
Proibida a reprodução, no todo ou em parte, através de quaisquer meios.
Os direitos morais do autor foram assegurados.

Texto revisado segundo o novo Acordo Ortográfico da Língua Portuguesa.

Editoração eletrônica: Abreu's System

Direitos exclusivos de publicação em língua portuguesa somente para o Brasil adquiridos pela
EDITORA RECORD LTDA.
Rua Argentina, 171 – Rio de Janeiro, RJ – 20921-380 – Tel.: (21) 2585-2000, que se reserva a propriedade literária desta tradução.

Impresso no Brasil

ISBN 978-85-01-11404-4

Seja um leitor preferencial Record.
Cadastre-se e receba informações sobre nossos lançamentos e nossas promoções.

Atendimento e venda direta ao leitor:
sac@record.com.br ou (21) 2585-2002.

Para @cheese_gypsy, @call_me_edwina, @thevirlbox
com <3

CAPÍTULO 1

Três batidas rápidas, então a porta se abriu e uma garota entrou aos tropeços, sem fôlego.

— Desculpe. Desculpe, estou atrasada. Tive que falar com o professor de inglês sobre meu trabalho, e ele não estava na sala e...

Jeff deu uma sacudida de cabeça, como se dissesse *Sem problema*.

— ... quando ele chegou, eu já tinha perdido o ônibus e precisei ir até o centro da cidade para...

— Tudo bem. Não se preocupe. Você preencheu o formulário?

— Ah, sim. Desculpe. — Ela olhou ao redor da sala, procurando um lugar para colocar o peixe tropical que carregava em um saquinho cheio d'água.

— Aqui. — Ele deu um tapinha no canto da mesa.

— Obrigada. — Ela deixou o saquinho ali. — Credo. Está molhado. Perdão. — Ela ergueu o saquinho, limpou-o na manga do grande sobretudo cinza *vintage* e deixou-o de novo na mesa. — Esse peixe idiota. Só tem um lugar onde a gente consegue um desses, e meu irmão... Gabe. Ele tem 12 anos. Ele tem um... Desculpe. Você não quer saber. Você quer o formulário. — Ela começou a fuçar na grande bolsa de couro para livros cruzada no peito. Um volume surrado de *Memórias de Brideshead* caiu no chão.

— Por que você não senta? — Ele apontou para uma cadeira de plástico na frente da mesa. — Talvez fique mais fácil.

Ela se sentou, pegou o livro do chão e começou a mexer na bolsa novamente.

— Em geral não sou tão desorganizada. Sério. É que. Que dia. Digo, que *semana*.

— É azul — comentou ele. — Vinte e um por vinte e sete... Aí está. Perto da, hum, bolsinha de moedas.

— Ah. Certo. — Ela revirou os olhos e entregou o formulário a ele. — Também trouxe meu currículo.

— Não precisa. — Ele alisou o papel que ela havia lhe passado, e deu uma olhada rápida.

— Tem certeza? Porque acrescentei um pequeno parágrafo sobre possivelmente seguir psicologia como matéria secundária, especialmente por estar relacionada com...

— Tenho. Qualificações não são necessárias.

Enquanto ele lia seu formulário, ela observou o escritório.

— Você gosta de brinquedos — comentou ela.

Ele não ergueu os olhos.

— *Action figures* — corrigiu ele. Estavam arrumados em suas estantes de acordo com gênero, raridade, idade e um fator "x" difícil de quantificar: o pequeno sucesso alcançado com os mais legais. Não eram brinquedos.

Ele fez algumas anotações e depois disse:

— Então... Hilda Sangster... Colégio Citadel...

Ela grunhiu.

Nesse momento, ele ergueu os olhos.

— Algum problema?

— Desculpe. A coisa com Hilda. Eu devia ter explicado.

Ele verificou o formulário.

— Sei que escrevi Hilda, mas foi porque dizia aí "nome, sobrenome", e não "nome usado", e achei que precisava disso para fins oficiais, então apenas, bem, segui as instruções, apesar de eu não suportar o nome. É assim, tipo, tão teutônico, sei lá. Ninguém me chama de Hilda.

— Então, como devo chamá-la?

— Hildy.

— Hil-dí, não Hil-dá.

— Não parece muito diferente, mas, de verdade? Para mim? É muito. Vou mudar de nome um dia... Digo, legalmente e tudo mais... Mas minha avó ainda está viva e, bem, tem a questão dos sentimentos, legado de família etc. etc.

Ela deve ter percebido que estava falando demais. Abriu um sorriso desconfortável e arrumou-se na cadeira.

— É Hildy, então. Vejo aqui que está no último ano. É solteira?

Ela riu de um jeito que só poderia significar sim.

— E você tem... O quê? Dezoito anos? Ótimo. Porque vai precisar assinar um formulário de consentimento.

— Claro. Sem problema, mas... Hum... Talvez precisasse saber do que se trata primeiro? Quero dizer, existe um limite para o que eu farei em nome da ciência. — Ela riu de novo, mas não estava convencendo ninguém com as risadas.

— Claro. Tudo bem. Meu nome é Jeff. Sou doutorando aqui na universidade. Recentemente consegui uma bolsa para verificar a... Bem, a maneira mais fácil de descrever é "construção de um relacionamento". Basicamente, estou interessado em descobrir se podemos influenciar voluntários, como você, a desenvolver um vínculo interpessoal íntimo com outro participante, que então talvez evolua para...

— Desculpe. Hum... Estou entendendo isso direito? — Ela abraçou a bolsa de livros como se fosse uma criança carente de conforto. — Está tentando descobrir se pode fazer as pessoas se gostarem?

Ele abriu um sorriso de lado.

— Não *fazer*. — Ele ficaria bilionário se pudesse fazer isso. — Não estamos interessados em fazer lavagem cerebral em ninguém. Estamos apenas verificando se é possível, digamos, *facilitar* uma proximidade pessoal, o que poderia resultar em um relacionamento.

— Quer dizer, como uma amizade?

— Sim. Ou, de um jeito mais significativo, um relacionamento romântico. Estou investigando como as pessoas iniciam vínculos íntimos, e se esse processo pode ser estimulado de alguma forma.

— Amor? — disse Hildy, como se fosse uma acusação. — É disso que está falando?

Ele anotou alguma coisa.

— Sim, potencialmente amor, embora...

— Foi Max que sugeriu meu nome? — Ela parecia irritada.

— Max? Não, que Max?

— Xiu?

— Hein? Nem sei o que é isso.

— Xiu Fraser?

— Não. Ninguém me deu seu nome. *Você* entrou em contato comigo. Lembra? É apenas um estudo psicológico para ver se o amor...

— Amor! — Ela repetiu e levantou-se de um pulo.

Ele não sabia como ela conseguira derrubar a prateleira da parede (ela não era tão alta), mas, de repente, as *action figures* da Disney despencaram ao redor, como se tivesse acontecido uma explosão em um desenho animado.

— Ai. Meu Deus. Não. Desculpe — lamentou ela, virando-se para ver o que tinha feito. A bolsa de livros balançou e acertou uma luminária, que bateu contra outra prateleira e fez os supervilões voarem também.

Ela levou a mão à boca e soltou o tipo de ganido emitido por cachorros quando precisam sair de casa. Agachou-se e começou a recolher os bonequinhos, empilhando-os aos punhados na mesa.

— Me desculpe — pediu ela. — Eu não devia ter vindo. Não devia ter saído do quarto hoje. Sério. É o que acontece quando eu...

— Foi só um acidente.

— Não. Não, não, não, não. — Ela acenou com a mão para indicar a sala. — Todos esses corpinhos em todos os lugares? Toda a bagunça? Metáfora perfeita da minha vida. É isso. Exatamente. O que eu faço.

Ela segurava um Príncipe Encantado dos anos 1930 pelos pés e o sacudia no ar para dar ênfase. Era um dos favoritos de Jeff, e ele estava preocupado se a cabeça não ia voar.

— Tudo bem. — Ele tentou parecer relaxado. — Não é nada de mais. Posso arrumá-los. Sério. Há um sistema. Por favor. Pare.

Ele teve que repetir algumas vezes antes de ela assentir com a cabeça, pedir desculpas de novo e se levantar, ou ao menos tentar. Hildy pisou na barra do sobretudo e bateu a testa no canto da mesa. Deve ter doído, mas, naquele momento, ela havia recuperado uma espécie de calma estranha. Inspirou profunda e ruidosamente pelo nariz, levantou a barra do casaco, como se fosse o vestido de baile da Cinderela, e ficou em pé.

— Hum... Desculpe por essa pequena explosão... E pela bagunça... E, tipo, por desperdiçar seu tempo e tudo mais também. Não entendi sobre o que era o estudo, não devia ter me inscrito. — Ela abriu uma espécie de sorriso e saiu pela porta.

Jeff olhou para as *action figures* espalhadas pelo chão. Estava ocupado demais para colocar os bonecos de volta na ordem correta. Pegou todos e os colocou em uma caixa embaixo da mesa, onde não poderia ouvir seus gritinhos.

Pensou em Hildy.

Caramba, o que foi tudo aquilo? Lutar ou fugir? Evasão de conflito? Alguma questão religiosa estranha?

Ele se sentou à mesa e verificou suas anotações. Tinha previsto tudo aquilo? Teria inadvertidamente disparado algum gatilho?

Como parte do estudo, ele havia feito uma pequena aposta consigo mesmo. Não estava 100% seguro do quanto era ético, mas isso mantinha as coisas interessantes. Ele tomava notas sobre os participantes, dava a cada um uma pontuação numérica e, então, tentava prever se faíscas voariam quando os colocasse juntos em uma sala.

No decorrer de sua conversa, rabiscou algumas anotações ao lado do nome de Hildy. Fizera isso rapidamente (sempre fazia), porque achava que, se os participantes tinham que confiar nas primeiras impressões, ele também deveria.

GaB-PP
QIA/BA
ND
TF

Com o que ele quis dizer:

Garota Branca – Pais Profissionais
QI alto/Busca atenção
Nerd de teatro
Tatuagem em francês

Ele imaginou uma citação obscura de algum filósofo do século XVIII, ou diretor de cinema do pós-guerra, escrita em letra cursiva na curva do pé.

(Nisso, ao menos, estava errado. Ela poderia curtir uma citação obscura, mas Hildy nunca se tatuaria. Tinha medo de agulhas e, mais importante, da permanência. Gostava de pensar que, em termos de existência, ainda estava no estágio de pupa).

Chegar a um número parecia sempre a parte mais controversa para Jeff. Era, claro, de zero a dez, e era, claro, baseado em atração física. Mas não sexista. Ele avaliava participantes masculinos e transgêneros também.

Ele também estava, dizia a si mesmo, sendo realista. A aparência contava, embora sinceramente não soubesse o que olhar ou por quê. Pensou que olhares intensos e peitos ou ombros impressionantes ganhariam todas as vezes, mas não parecia ser o caso. Havia muitos curingas no baralho da sexualidade humana.

A pontuação foi um problema para ele. Hildy não era linda — olhos pequenos demais, boca grande demais —, mas ele conhecia um subconjunto de caras que não se importariam com isso. Ela ganharia pontos extras por ser *interessante*. O sobretudo gigante de inverno que estava vestindo significava que não podia falar muito de sua constituição. Mediana, ele arriscaria. Talvez pequena para mediana.

No entanto, pontuação alta para o cabelo. Era longo e brilhante, e devia ter sido loiro quando era menina. A maioria dos heterossexuais é louca por cabelo, especialmente aquelas mechas delicadas que saem das tranças e dão um ar sexy de "acabei de acordar".

Ele deu 7,5 para ela. Era uma pena, pensou, que ela não entraria no estudo. Teria sido um acréscimo interessante.

Uma batida na porta. Ele verificou o horário. Um pouco cedo para o próximo participante.

— Sim — disse ele.

Hildy entrou. Estava segurando o Príncipe Encantado.

— Levei isto aqui por engano. — Ela fez uma careta de desculpas e pôs a miniatura na mesa. — Só percebi quando estava lá embaixo.

— Você levou o Príncipe Encantado por engano. — Jeff ergueu as sobrancelhas. — Imagino o que o Dr. Freud teria a dizer sobre isso.

Ele quis fazer uma piada, mas Hildy disse:

— Eu sei. Por isso voltei. Quero dizer, precisava devolver a *action figure*, e esqueci o peixe também, então não foi a *única* razão, mas... — Ela se deteve. — Olhe só. Não sou supersticiosa nem nada disso, mas tive um momento para pensar lá embaixo, e, hum, parece que, quando o universo conspira para dar um sinal, é melhor aceitá-lo. — Ela se sentou. — Então, vou fazer o estudo, no fim das contas. Quero dizer, se estiver tudo bem para você.

— Tem certeza? — perguntou ele.

— Tenho. Bem, tanto quanto tenho certeza de qualquer coisa. — Ela sorriu, e ele escreveu *MA*, que significava monitora de acampamento. Ele conseguia imaginá-la conversando com criancinhas sobre dar tudo de si e sempre serem amáveis.

— Então. Se importa de me falar de novo sobre o experimento? Prometo não surtar dessa vez.

Ele se forçou a não olhar para as prateleiras não reviradas no outro lado da sala.

— Excelente. Bem. Estamos baseando nosso trabalho em um estudo chamado "A geração experimental da proximidade interpessoal". Foi desenvolvido na década de noventa por um psicólogo chamado Dr. Arthur Aron. Seus resultados não foram conclusivos na época, mas estamos em um mundo diferente. Imaginamos como a era digital talvez possa, ou não, mudar a forma como a intimidade é vivenciada. Basicamente queremos ver como os jovens que cresceram com mil e duzentos amigos on-line reagem ao intenso intercâmbio emocional frente a frente. Parece algo em que você possa estar interessada?

— O que preciso fazer?

Isso não era bem um sim.

— Não precisa fazer muita coisa. Vamos combinar você com um estranho aleatório, homem ou mulher, dependendo da orientação sexual, e lhe dar 36 perguntas para vocês fazerem um ao outro. Não há resposta certa ou errada, nem boa ou ruim. Nosso único pedido é que vocês respondam com o máximo de sinceridade possível.

— Hum... "Aleatório"?

— Como?

— Você disse "estranho aleatório"?

— Sim.

— Então, poderia ser qualquer um?

Ele ficou preocupado com outro rompante.

— Bem, *poderia ser*, acho, mas para ser realista é mais provável que seja outro estudante que, digamos, Drake ou um dos Jonas Brothers...

— Ou um *serial killer*? — Era meio piada, mas não muito.

— Altamente improvável. E, de qualquer forma, o estudo é conduzido aqui na universidade. Teremos todos os dados pertinentes sobre os participantes, mas vocês não terão os nomes reais ou as informações de contato um do outro.

— Bem. Acho que poderia ser legal.

Poderia ser legal.

Ele deixou aquela frase de lado e olhou de novo para o formulário.

— Você se autoidentificou como hétero. Então, seu par será do sexo masculino, mais ou menos de sua idade. Entre vocês serão apenas Bob e

Betty. Esses são os nomes que pedimos que os participantes do sexo masculino e feminino usem. Tomamos todas as precauções para garantir sua privacidade e segurança física.

Ela assentiu com a cabeça, mas seus olhos piscaram demais para ignorar.

— Você não se convenceu — afirmou ele.

— Não, me convenceu. Bem, ao menos quanto à segurança *física*.

— Mas não quanto a...?

Mãos agitadas. Encolhida de ombros. Suspiro.

— Isso provavelmente vai parecer estúpido.

Ele esperou.

— ... Mas e quanto à segurança emocional?

— Desenvolva?

Ela bufou.

— Sei lá. Qualquer coisa! Rejeição. Decepção. Coração partido. Rá-rá-rá. Você sabe. O de costume.

— Diria que isso é apenas a vida. — E uma das razões pelas quais ele sempre preferiu *action figures*.

— Certo. Eu sei, mas... Quero dizer, eu poderia entrar lá, com um estranho total, e fazer as 36 perguntas, e, em seguida, sabe, estou totalmente apaixonada por algum tipo de, sei lá, ogro ou algo assim.

— Pelo que eu saiba, nenhum ogro se candidatou.

— Pergunta idiota.

Ele não disse isso. Ela brincou com os botões do sobretudo e depois meio que riu.

— Quem estou enganando? O problema *real* seria se o ogro não me amasse também. Por outro lado, como você diz, é apenas a vida. Ou, pelo menos, *minha* vida. — Ela balançou a cabeça, afastando aquele pensamento. — Desculpe. Estou tagarelando. Fico assim quando estou estressada. É que tem um monte de coisa acontecendo em minha vida. Culpa minha, claro. Boca grande. Falta de visão. Radar social defeituoso. Esse tipo de coisa. Meus amigos estão sempre me dizendo que eu deveria... Ops. Viu? Tagarelando de novo. Desculpe. Pode me ignorar.

— Sem pressão — disse ele, e deixou como estava.

Ela puxou as mangas do casaco e amarfanhou os punhos com as mãos. Encarou o Príncipe Encantado por alguns segundos, depois olhou para Jeff.

— Tudo bem. Eu topo. Deveria topar.

— Não tem "deveria" aqui. Sério. Não quero que você participe apenas porque o universo disse que você tinha que participar.

Isso a fez rir de verdade.

— Não se preocupe. Não vou deixar que o velho e malvado universo me controle. Eu quero participar. Sério. Em algum nível muito profundo, acho que realmente quero. "Quem não arrisca, não petisca", certo?

— Fantástico. — Ele deu uma última olhada em seu formulário. — Está tudo em ordem aqui, então, a menos que você tenha mais perguntas, vou precisar que assine o formulário de consentimento.

Ele lhe entregou o formulário por um momento para que ela o examinasse. Ela correu o dedo por todas as linhas enquanto lia, depois rabiscou seu nome ao final.

— Tudo bem. Meu coração está em suas mãos!

Hildy sorriu, e seus olhos desapareceram no emaranhado espesso de cílios. Os dentes eram grandes, retos e brancos. A pele era perfeita.

Ele ajustou sua pontuação para 7,75 e pegou o formulário.

— Tudo bem, então. Vou levá-la à sala 417, no fim do corredor à esquerda. Fique à vontade, lá tem café. Na mesa você verá um maço de fichas com as perguntas, mas, por favor, não as vire até a sessão começar. Vamos enviar um parceiro voluntário para você daqui a pouco. Vou me esforçar para eliminar os ogros.

Ela puxou a gola do sobretudo sobre a boca e riu novamente. Talvez ela fosse até um oito.

— E não se esqueça de seu peixe. Ele pode achar que é pessoal.

CAPÍTULO 2

O cara entrou sem bater.

Jeff ergueu os olhos do laptop.

— E você é?

— Paul Bergin. — Nenhum sorriso. Pouco contato visual. Voz pouco acima de um murmúrio.

— Você está aqui para o estudo de proximidade interpessoal?

— Estou aqui para o estudo que paga quarenta dólares. É esse?

— Talvez. É o que pagamos.

— Então é para esse mesmo que estou aqui. — Ele tirou do bolso do casaco um quadrado de papel azul pálido cuidadosamente dobrado e entregou-o a Jeff. Suas mãos estavam vermelhas de frio. — Quanto tempo vai levar?

Jeff fez um gesto para que ele se sentasse, mas já havia se sentado.

— Depende. Provavelmente uma hora ou duas, mas não impomos limites de tempo, então pode demorar um pouco mais. Você decide.

— Se demorar mais, tem hora extra? — Paul, então, abriu um sorriso, talvez imaginando que um pouco de charme poderia trazer mais dinheiro.

— Desculpe. Taxa fixa. Ainda interessa?

Paul olhou em volta, como se estivesse avaliando o valor no mercado negro das várias *action figures* que se alinhavam nas estantes de metal do outro lado da sala.

— Pode ser. Quando eu começo?

— Vou só passar algumas informações preliminares sobre o estudo, e, então, podemos começar.

— Para que preciso de informações preliminares? — Ele rolou um chiclete cinzento todo mastigado sobre os dentes da frente.

— Pensei que talvez estivesse interessado.

— Na verdade, não. O anúncio dizia que eu só precisava responder a algumas perguntas.

— Isso. Bem, você e sua parceira têm que fazer 36 perguntas um para o outro.

— Eu não tenho parceira.

— Nós escolhemos uma parceira para você.

— Eu tenho que inventar as perguntas?

— Não, elas já estão escritas. Vocês vão receber um conjunto de cartões com as perguntas. Só precisa fazer o melhor para responder.

— É tudo o que eu preciso fazer?

— Assinar um formulário de consentimento agora e preencher um breve relatório quando terminar. — Jeff verificou o formulário de inscrição de Paul. — Você é estudante?

— Tenho que ser?

— Não.

— Então, estou desempregado.

— Você tem 18 anos?

— Quase 19.

— Hétero?

— Como?

— Gosta de mulher.

— Sim. Eu escrevi isso aí.

— Solteiro?

— Tanto quanto possível.

— Tudo bem. Então, assine isso aqui e vá para — ele verificou suas anotações — a sala 417. Sua parceira deve estar lá.

Paul nem se importou em ler o formulário. Assinou seu nome com esmero no fim da ficha, levantou-se e desapareceu.

Jeff esperou até que a porta se fechasse, em seguida escreveu B.R.O. Mas ele quis dizer "bronco" como em "mané" (como em "babaca"). Então, ele escreveu:

TR (para "trabalhador")

CB (para "caça-briga", que para ele também significava "babaca")

ME (para "malandro esperto", embora incomodasse admitir que Paul pudesse ser esperto de algum jeito. Não havia nada que odiasse mais que um cara arrogante).

Então Jeff escreveu 9.

O que era infantil. Se ele soubesse alguma coisa sobre mulheres heteros sexuais, saberia que Paul seria um 9,5 sólido, se não um 10 redondo para a maioria, embora seu nariz tivesse obviamente sido quebrado em algum momento. Ou talvez por causa disso. Nada como um pequeno sinal de PERIGO: MANTENHA DISTÂNCIA para que algumas garotas subam pelas paredes.

Paul também tinha uma pequena tatuagem de lágrima logo abaixo do olho direito. Na opinião de Jeff, era um exagero para a imagem de bad boy, embora, obviamente, não era sua opinião que contava.

Era a de Hildy.

O que quase fez Jeff rir.

Hildy e Paul.

Aquilo seria interessante.

PERGUNTA 1

PAUL: Ei!

PAUL: Olá.

PAUL: O-lá?
HILDY: Ah. Hum...
PAUL: Você está bem?
HILDY: Ah, sim. Estou. Desculpe.
PAUL: Parece que viu um fantasma ou coisa parecida.
HILDY: Não, não. Eu, hum, estava apenas distraída lendo, perdi a noção do tempo, e você me pegou de surpresa, é isso. Então, tipo, ah, oi.
PAUL: É. Oi. Paul.
HILDY: Você quer dizer Bob.
PAUL: Não. Quero dizer Paul.
HILDY: (Risos). Eu não ouvi isso.
PAUL: Eu disse Paul.
HILDY: Hum... Nós não devíamos saber o nome um do outro.
PAUL: Ninguém me disse isso.
HILDY: Jura? Me disseram que deveríamos chamar um ao outro de Bob e Betty. Sabe, para manter a privacidade e tudo mais.
PAUL: Ótimo. Então, quem vai ser Betty?
HILDY: Rá! Tem razão. Que coisa mais *cisgenerizada*, eles...
PAUL: Cacete, que está acontecendo com essa cadeira?
HILDY: Quer trocar? Não me importo. Eu vou...
PAUL: E ver você cair de bunda no chão em vez de mim? Não. Vou arriscar aqui.
HILDY: Claro. Aposto que podemos conseguir uma...
PAUL: Você está planejando ficar aqui ou o quê?
HILDY: Ah. Isso. Por quê?

PAUL: Você deve estar com calor com essa coisa.

HILDY: Ah. Claro. Meu sobretudo. Uma de minhas pequenas estranhezas. Eu gosto de ficar realmente quentinha. Deixa meus amigos loucos. Sempre dizem que ficam suados só de olhar para mim. Não está incomodando você, está? Porque, se estiver, eu posso...

PAUL: É só não desmaiar em cima de mim.

HILDY: Não se preocupe. Vou me esforçar para não, você sabe, *ficar caidinha*...

PAUL: Obrigado. Ótimo. Podemos começar?

HILDY: Claro. Como vamos fazer? Um de nós pode ler a pergunta em voz alta e o outro responde?

PAUL: Ótimo.

HILDY: Então, poderíamos alternar?

PAUL: Ótimo.

HILDY: Você começa, ou eu?

PAUL: Tanto faz.

HILDY: Ou, olhe! Por que não jogamos cara e coroa?

PAUL: Na verdade, não ligo muito. Pode ir primeiro.

HILDY: Certeza?

PAUL: Sim. Olhe só, podemos começar logo?

HILDY: Claro. Desculpe. Estou nervosa. Você está nervoso?

PAUL: Por que eu ficaria nervoso?

HILDY: (Risos). Coisas assim me deixam ansiosa, embora Jeff tenha dito que há...

PAUL: Jeff?

HILDY: O psicólogo. Ele disse... Do que você está rindo?

PAUL: *Psicólogo*. O cara, tipo, é um aluno universitário idiota, com seus formulariozinhos e sua tara meio de brincadeira, só que não, por brindes do McLanche Feliz.

HILDY: Ele é um estudante de doutorado.

PAUL: Tá. Foi o que eu disse.

HILDY: Bem, não foi muito isso...

PAUL: Quase isso.

HILDY: De qualquer forma, ele diz que não há resposta certa ou errada, mas ainda assim. Tem muita coisa envolvida. É por isso que, acho, estou um pouco, você sabe, *tensa*.

PAUL: Jura? Nem tinha notado. Que tal você tomar umas doses de Jägermeister quando chegar em casa? Enquanto isso, vou começar. Pergunta 1: *Considerando qualquer pessoa no mundo, quem você levaria para jantar?*
HILDY: Só uma? É tudo o que eu tenho para escolher?
PAUL: É.
HILDY: É o que está escrito?
PAUL: Está escrito: "Quem — meu Deus, não consigo acreditar nisso — quem você levaria para jantar". Isso significa uma pessoa.
HILDY: Hum. Essa é difícil. Quero dizer, alguém como Jane Austen, D. H. Lawrence ou Barack Obama, mas, sinceramente? Eu ficaria tão impressionada com a presença de qualquer um desses notáveis que provavelmente não aproveitaria. Por outro lado, não quero perder meu único convite com, sei lá, um zé-ninguém...
PAUL: Então, quem vai ser?

PAUL: É só um jantar.

PAUL: Não estamos falando de ir para cama com alguém.

HILDY: Desculpe. Estou demorando muito?
PAUL: Minha nossa. De jeito algum, por que a pergunta?
HILDY: Ah. Ei! Já sei. (Risos). Taylor Swift!
PAUL: Pronto. Taylor Swift.
HILDY: Não! Estou brincando. Mais ou menos. Ela é meu ponto fraco e, sinceramente, não acho que ela tenha seu valor reconhecido, mas, se eu pudesse convidar apenas uma pessoa, não sei se ela seria a pessoa que eu escolheria... melhor você responder primeiro. Preciso de um tempo para pensar sobre isso.
PAUL: Ótimo. Eu chamaria alguém que soubesse cozinhar.

HILDY: (Risos).
PAUL: Pergunta 2.
HILDY: Não. Sério. Quem você chamaria?
PAUL: Alguém que soubesse cozinhar. Se viesse jantar em minha casa, seria melhor que soubesse cozinhar, porque eu não sei fazer nada.
HILDY: Na verdade, não é uma resposta ruim. Eu nem pensei em ir para...
PAUL: Pergunta 2. *Você...*
HILDY: Espere. Eu não respondi à Pergunta 1.
PAUL: Bem, pode responder, então? Tem mais 35 perguntas. Nesse ritmo o dinheiro não vai valer a pena.
HILDY: Que dinheiro?
PAUL: Quarenta dinheiros.
HILDY: Que quarenta dinheiros?
PAUL: Os quarenta dinheiros que você recebe para fazer o estudo.
HILDY: Vamos receber?
PAUL: Vamos. Por que mais você estaria aqui?
HILDY: Sei lá. Gosto de psicologia, e a ideia de fazer parte de um experimento me interessou e...
PAUL: (Risos). Vamos falar sobre a falta de entretenimento.

HILDY: Sabe, eu odeio trazer isso à tona, mas esse seu tom não me agrada.
PAUL: Desculpe, senhora.
HILDY: Minha nossa. E olhe aí de novo.
PAUL: Podemos continuar?
HILDY: Podemos. Se você mudar seu tom.
PAUL: Tá de sacanagem.

PAUL: Você não está falando sério.

PAUL: Tudo bem... e aí? Melhor assim?

HILDY: E sua expressão facial.

PAUL: Quem te deu a carteirinha de chefe?

HILDY: Ninguém. Mas eu sou sua igual e não me sinto obrigada a participar desse negócio com alguém que se recusa a me tratar com o devido respeito.

PAUL: Inacreditável.

HILDY: Na verdade, não. Se pensar bem, é totalmente razoável. O respeito é a marca de uma sociedade civilizada. Agradeceria se você também não usasse palavrões.

PAUL: Não usei.

HILDY: Em voz alta.

PAUL: Quê? Você também lê lábios?

HILDY: Claro. Como se eu tivesse que ser uma leitora de lábios treinada para imaginar o que você acabou de dizer.

PAUL: Quer dizer que você nunca ouviu isso antes?

HILDY: Eu já ouvi muito. Tipo, só não acho que preciso ter essa palavra sendo jogada em cima de mim.

PAUL: Podemos voltar para essa pergunta idiota?

HILDY: Podemos. Claro. Se você responder respeitosamente.

PAUL: Tudo bem. Aqui está minha voz... aqui está meu rosto.

HILDY: Lindo. Muito obrigada. E, considerando que você está preocupado com o tempo, vou apressar as coisas e dizer que convidaria meu avô para jantar. Nunca tive a oportunidade de conhecê-lo, e acho que, se tivesse, entenderia melhor o homem que meu pai é hoje. Esperaria que isso nos ajudasse a resolver alguns de nossos, sabe, problemas atuais.

PERGUNTA 2

PAUL: Vou continuar fazendo as perguntas.

HILDY: Acho que não é má ideia. Eu tendo a sair pela tangente. Como você já deve ter visto, a gestão do tempo não é um de meus pontos fortes.

PAUL: E essa também não é a resposta para nenhuma das perguntas.

HILDY: Olhe lá, esse tom de novo.

PAUL: Não tem nada demais com meu tom.

HILDY: Desculpe. Tem razão. Foi mesmo o conteúdo do que você disse dessa vez.

PAUL: Ah, agora você tem problemas com a verdade?

HILDY: Equívoco comum. A chamada honestidade nem sempre é a melhor política, especialmente se você a está usando apenas como desculpa para ser desagradável. Não há motivo para você falar de seu...

PAUL: E essa também não é resposta para nenhuma pergunta! Então, Pergunta 2: *Você gostaria de ser famosa? Se sim, de que maneira?*

HILDY: Só vou responder porque me inscrevi para fazer o estudo, então sinto, eu acho, que devo honrar meu compromisso.

PAUL: E eu só estou *respondendo* pelo dinheiro. Tanto faz. Só responda à pergunta.

HILDY: Eu quero fazer algo importante na vida, e como a fama pode ser uma plataforma útil, sim, eu gostaria de ser famosa. Na verdade, pode parecer maluco, extremamente ambicioso e tudo mais, mas adoraria ser lembrada como a próxima... Sei lá... Nelson Mandela ou... Qual é a graça?

PAUL: Você é uma mina branca de 1,60 metro que leva seus livros por aí em uma mochila da Coach de seiscentos dólares. Não vai ser lembrada como a próxima "Nelson Mandela".

HILDY: Eu tenho 1,65 metro, e a "mochila" foi um presente de aniversário.

PAUL: De quem? De seu colega de cela?

HILDY: Não, de meus pais.

PAUL: É aí que eu quero chegar. Você não será a próxima "Nelson Mandela". E ainda por cima é branca. Tipo, branca *de verdade*. Ou estou errado aí também? Por acaso você tem aquela coisa que Michael Jackson tinha? Aliás, você não tem 1,65 metro.

HILDY: Sim, eu tenho. E, por favor, pare de estalar esse chiclete.

PAUL: Com essas botas, talvez. Descalça, é ruim que você bata no meu sovaco.

HILDY: Tá, mas e você? 1,88?

PAUL: Uau. O que você está usando?

HILDY: O que você quer dizer com isso?

PAUL: Tenho 1,82 se estiver tentando impressionar alguém. Se eu for sincero, 1,80.

HILDY: Acho que nem preciso perguntar qual é sua altura hoje. E, para voltar ao tópico em questão, a pergunta não é "Você vai ser famoso?", mas sim "Gostaria de ser famoso e de que forma?" E adivinha? É assim que escolho responder à pergunta. Sua vez.

PAUL: Tudo bem. A) Sim e B) Extremamente.

HILDY: Você não está levando as perguntas a sério.

PAUL: Não me pediram para levar a sério. Me pediram para responder. Então, sim, eu gostaria de ser famoso. E de que forma? Extremamente famoso, porque é aí que o dinheiro está. Essas são minhas respostas. E você não manda em mim.

HILDY: Tão infantil.

PAUL: Epa. Quem está com problema de tom agora? E, só para você saber, pessoas que andam por aí com um peixe em um saquinho, tentando parecer mocinha de comédia romântica, não têm direito de chamar ninguém de infantil.

HILDY: Você não sabe nada sobre esse peixe, ou por que estou com ele, ou por que é importante para mim.

PAUL: E, estranhamente, estou pouco me fodendo.

HILDY: Só queria que você fosse tão sincero nas respostas quanto em seus comentários para mim.

PAUL: Quem foi o que disse: "Adivinhe? É assim que escolho responder à pergunta"?

HILDY: Justo. Você faz de seu jeito. Eu faço do meu. Que bela "construção de relacionamento".

PAUL: Quê?

HILDY: Nada.

PAUL: Próxima pergunta.

PERGUNTA 3

PAUL: *Antes de dar um telefonema, você ensaia o que vai dizer? Se sim, por quê?*
HILDY: Claro.
PAUL: Claro? Sério? "E aí?... É... Ok... Até mais". O que tem aí para ensaiar?
HILDY: Acredite ou não, algumas pessoas usam o telefone para fazer mais que pedir pizza ou negociar drogas. Algumas pessoas têm conversas reais.
PAUL: E elas praticam para ter essas conversas. Isso é patético ou só eu acho?

PAUL: Ah. Então, você agora não vai mais falar comigo.

PAUL: E o "tenho que honrar o compromisso de responder"?

PAUL: Beleza. Vou fazer as 33 perguntas restantes por conta própria, pegar meus quarenta paus e o próximo ônibus, e dar o fora daqui.
HILDY: Então, está me dizendo que jamais ensaiou antes de ligar para uma garota e chamá-la para sair.
PAUL: É. É isso que eu estou dizendo.
HILDY: Nunca?
PAUL: Tudo bem. Nunca é demais.
HILDY: Eu sabia.
PAUL: Talvez quando eu tinha 12 anos.
HILDY: Você começou a chamar garotas para sair quando tinha 12 anos.
PAUL: Isso.
HILDY: Doze?
PAUL: Está certo. Onze, então... O quê?... Tipo, quando você começou a sair com caras?
HILDY: Essa é uma das perguntas?

PAUL: Aaah. *Touché.*
HILDY: Podemos acabar logo com essa idiotice?
PAUL: Obrigado, *Xezus*! Achei que jamais pediria.

PERGUNTA 4

PAUL: *O que seria um dia "perfeito" para você?*
HILDY: Bem. Hum... Seria no interior, em algum lugar, disso eu sei. Uma pousada antiga ou uma casa de campo... Algo com uma história. Ideal que fosse perto do oceano... Agradável se tivesse um banco perto de uma janela. Eu ficaria enrolada em um cobertor com um bom livro e uma grande xícara de *latte*. Ah, e já que estamos falando em perfeição, o *latte* seria em uma xícara tipo tigela, como na França, não em uma xícara normal, o que, suponho, transformaria o *latte* tecnicamente em *café au lait*, mas não importa. Eu talvez tivesse alguns *bickies* de chocolate importados em um prato por perto, caso eu sentisse vontade de algo doce. Então, acho que leria a maior parte do dia, passearia pela praia, talvez conseguisse um *smoothie* de chá verde ou, se me sentisse extravagante, um... Você não está ouvindo. Não precisa gostar do que estou dizendo, mas pode pelo menos parar de desenhar e, tipo, *fingir* que está ouvindo.
PAUL: "...Daria uma volta, talvez conseguisse um *smoothie* de chá verde ou, se eu me sentisse extravagante..." Não tenho que olhar para você para ouvir. Então, continue. Alguma coisa que você gostaria de acrescentar? Uma aula de *hot yoga*? Fazer um diário? Talvez uma manicure e pedicure com algumas de suas BFFs?

HILDY: Sabia que você tiraria sarro de mim, mas prometi a Jeff que eu responderia às perguntas com sinceridade, então nem ligo. E, sim, provavelmente faria um pouco de *hot yoga*, como quando eu finalmente sair daqui. É uma excelente maneira de aliviar a tensão. No entanto, não "faço diário", principalmente porque se fala "manter" um diário. Nem "BFF" faz parte de meu vocabulário, o que, imaginei, já estaria bastante óbvio a essa altura do campeonato. Agora vamos ouvir sobre seu dia perfeito, certo? Ou você está tendo seu dia perfeito agora?

PAUL: (Risos). Essa é boa. Tudo bem. Eu me levanto tarde. Como três McMuffins e um café extragrande com creme duplo do Dunkin' Donuts. Tocaria bateria por um tempo. Comeria de novo. Dormiria de novo. Repetiria conforme necessário.

HILDY: É isso?

PAUL: Provavelmente teria uma garota em algum momento, também.

HILDY: Tipo, qualquer garota?

PAUL: Ah, claro. Como se eu fosse um animal. Eu tenho minhas preferências.

HILDY: Mas não uma garota específica?

PAUL: Depende do dia, mas, no momento, não.

HILDY: Então, não é aquela cuja mão você estava desenhando.

PAUL: Não estou desenhando.

HILDY: Então, o que está fazendo?

PAUL: Sei lá. Rabiscando.

HILDY: Muito bom para um rabisco.

PAUL: Tipo, "muito bom" está no olho de quem vê, eu acho.

HILDY: Deixe disso. Você pode pelo menos ser sincero agora?

PAUL: Não sei do que você está falando.

HILDY: Ah, certo. "Essa coisa velha?" Como se eu fosse idiota demais para sacar o que está acontecendo.

PAUL: Ainda não caiu a ficha.

HILDY: Bem, então vou explicar. Isso não é um rabisco. É um desenho. E está bom de verdade. E você sabe disso.

PAUL: Sei, não é?

HILDY: Sim, você sabe.

PAUL: Obrigado por me dizer.

HILDY: Ninguém disse isso a você antes?

PAUL: Eu não disse isso.

HILDY: Também disseram o quanto você é rápido?

PAUL: Velocidade não conta. Não é "Imagem e Ação".

HILDY: Você desenha muito?

PAUL: Rabisco. Sim. Melhor que roer as unhas.

HILDY: Então, é um hábito nervoso.

PAUL: É um hábito. Tenho piores.
HILDY: Ah, me conte!
PAUL: (Risos).
HILDY: Ou não.
PAUL: Melhor assim, acredite.
HILDY: Ok. Bem. Ótimo. Não vamos mexer com isso. Mas é sério. Esse "rabisco" aí. É tão realista. Tem algo na curvatura dos dedos. É quase como se a mão estivesse viva.

HILDY: Isso foi um elogio.
PAUL: Entendi.
HILDY: Então, por que essa cara?
PAUL: Nada.
HILDY: Ops! Não gostaria de estar na sua frente quando algo realmente o incomodar.
PAUL: É, olhe, eu não gostaria de estar na sua frente se algo realmente merecesse tanta empolgação. Isto é um *rabisco*.
HILDY: Então, você continua dizendo isso, mas mãos são superdifíceis.
PAUL: Quê? Você desenha?
HILDY: Não. Não de verdade. Eu tentei. Tive aulas por algum tempo, mas...
PAUL: Aulas? Você não precisa de aulas. Só precisa pegar um lápis e ficar desenhando até conseguir. Esse é o problema de vocês, a galera do South End, vocês...
HILDY: Você não sabe se sou do South End.
PAUL: Você é?

PAUL: Eu sabia (risos). Babás e agenda para visitar os amiguinhos, está tudo escrito em sua cara.
HILDY: Olhe o tom.
PAUL: Quê? Eu mudei meu tom.
HILDY: Mudou. De beligerante para presunçoso. Grande melhoria.
PAUL: Mas o sarcasmo aparentemente está ok.

HILDY: Sabe, por alguns momentinhos-inhos brilhantes, pensei que conseguiríamos ter uma conversa, mas agora não tenho tanta certeza de que isso sequer vá acontecer. Eu nem consigo fazer um elogio sem causar uma nova discussão. Sabe de uma coisa? Isso aqui é uma perda de tempo. Estou indo para casa. Tenho coisas a fazer e, francamente, não preciso ser maltratada desse jeito.

PAUL: Aqui. Ofereço minha mão em um gesto de paz.
HILDY: (Risos). Muito engraçado.
PAUL: Não. Pegue. É seu.
HILDY: Minha nossa. Obrigada... Não precisava ter quase arrancado desse jeito. Eu teria gostado de pegá-la inteira.
PAUL: Garotas. A gente dá a mão, e elas querem o corpo todo.

PAUL: Você está ficando vermelha.
HILDY: Não estou.
PAUL: Ah, claro. Você é naturalmente fúcsia.

PAUL: O que foi agora? Aonde você está indo?
HILDY: Já disse. Para casa.
PAUL: Relaxe. Sente aí. Cara, e você reclama de como eu reajo quando me faz um elogio. Pelo menos eu não vou embora de repente como uma...
HILDY: Dizer que estou fúcsia é um elogio?
PAUL: É. Rosa é sua cor.
HILDY: Claro. Muito legal. Isso é ridículo. Já tenho problemas o suficiente no momento. Não preciso de suas cutucadas constantes e...
PAUL: Quer se sentar?
HILDY: Você não manda em mim.
PAUL: Corta essa. "Honrar compromisso". "Fazer o que é certo" Blá-blá-blá. Nelson Mandela não desistiria depois de uma briguinha.

HILDY: Você é inacreditável.
PAUL: Ora, obrigado! Então, sente.
HILDY: Não. Por quê? Você tem feito tudo o que pode para me enfurecer; agora, de repente, quer que eu fique? Por quê?
PAUL: Porque estamos quase lá! Só faltam 32 perguntas...
PAUL: ... Que você prometeu solenemente a Jeff responder...

PAUL: ... Pelo bem da ciência...

PAUL: 'Bora, menina!
HILDY: Fique quieto e leia a próxima pergunta.

PERGUNTA 5

PAUL: *Quando foi a última vez que você cantou para si mesma? E para outra pessoa?*

PAUL: Eita! Alteração de humor. Por que você começou a sorrir de repente?
HILDY: Pergunta engraçada.
PAUL: É engraçada?
HILDY: Bem. Só porque eu faço muito isso. E nem é por querer. Quando eu era pequena, minha avó, tipo, a mãe de meu pai, que já faleceu... Bem, ela costumava cantar essa música sobre como a guerra, a Segunda Guerra Mundial, acabaria um dia, e, quando isso acontecesse, tudo seria perfeito. Amor. Risadas. Paz para todo o sempre. Tipo, a coisa toda. Sempre que fico preocupada, essa música simplesmente me vem à cabeça e simplesmente sai pela boca. Quase não percebo que estou cantando, meio

como um tipo de técnica de autotranquilização. Provavelmente cantei essa manhã, ou pelo menos cantarolei ou algo assim.

PAUL: Com o que *você* ficou preocupada?

HILDY: O que você quer dizer com isso?

PAUL: Você tem uma mochila de couro e aulas de desenho e, tipo, café na tigela e...

HILDY: Me perdoe se parecer rude, mas você tem uma compreensão incrivelmente rasa da psique humana.

PAUL: Quer dizer, ao contrário de Jeff? O, você sabe, *psicólogo*?

HILDY: Ao contrário de qualquer um. Quero dizer, entendi. Tenho sorte. Muito mais que a maioria das pessoas. Mas, sério. Você realmente acha que ter dinheiro suficiente para comprar uma bolsa de boa qualidade de vez em quando é o bastante para resolver todos os problemas da vida?

PAUL: Com certeza eu adoraria ter a oportunidade de descobrir. Mas para responder à pergunta 5, não. Eu não canto para mim.

HILDY: Nunca?

PAUL: Nunca. Pergunta 6: *Se você fosse...*

HILDY: Espere aí. Você está pulando. Tem uma segunda parte. A pergunta é: "Quando foi a última vez que você cantou para você mesmo? E para *outra pessoa?*"

PAUL: Isso está começando a me irritar. O cara disse especificamente que havia 36 perguntas. Foi por isso que me inscrevi. Mas aí a gente descobre que não, na verdade, há 36 perguntas, mais uma quantidade de subperguntas para as quais eu também tenho que criar sub-respostas. Isso é propaganda enganosa.

HILDY: Isso é procurar pelo em ovo. E se você simplesmente respondesse com sinceridade em vez de ter que "criar" respostas, não acharia tão cansativo. Mas esse é um aparte. Eu mesma só vou responder às perguntas. Quando foi a última vez que cantei para alguém? Hum. Cães contam como alguém?... Por que estou perguntando para você? Você não liga... Então vou tomar uma decisão e dizer que não, por isso a última vez foi na sexta-feira à noite. Cuido dela de vez em quando, como babá. Hazel. Adorável. Sempre canto para ela dormir. Às vezes canções de ninar de verdade. Às vezes pego uma música de que gosto, desacelero o ritmo e depois continuo a cantar várias vezes até que ela apague. Tudo bem, sua vez.

PAUL: Um tempo atrás.

HILDY: Pode ser mais específico?
PAUL: Posso ou vou ser?
HILDY: Não posso forçá-lo, obviamente, então você vai ser?
PAUL: Não.
HILDY: Ok, então para quem?
PAUL: Não pergunta para quem.
HILDY: Por acaso era do sexo feminino?

PAUL: Sim, para sua informação, era.
HILDY: Por que está falando desse jeito?
PAUL: De que jeito?
HILDY: "Sim. Era", ênfase no "era".

HILDY: Oh, entendi. Era uma menina, agora é um menino? Sua namorada fez a redesignação ou algo assim?
PAUL: Ai, cacete.
HILDY: Que foi? Isso não é tão louco. Você não é homofóbico, é?
PAUL: NÃO.
HILDY: Então, por que essa cara de "você é uma idiota"? Ou é apenas seu rosto em repouso?
PAUL: Não é minha cara de "você é uma idiota". É minha cara de "você está enganada" com sobrancelhas de "você realmente está começando a me encher". Podemos passar para a próxima pergunta? Por favor?
HILDY: Minha nossa. Você sorriu.
PAUL: Sim, claro, eu estava desesperado.
HILDY: Você deveria ficar desesperado com mais frequência.
PAUL: Então, me ajude. Se a próxima coisa que você disser tiver algo a ver com "vamos ser positivos", tô fora.

HILDY: O que você está desenhando agora? É difícil dizer desse ângulo ... Ah, meu Deus! Esse não é um tipo de rabisco erótico, é?

PAUL: Como você está equivocada.
HILDY: Essas são definitivamente pernas de mulher.

PAUL: Não, não são.
HILDY: São muito.
PAUL: Não, não são. São...

PAUL: ... Chifres, viu?
HILDY: Sim, claro, agora são. Muito esperto.

HILDY: Ah, meu Deus! Esse é o Grande Príncipe da Floresta do *Bambi*. Eu amo esse livro!
PAUL: Bambi não é um livro. É um desenho animado.
HILDY: Mas originalmente era um livro.
PAUL: Que ninguém, tirando você, leu.
HILDY: Mentira. Milhões, não, talvez até bilhões de crianças leram...
PAUL: Bem, eu não li. Ah. Esqueci de mencionar essa parte de meu dia perfeito. Absolutamente nenhuma leitura. Ou *bickies*, seja lá o que isso for.
HILDY: É o que os britânicos chamam de cookies. Minha avó cresceu no Reino Unido e encomenda para o Natal, e eu simplesmente amo...
PAUL: Ah, sinto muito. Você me entendeu mal. Eu não estava perguntando.

HILDY: Sabe, acho que você está bem longe de ser tão mau quanto gosta de fingir que é. Vi aquela pequena centelha de emoção verdadeira em seus olhos quando admitiu ter cantado para alguém, e seu sorriso... Quero dizer, seu sorriso, quando não está sendo totalmente desagradável comigo e ficando inexplicavelmente chateado com o mundo... É bonito, tipo, sabe, adorável.

HILDY: Ei, você sorriu de novo!
PAUL: Sim. Bem, não vá se acostumando. E o fato de eu estar chateado não é inexplicável. Acredite.
HILDY: Como assim?
PAUL: Não interessa. Pergunta 6:

PERGUNTA 6

PAUL: *Se você pudesse viver até os 90 anos e ficar com a mente ou com o corpo de um jovem de 30 nos últimos sessenta anos de vida, com qual gostaria de ficar?*
HILDY: Minha mente. Obviamente. Você?
PAUL: Depende com o corpo de quem vou ficar. Posso ficar com o corpo de uma mulher de 30 anos? É a fantasia de todo homem de 90.
HILDY: (Risos). Não sei bem se é esse o sentido de "ficar".
PAUL: Bem, para mim vai ser. E com quem eu gostaria de ficar? Com a ruiva daquele filme de ficção científica. *Impossible* sei lá o quê.
HILDY: *Impossible Forever?* Não é ficção científica. É ficção especulativa. Duas coisas totalmente diferentes. Ficção científica é...
PAUL: É, isso aí. Estou especulando que ela deve ter cerca de 30 anos. Não me importaria de ficar com ela. Não contra sua vontade. Estou falando de um relacionamento consensual.
HILDY: Uma estrela de cinema de 30 anos e você com 90. Consensualmente? Boa sorte.
PAUL: Obrigado. E boa sorte ao ficar com sua mente.
HILDY: (Risos). Bem pensado.

PERGUNTA 7

HILDY: Por que não faço as perguntas agora? Não quero atrapalhar suas atividades artísticas... especialmente porque você fica muuuito mais dócil quando está desenhando... quem é essa, afinal?

PAUL: Você com 90 anos.
HILDY: Não é. No máximo parece mais comigo hoje.
PAUL: Sim, bem, a cirurgia plástica evolui o tempo todo.
HILDY: Eu não acredito em cirurgia plástica.
PAUL: Talvez não acredite *agora*.
HILDY: Jamais. Beleza não é só ser jovem. Beleza é...
PAUL: Ótimo. Fale comigo quando seu rosto bonito começar a parecer a pele de vaca dessa sua mochila.

HILDY: Tenho a sensação de que, em seu mundo, aparência e dinheiro são tudo o que importa.
PAUL: Em *meu* mundo. Enquanto no seu são... Deixe eu adivinhar... *Valores espirituais* que realmente contam.
HILDY: Entre outros.
PAUL: Olhe, sorte sua. Francamente, não tenho tempo para essa merda. Falando nisso, se você for fazer as perguntas, faça agora ou eu vou fazer.
HILDY: Não acho justo que você tenha a última palavra nesse assunto em especial. Está me fazendo parecer uma menina mimada que nunca teve que...
PAUL: Tudo bem. Vou fazer as perguntas.
HILDY: Não. Eu faço.
PAUL: Então, faça.
HILDY: (Suspiro).
PAUL: *Você tem um palpite...*
HILDY: Não. É minha vez. *Você tem um palpite secreto sobre como vai morrer?*
PAUL: Sim. Antes de ter a chance de ficar com aquele corpo de 30 anos.
HILDY: Isso está ficando cansativo.
PAUL: Estou falando sério. Velhice não é minha praia. Vou morrer jovem.
HILDY: Bem, então, que tal? Da mesma forma que você pensa que vou me render à cirurgia plástica, acho que você diz isso só porque é jovem. Talvez, se soubesse como é ser velho, pensasse diferente. Talvez você descubra que gosta da sabedoria que vem com...
PAUL: Veja bem. Eu respondi à pergunta. Basta.

HILDY: Tá de mau humor ou o quê?

HILDY: Bem... Como vou morrer... Cara. Quando a gente pensa nisso, a pergunta é terrível. Pode ser muito perturbador para algumas pessoas. E se um dos participantes soubesse que tem câncer ou predisposição a ter uma doença fatal? Isso poderia ser...
PAUL: Eu não tenho. Você tem?
HILDY: Não.
PAUL: Tudo bem. Então, já chega de introduções de dez minutos. Responda à pergunta.

HILDY: Sozinha.
PAUL: Como?
HILDY: Acho que vou morrer sozinha.
PAUL: Beleza. E daí? Todo mundo morre sozinho. É o que dizem.
HILDY: Não, quero dizer, tipo, em um apartamento no porão sem aquecimento com um monte de gatos sarnentos pisando em meu corpo inchado. Esse é o tipo de sozinha de que estou falando.
PAUL: Certo. É mais provável que você seja a próxima Nelson Mandela. E, de qualquer forma, se um monte de gatos sarnentos estiver pisando em você, não estará sozinha.
HILDY: Engraçadinho.

PAUL: Viu? Veja o quanto eles te amam. Não estão pisando em você. Estão te confortando.
HILDY: (Gargalhada) Bonito desenho. Gosto do gato com a perna de pau.
PAUL: É. Coitado do velho Tripé. Deve ser um saco ser ele. Ele também é bem viciado em heroína e, por isso, tem esses fios amarrando as patas boas.
HILDY: Que terrível.

PAUL: É, logo ele vai estar morto também. Apesar do amor de uma boa mulher que, me permita observar, ainda acha linda embaixo de toda aquela pele velha caída, não consegue controlar seus demônios... Imagino que você seja do tipo que se amarra em casos perdidos.
HILDY: E, ainda assim, ironicamente, está sozinha.
PAUL: Sim... Você... Sozinha. Aposto que, se está dez minutos atrasada para o jantar, seus pais começam a ligar para a polícia, tudo muito frenético e tal.
HILDY: E daí? E se fizerem tudo isso? Não estou falando de *agora*. Estou falando do futuro. Quando eu for mais velha. Até lá, provavelmente estarão mortos.
PAUL: Legal.
HILDY: Não quero dizer que quero que isso aconteça. Apenas quero dizer que é verdade. Eles provavelmente estarão.
PAUL: E daí? Vai ter outra pessoa para ocupar o lugar deles.
HILDY: Como sabe?
PAUL: Porque. É. Óbvio. Não precisa ser gênio para saber. Até lá, vai estar casada com algum advogado ou médico.
HILDY: Como se eu precisasse de um cara rico para cuidar de mim.
PAUL: Está bem. Ótimo. Algum artista da fome que também seja sua alma gêmea e um pai amoroso para seus três filhos perfeitos. Melhor assim?

HILDY: Casamento não é uma opção para mim.
PAUL: Tá. Certo.
HILDY: Você tem uma imagem totalmente distorcida de mim. E, de qualquer forma, casamento não é tudo o que dizem...
PAUL: Está bem. Sem marido, então. Você ainda vai ter todos os amigos do trabalho, do clube de leitura, da ioga, do *happy hour* da mulherada, da turma do artesanato, do "Salve os esquilos"...
HILDY: Salve os esquilos? Do que você está falando?
PAUL: Sei lá. Não importa. Você não vai ficar sozinha. Louca, talvez, mas não sozinha.
HILDY: Se eu não soubesse que sua intenção era me insultar, diria que estava apenas tentando me fazer ficar quieta.

PAUL: Você quer dizer "uma tentativa inútil" de fazer você ficar quieta.

PAUL: Ah. Ei! Não acredito que funcionou.

HILDY: Sempre tive medo de acabar sozinha.
PAUL: Não consigo acompanhar suas alterações de humor.
HILDY: E não apenas sozinha, mas tendo causado a solidão. Acho que é meu verdadeiro medo.
PAUL: Causado a solidão? Como assim? Está planejando algum ataque para matar todo mundo que você conhece ou algo parecido?
HILDY: Estou falando sério.
PAUL: Está bem. Então, como?

PAUL: Olhe só. Foi você quem trouxe isso à tona, não eu.

HILDY: Acabar sozinha porque eu afastei todo mundo que se importa comigo. Até meus três filhos perfeitos, quero dizer, se eu chegar a ter filhos, o que eu duvido seriamente, considerando o andar da carruagem.

PAUL: Eita. Você realmente tem medo disso. Vou dar uma caixinha de lenços para um dos gatinhos aqui. Viu? Não se preocupe. Eles vão cuidar de você.

PAUL: Pare, por favor.

HILDY: Eu parei.
PAUL: Na verdade, não.

HILDY: Não. Aqui. Viu? Não tem mais lágrimas.
PAUL: Sabe, você não parecia o tipo de pessoa que limpa o nariz na manga.
HILDY: Não me faça rir ou vou ter que fazer isso de novo.

PAUL: Ah. Meu Deus. Que nojo! Pare com isso, está bem?
HILDY: (Rindo).

PAUL: Me diga quando eu puder abrir os olhos.
HILDY: Pronto, acabei.

PAUL: Graças a Deus.

HILDY: Olhe, que vergonha. Eu me esqueci de comer. Às vezes fico um pouco, sabe, frágil quando estou com fome, e aí *não consigo* comer porque estou frágil. Círculo vicioso. Mas, cara. Desculpe. Pelas lágrimas e tudo mais. Mais uma vergonha. Meio que me pegou de surpresa.
PAUL: Sim, bem, eu também choraria se pensasse que acabaria em um apartamento de porão, sem calefação, com um monte de gatos pulguentos. Mesmo assim, eu ainda não limparia meu nariz na manga.
HILDY: Viu, mas é aí que está. Você não sabe o que vai fazer até se ver na situação. E, de qualquer maneira, foi você quem me fez chorar. Não devia ter mencionado o gatinho morrendo.

PAUL: Nenhum gatinho vai morrer. Aqui está meu telefone. Me ligue ao primeiro sinal de que um de seus gatos está mal, e eu vou te socorrer.
HILDY: Promete?
PAUL: Prometo.
HILDY: Não se preocupa que eu abuse da promessa? Talvez acabe te ligando trinta vezes por dia. Esse é o tipo de coisa típica de pessoas que caem no choro perto de estranhos.
PAUL: Não me preocupo.
HILDY: Esse não é seu telefone de verdade, é?
PAUL: Acho que a subestimei.

PERGUNTA 8

HILDY: *Diga três coisas que você e seu parceiro parecem ter em comum.* Bem, isso é fácil. Uma disposição solar.

HILDY: Essa é a número um! Você riu.
PAUL: Eu ri de você, não para você.
HILDY: E daí? Ainda conta. Número dois: temos sorrisos bonitos, embora eu use o meu mais vezes. E olhos cor de mel. Ok, foram três.
PAUL: Espere aí. Por que você tem que escolher primeiro todas as três?
HILDY: Porque você não estava escolhendo nada.
PAUL: Nem tive a chance.
HILDY: Teve.

HILDY: Revirar os olhos é grosseiro.

HILDY: Então, está suspirando. E você lá se importa?

PAUL: Não gosto de ser manipulado, só isso.

PAUL: Pensei que você tivesse dito que suspirar era grosseiro.
HILDY: Só escolha três, está bem?
PAUL: Está bem. Primeiro, somos teimosos.
HILDY: Mas não igualmente teimosos.
PAUL: Concordo. Você é pior.
HILDY: Não. *Você* é. Nem pensar que vou...
PAUL: Viu? Quem é o mais teimoso agora? Isso prova minha resposta.
HILDY: Muito esperto.
PAUL: Que é minha segunda resposta. Nós dois somos inteligentes.
HILDY: Essa eu vou aceitar. Você não é o cabeça oca que finge ser.
PAUL: E terceiro: pelos faciais.
HILDY: Como assim?!?
PAUL: (Rindo).
HILDY: Ai, meu Deus. Isso é o que uma criança pequena falaria. E eu retiro o que disse. Você é um cabeça oca.
PAUL: Adorei o jeito como sua mão, tipo, *voou* até seu queixo. Você tem problemas hormonais ou alguma coisa assim? Há alguma coisa que queira me dizer?
HILDY: Sim, na verdade, há sim. Que é melhor ser outro gato sarnento nesse desenho, e não eu.
PAUL: Vou chamá-la de Bigodinha. Você decide.

PERGUNTA 9

HILDY: *Pelo que em sua vida você se sente mais grato?*
PAUL: Sei o que você vai dizer.
HILDY: O quê?
PAUL: Pelas pinças.
HILDY: Rá-rá-rá. Errado.
PAUL: O quê, então?

HILDY: Minha família.
PAUL: Devia saber.
HILDY: Tipo, quero dizer, a família com quem cresci.
PAUL: Tá. Entendi. É o que "minha família" em geral significa.
HILDY: Eu quis dizer que sou grata por, tipo, crescer quando cresci com minha família, em um tempo quando meus pais, hum... Olhe. Não é importante. Não importa.
PAUL: Opa. Você finalmente entendeu. Não importa.
HILDY: Tudo bem. Sua resposta.
PAUL: Molho sriracha.
HILDY: Fala sério. Pelo menos tente.
PAUL: Quando a gente não sabe cozinhar, fica muito grato pelo molho sriracha. É uma milagrosa droga moderna. Deixa quase tudo comestível.
HILDY: Sabe, é muito mais interessante quando você responde sinceramente. Tipo, toda essa "ironia" só me faz desconfiar de que você está escondendo alguma coisa.
PAUL: Você não é a próxima Nelson Mandela. Você é a próxima Dr. Phil, aquele psicólogo do programa da Oprah.
HILDY: Sério. Por que você não dispensa as piadinhas? É um jeito preguiçoso, estúpido e, em um nível muito básico, emocionalmente desonesto.
PAUL: Jesus Cristo. Sei pelo que *eu* vou ficar muito grato. Por acabar com essa porcaria aqui.

HILDY: Você me lembra o meu irmão mais velho. Vocês dois curtem essa coisa de garoto marrento. A negligência. A risada sarcástica. Toda essa postura de quem não liga pra merda nenhuma, mas você não é assim.
PAUL: Ai, meu Deus. Estou chocado. Pensei que tivesse dito "sem palavrão".
HILDY: Eu vi seu olhar quando desmontei naquela hora. Você não é assim. Na verdade, você é bem empático.
PAUL: Sim, claro, uma coisa que aprendi cedo é que, se você *finge* se preocupar no início, muitas vezes consegue evitar uma explosão emocional maior depois.

HILDY: Você odeia admitir seu lado meigo.
PAUL: Rápido. Me passe a lixeira. Vou vomitar.
HILDY: Ótimo. Coloque para fora. Vai se sentir melhor. O que também vale para o que te assusta tanto. Só admita.
PAUL: Nossa. Posso imaginar quais são suas postagens no Facebook. Olhe. Sou um livro aberto. O que você quer saber?
HILDY: Ótimo. Então, responda à pergunta.

HILDY: Um livro meio aberto.
PAUL: Estou pensando.
HILDY: Certo. Pensando em como escapar.
PAUL: Pensando nos quarenta dólares que vou ganhar quando terminar.
HILDY: Custe o que custar.

PAUL: Tudo bem. Tempo.
HILDY: Quê? Não terminamos ainda.
PAUL: Não. Quero dizer tempo. É por isso que sou grato.
HILDY: Uau. Isso me surpreendeu.
PAUL: Por quê?
HILDY: Você não precisa ser tão hostil. Só quis dizer que é um grande salto de molho sriracha para "tempo", no sentido mais amplo da palavra que, por sua expressão, é o que acredito que esteja sugerindo. É assim... meio etéreo ou algo assim.
PAUL: *E-té-re-o?*
HILDY: É.
PAUL: Que porra é essa?
HILDY: Você não sabe o que significa?
PAUL: Não. Não é uma palavra que qualquer pessoa normal use.
HILDY: Bem, eu uso.
PAUL: Por isso.
HILDY: Para sua informação, então, significa leve. Delicado. Sutil.

PAUL: Então, não. Errado. Não há nada de etéreo em ser grato pelo tempo. Não tem porra de sutileza alguma. Sou grato por um momento histórico específico no tempo.
HILDY: Melhor que não seja a descoberta do molho sriracha.

HILDY: Brincadeira.

HILDY: Por que está olhando assim para mim?

PAUL: Doze minutos em três de julho há dois anos. É por isso que sou grato. Agora preciso mijar. Se você não se importar, claro.

> **MENSAGEM DE TEXTO PARA PAI:** Está levando mais tempo do que eu pensava. Talvez chegue um pouco tarde para o jantar. Tem certeza de que não quer ir ao cinema com a gente hoje à noite? Gabe estava ansioso por algum tempo com a família, bj. H

> **MENSAGEM DE TEXTO PARA XIU FRASER:** Muitos avanços. Ligue quando acabar o ensaio do coro. Você não vai acreditar.

> **MENSAGEM DE TEXTO PARA MAX BUDOVIC:** Acho que finalmente estou pronta para ir além da conchinha!!!!!

MENSAGEM DE TEXTO DE MAX BUDOVIC:
Quê?! Com quem?!

HILDY: Lembra aquele estudo psicológico no qual me inscrevi?

MAX: Vc tá me assustando... Alguém sondando a parte suja de seu cérebro com uma vareta de metal ou algo assim?

HILDY: Não

MAX: Tá falando de um ser humano real?

HILDY: Carne e osso

MAX: Ai amore, mazel tov!!!! Conte mais

HILDY: Última pessoa no mundo com quem você me imaginaria. Um pouco azedo. Zero em comum e me deixa realmente maluca

MAX: Não sei se tô gostando do rumo da conversa

> **HILDY:** Nem eu ou talvez sim. Não posso falar

> **MAX:** De novo: vc tá me assustando

> **HILDY:** Tá me assustando tb, mas a vida é curta

> **MAX:** VC TÁ ME ASSUSTANDO PRA CACETE

> **HILDY:** Já volto

> **MAX:** Nãããããããããão!!!!!!!!!

HILDY: Oi.
PAUL: Oi.
HILDY: Olhe só. Desculpe. Não quis chatear você.
PAUL: Não me chateou. Precisava mijar, está bem? Próxima pergunta. E eu pergunto de agora em diante.

PAUL: E um recado: vou xingar pra caralho se eu quiser xingar pra caralho, porra.
HILDY: Tudo bem... Porra.
HILDY: Você riu.
PAUL: Não ri.
HILDY: Riu sim.
PAUL: Próxima pergunta.

PERGUNTA 10

PAUL: *Se você pudesse trocar alguma coisa na forma como foi criada, o que seria?*

HILDY: Eu queria não ter sido mantida no escuro por tanto tempo.
PAUL: Por isso você é tão pálida.
HILDY: Pensei que você tinha dito que eu era fúcsia.
PAUL: Varia. Neste momento, você está meio branca de novo.
HILDY: Vou ignorar. Quero que responda sinceramente, então vou responder sinceramente. Quero dizer: gostaria de ter sido informada sobre o que estava acontecendo. Sei que meus pais estavam tentando me proteger, ou talvez apenas se proteger, mas, é claro, saiu pela culatra, e como saiu. Digo, segredos sempre acabam vazando, certo? Então, agora tenho essa preocupação constante de que existam outras coisas ruins que eu também não saiba. Estou com medo de outra explosão. A verdade machuca muito mais quando fica apodrecendo escondida por um tempo.
PAUL: Não sei.
HILDY: Ou não está nem aí, pelo jeito. Está bem. Vou deixar essa confissão dilacerante pairando no ar e perguntar: o que *você* trocaria? E não diga que trocaria meias ou cuecas ou qualquer coisa estúpida assim.

PAUL: Você queria mais verdade. Sim, bem, acho que eu queria menos. Menos verdade, mas melhor. Isso é o que eu teria mudado.
HILDY: Uau.
PAUL: Quê?
HILDY: Só uau. Pensamento interessante.
PAUL: Não fique tão chocada. Às vezes tenho esses pensamentos.
HILDY: A verdade pode ser melhor? Se melhorar a verdade, ainda é verdade...? Ou quer dizer melhor como "melhor para você"?
PAUL: (Risos). O que acha que quero dizer?

HILDY: Não sei, na verdade. Você gosta de bancar o insensível e de fingir que só pensa em você, mas acho que é só teatro. Tenho a sensação de que alguma coisa, como o significado real da verdade, preocuparia você.
PAUL: Porque sou assim, tipo, empático e tudo mais?
HILDY: É. Entre outras coisas. Então, desembuche. Me diga. O que é verdade?
PAUL: Para descobrir, cale a boca e disque 0-800-PERGUNTE-AO-BUDA. É 0-800-PERGUNTE-AO-BUDA.
HILDY: (Risos). Grosseiro, mas engraçado.
PAUL: Deixe eu terminar este "rabisco", e eu faço uma camiseta para você.
HILDY: A mão de novo! Por que não para de desenhar isso? Ei, não... Por que está riscando?

PAUL: Já teve verdade demais em uma pergunta.

PERGUNTA 11

PAUL: Ai, merda. Por favor. Não.
HILDY: Quê?
PAUL: (Suspiro). *Em quatro minutos, conte a seu parceiro sua história de vida com o máximo de detalhes possível.*
HILDY: E daí?
PAUL: Quatro minutos de você? É como dez anos de vida para o restante de nós. É claro que vou rabiscar muito. Me passe um pouco de papel, por favor?
HILDY: Sabe que a gente apela para isso quando está trabalhando de babá, não sabe? Encontre alguma coisa para as crianças desenharem, assim não ficam entediadas e quebram a mobília ou riscam as paredes ou algo do tipo.
PAUL: Só me passe. Aliás, por que você está com essas tranqueiras todas aí? Por que trouxe a mochila? Para transportar seus recicláveis? Terça-feira é dia de lixeiro. Talvez você queira aliviar sua carga.

HILDY: Do que você está reclamando? É você que precisa de papel. Aqui. Pegue.
PAUL: Não tem nada em branco ai?
HILDY: Exigente, exigente. Desenhe no verso. É só rascunho mesmo. Eu tinha o...
PAUL: Tá. Então, responda, por favor?

PAUL: O que a está impedindo?
HILDY: Desculpe. Só precisava de um momento para te fazer desmaiar mentalmente antes de continuar.

HILDY: Tudo bem... Quatro minutos... Nasci em Montreal, mas me mudei para cá quando tinha 3 anos. Tenho dois irmãos, um mais velho, um mais novo. Alec, com um c, está cursando um semestre em Dublin no momento, e Gabe.
PAUL: Sabia que teria um Gabe.
HILDY: Família bem comum. Meu pai é diretor na escola de artes onde eu estudei. Minha mãe é médica de pronto-socorro. Na verdade, ela é a chefe do departamento.
PAUL: Caramba. Parabéns.
HILDY: Não é por isso que estou dizendo isso. Só que ela é a *primeira* mulher do hospital a dirigir o pronto-socorro, então eu gosto de comentar. As pessoas precisam saber sobre mulheres em posições de autoridade.
PAUL: Entendo. Então, podemos acelerar um pouco? Desse jeito você não vai conseguir acabar em quatro minutos.
HILDY: Tão irritante... Meu pai foi o "cuidador principal". Foi isso que nos deixou um pouco diferentes. Ele tinha verões e feriados de folga, enquanto minha mãe estava sempre trabalhando. O que mais? Eu ceceava até os 10 anos, o que é horrível quando seu sobrenome começa com S. Tive que ir muito à fonoaudióloga para corrigir, e, mesmo agora, quando fico cansada, minha fala pode ficar bem chiada... Sabe o Frajola?... Esse tipo de chiado. Tudo bem. O que mais? Hum... Você tinha

razão. Eu fazia todas as aulas comuns: piano, balé, aulas de arte sábado de manhã. Isso é chato.
PAUL: Não, não. Estou roendo a porra da unha de tão interessado.
HILDY: Sofri um acidente de carro quando tinha 12 anos?
PAUL: Por que está me perguntando?
HILDY: Quero dizer, isso é meio interessante. Minha mãe derrapou no gelo da estrada. Nós voamos. Ainda tenho pesadelos com isso.
PAUL: Alguém morreu?
HILDY: Não. Credo. Por que você diria uma coisa dessas? Meu irmão teve uma concussão, e minha mãe torceu o tornozelo ou algo assim. Só que ela ficou tão assustada. Foi o que me impressionou. Minha mãe sempre sabia o que fazer. Quero dizer, ela é médica. Até esse momento de minha vida, ela era como uma deusa guerreira ou algo assim. Corajosa. Imperturbável. Mas aí ficou totalmente louca. Ainda tenho esses sonhos quando preciso de sua ajuda para algo e ela desmonta. E também pode ser algo totalmente aleatório, como "Você viu minhas meias?" ou "Você pode me buscar depois do trabalho?", mas ela vai e *bum*. Pedacinhos em todos os lugares. E daí sou eu que cuido dela, tentando juntar seus pedacinhos. É como se eu tivesse dado uma olhadinha rápida embaixo da armadura, e agora não consigo esquecer como ela também é, acho, vulnerável.
PAUL: É. Esse é o problema dos pais. O tempo todo mostram que são humanos.
HILDY: (Risos). Isso é bom. Talvez eu use.
PAUL: No quê? Em seu romance?

PAUL: Eu *sabia* que você estava escrevendo um romance.

PAUL: Só não me coloque nele.
HILDY: A) Que diferença isso faria? Você não lê, lembra? E B) acha mesmo que, com menos de uma hora de convivência, você me impressionou o suficiente para aparecer em meu romance?
PAUL: Talvez. Você me parece tão impressionável, se é que isso existe.

HILDY: Existe, e você sabe disso. Você gosta de agir como se fosse...
PAUL: Hum... Perdão? Mas acho que ainda estamos em sua história de vida. A minha vem depois.
HILDY: Você sempre consegue o que quer?
PAUL: Estou aqui, sentado em uma cadeira quebrada, numa sala sem janelas, com, sei lá, mais noventa questões e você precisa perguntar?
HILDY: (Risos). Tudo bem... Minha vida... Nem lembro o que ia dizer agora. Você me deixou agitada... Não me olhe assim. Estou falando sério. Tipo, não sou de me acabar de chorar na frente dos outros. Sou razoavelmente...
PAUL: Ai, meu caralho. A pergunta.

HILDY: Ok... Eu era a nerd clássica do ensino médio.
PAUL: Eu sabia que você conseguiria.
HILDY: Fiz todas as atividades extracurriculares. Tudo, desde improvisação, estúdio de moda até simulação da ONU, e não apenas porque tivemos que ir para Haia naquele ano... Tenho o mesmo grupo de amigos desde sempre, embora eu sinta que Iris está se afastando. Xiu é minha amiga do peito desde as aulas de teatro infantil. Max e eu somos tão próximos como sempre fomos, mas é diferente, claro, desde que ele se assumiu. Ainda é meu melhor amigo. Hum... O que mais? Nutro um tipo de interesse estranho em qualquer coisa remotamente relacionada à década de 1950. Não sei de onde vem isso, mas tenho esse desejo apaixonado por uma geladeira rosa. Por outro lado, essa estética europeia totalmente simplificada me atrai, então também fantasio com uma cozinha totalmente branca, um balcão de cimento queimado, armários lisos, sem alças, esse tipo de coisa. Isso me dá uma sensação de calma. Odeio esquiar, principalmente porque todos, incluindo meus pais, fazem parecer que você precisa amar, enquanto, de fato, está frio e as botas machucam, e é apenas subir e descer, subir e descer a colina várias vezes. É chato. Como futebol. E a semana de boas-vindas da escola... Que *ultrapassa* a chatice. "Frivolidade forçada". Não há nada pior... Hum. Estou planejando fazer faculdade de inglês, mas provavelmente vou fazer as provas e ir para a faculdade de Direito, como todo mundo.

PAUL: Como todo mundo.

HILDY: Você sabe o que quis dizer. Nem todo mundo, mas...

PAUL: Não, eu não sei o que você quis dizer. Na verdade, geralmente não sei o que você quer dizer. É chocante, eu sei, mas quando você diz "famílias comuns", eu não imagino automaticamente mães que dirigem um pronto-socorro e filhos que precisam ser forçados a esquiar.

HILDY: E daí? A ideia de *todo mundo* sobre o comum é diferente. Somos indivíduos. Circunstâncias diferentes. Influências diferentes.

PAUL: Não brinca.

HILDY: Tudo bem. Então, o que é normal para você?

PAUL: Isso não é normal.

HILDY: Sua vez para os quatro minutos.

PAUL: Desculpe. Não tenho tanto material assim.

HILDY: Certo. Você está vivo faz quanto tempo? Dezoito? Dezenove anos? Tenho certeza de que consegue arrancar daí um resumão de quatro minutos.

PAUL: Caramba. *Aquele* foi seu resumão?

PAUL: Quê? Não posso fazer um pequeno aparte?

HILDY: Pensei que tinha dito que não lia.

PAUL: Ué?

HILDY: Você está mentindo. "Aparte?" Isso é coisa de livro.

PAUL: Isso é o que o Pernalonga fala.

HILDY: Não me lembro do Pernalonga dizendo "aparte".

PAUL: Ah, claro, então devo estar enganado, porque você obviamente memorizou cada palavra.

HILDY: Esse é o tipo de discussão que se tem com uma criança de 6 anos.

PAUL: Não é uma discussão. É um aparte. Sobre o aparte. Pensei que apreciaria a simples beleza, você, que algum dia vai se formar em inglês e tudo mais.

PAUL: Você sorriu.

HILDY: Sorri.

PAUL: Tudo bem. Onde estávamos? A história de minha vida. Meus pais não estão por perto. Não tenho irmãos, até onde sei. Toco bateria. Você já sabe. Eu desenho. Você já sabe também. Estou quase formado no ensino médio. Considero essa uma de minhas maiores realizações.

HILDY: Quase formado?

PAUL: É. Difícil não se formar em uma escola de periferia. Se você dá uma piscada, colocam você na tribuna de honra.

HILDY: Bem, parabéns. O que mais você faz?

PAUL: Atualmente estou desempregado.

HILDY: É isso?

PAUL: É. É isso. A história de minha vida.

HILDY: Errado. Sabe o que foi isso? Esse foi um disfarce de dez segundos para um docudrama de 36 partes. O que você não disse foi muito mais interessante que o que você disse de verdade. Por exemplo, o que aconteceu com...

PAUL: Não me pergunte sobre meus pais.

HILDY: E quanto a amigos?

PAUL: Eu tenho alguns.

HILDY: Sim? Então?

PAUL: Não são caras ruins. Eles melhoram com álcool.

HILDY: Namorada?

PAUL: Muita treta. Prefiro garotas, no plural.

HILDY: Bond. James Bond.

PAUL: Professor! Betty está tirando sarro de mim de novo.

HILDY: Estou me divertindo com a imagem que você tenta projetar.

HILDY: O que eu não deveria fazer. Porque odeio quando você faz isso comigo.

HILDY: Desculpe.
PAUL: Minha imagem não importa.
HILDY: Nem deveria. O que eu disse foi inadequado.
PAUL: De novo. Não importa.
HILDY: Então. O que você quer fazer?
PAUL: Quando?
HILDY: Quando, sabe, "crescer"?
PAUL: Já cresci.
HILDY: Tudo bem. Ótimo. O que você quer fazer *no futuro*?
PAUL: Me virar. Não pensei muito além disso.
HILDY: Sério?
PAUL: Acho que respondi à pergunta.
HILDY: São quatro minutos. Você tem cerca de três minutos e 37 segundos para acabar.
PAUL: Vou preencher com um solo de bateria.

HILDY: Ai. Não machuca os dedos?
PAUL: Para isso servem as mesas.
HILDY: Não, não servem, e isso não é uma resposta também. Então, pare, por favor?
HILDY: Obrigada. Vou deixar que recupere o fôlego e, então, pode começar.
PAUL: Não preciso recuperar o fôlego.
HILDY: Tudo bem, comece.

PAUL: Eu *rabisco*. É isso que gosto de fazer. Talvez, em um mundo ideal, eu ganharia a vida desenhando, mas esse não é um mundo ideal, é? Acho que estou perguntando à pessoa errada. Senhorita Ensino Médio com Viagem para Europa e, claro, possuidora orgulhosa de um melhor amigo gay.
HILDY: Por que a orientação sexual de meu melhor amigo mereceria esse tipo de reação?

PAUL: Sei lá. Você parece estar tentando realmente ser "um indivíduo", mas faz essas coisas totalmente previsíveis. Aposto que eu poderia dizer qual sua comida favorita, seu músico favorito, seu livro favorito, se eu lesse, claro, sua bebida favorita, sua marca favorita de...
HILDY: Olhe só. Seus quatro minutos terminaram. Faça a próxima pergunta.
PAUL: Pisei num calo, não foi?
HILDY: Queria bater em você.

HILDY: E isso não foi divertido. Então pare de rir, por favor?

PERGUNTA 12

PAUL: (Rindo). Desculpe. Talvez seja por ter ficado nessa sala por horas...
HILDY: Não se passaram horas.
PAUL: Não consigo evitar. Desculpe. Não há nada mais divertido que ver alguém como você surtando.

PAUL: Se quiser que eu pare de rir, precisa fazer alguma coisa com seu rosto.

PAUL: Estou falando sério.

PAUL: E com essa fumacinha que está saindo das orelhas.

PAUL: Ai. Meu. Deus. Você não é nem um pouco como pensa que é. Você fez essa cena toda, dizendo como você é comum, mas aí, assim que eu concordei, perdeu o rumo. O que me faz pensar que você não quis realmente dizer o que...
HILDY: Cale a boca e faça a pergunta.
PAUL: E lá vem você de novo. Quem tá de mau humor agora?

PAUL: Tudo bem, tudo bem. Aí vai: *Se você pudesse acordar amanhã com qualquer qualidade ou habilidade, qual seria?*
HILDY: Paciência, especialmente agora.
PAUL: Boa. Eu também.
HILDY: Tarde demais! Peguei primeiro. Não pode copiar. Invente outra coisa.
PAUL: Eu teria a capacidade de desligar você totalmente enquanto ainda pudesse receber meus quarenta dólares.
HILDY: Rá-rá-rá. Estou optando por rir disso de um jeito bem-humorado, mas não acho que essa seja a resposta verdadeira. Quero a resposta verdadeira.

HILDY: Sabe, percebi que, quanto mais difícil a pergunta, mais compulsivamente você desenha. Obviamente é um mecanismo de defesa.

HILDY: Bem, olhe só. *Les tables ont tournées.* Não é tão engraçado agora, certo?
PAUL: Se esse é um mecanismo de defesa, não está funcionando muito bem. Você conseguiu me incomodar mesmo em espanhol.
HILDY: Francês, e você sabe disso.
PAUL: Eu sabia que você me lembrava alguém. Jean-Claude Van Damme.
HILDY: Não sei quem é esse.
PAUL: Ele é um ator, e você conhece.

HILDY: Pronto?

PAUL: Ah, sim. Estou pronto faz anos.

HILDY: Ande logo.

PAUL: Quê?

HILDY: Ande logo. Ande logo, responda à pergunta. É cansativo ter que pedir isso o tempo todo.

PAUL: *Você* está cansada?

HILDY: Acho que a resposta verdadeira está em seus desenhos. Você desenha uma versão da mesma coisa várias vezes. Aquela mão. Deve ter um significado.

PAUL: A resposta à pergunta está em meus desenhos? Então, sou um leitor de mentes. Só soube da pergunta depois de lê-la e, ainda assim, de algum jeito, fui capaz de milagrosamente desenhar a resposta.

HILDY: Não quero dizer a resposta a essa pergunta em especial. Quero dizer que é a resposta para quem você é como pessoa.

PAUL: Vou vomitar.

HILDY: Se estou tão errada, por que você está amassando o papel?

PAUL: Para não fazer nada pior.

HILDY: Tipo o quê? Se revelar?

PAUL: Ai, meu Deus. Você é inacreditável. Quem você pensa que é agora? Oprah?

HILDY: Eu...

PAUL: Não venha me dizer que não sabe quem ela é. Você assiste à televisão como todo mundo. Acha que vou mesmo acreditar nessas suas bobagens todas? Você está se escondendo tanto quanto eu. Então, é isso que eu gostaria.

HILDY: O quê?

PAUL: Eu gostaria de ter a capacidade de ver como você realmente é por baixo de toda essa pose e das palavras difíceis e do sobretudo de homem ou barraca de exército, ou seja lá o que você estiver vestindo. Você pode dizer "etéreo" e saber o que é bom pra cacete em armários de cozinha sem puxador, mas você não engana ninguém. Só decidiu qual parte do fiasco deseja divulgar. Meu palpite é que sua família é tão ferrada quanto todo mundo.

PAUL: Eita. Isso calou você de verdade.

PERGUNTA 13

PAUL: Agora você está com raiva.

HILDY: Não, não estou. Não há muito a dizer sobre isso. Se você se lembra, fui eu quem insisti em dizer como todos nós temos problemas. E você era quem estava ignorando os meus, porque eu, por acaso, tenho uma "mochila" da Coach.

PAUL: Opa. Estamos de acordo. Então, por que essa cara?

HILDY: Só porque algo é verdadeiro não significa que você tenha que gostar.

PAUL: Eita. Duas coisas com as quais concordamos.

HILDY: Agora, o que você está desenhando?

HILDY: Sou eu de novo, não é? Aliás, obrigada pelos lábios gigantes.

PAUL: O que há de errado com lábios gigantes? Eu gosto de lábios gigantes. E não. Não é você. É Pandora. Versão atualizada da história. Em vez de uma caixa, todos os males do mundo estão enfiados em sua mochila original da Coach.

HILDY: (Risos). Pensei que você não lesse.

PAUL: Não leio.

HILDY: Então, como você conhece mitologia grega?

PAUL: Quadrinhos. Incrível o quanto você pode pescar só olhando desenhos.

HILDY: Gosto disso. Apesar de seus melhores esforços para parecer superficial, você revelou mais uma vez sua profundidade. Posso ficar com ela?

PAUL: Pegue. Nada como alguém explicando uma piada para matá-la... Aqui... Vou assinar para você.

HILDY: (Risos). *Para Betty. Você vai precisar de uma mochila maior se estiver carregando meus problemas também. Bob... Ei! Sem beijos?*

PAUL: Bob é um pouco tímido com as moças.

HILDY: Ao contrário de Paul, seu *alter ego*. Ou é o contrário?
PAUL: Você nunca saberá.
HILDY: Eu já sei.
PAUL: Eita. Que coincidência. A Pergunta 13 também é sobre coisas que vão além de sua compreensão.
HILDY: *Segue* suave.
PAUL: Seja lá o que isso for. Tudo bem, lá vai. *Se uma bola de cristal pudesse lhe dizer a verdade sobre você, sua vida, o futuro ou qualquer outra coisa, o que você gostaria de saber?*

HILDY: Eu gostaria de saber se...

PAUL: O quê?
HILDY: Sei lá.
PAUL: Responde.
HILDY: Eu gostaria de saber se as coisas vão voltar a ser do jeito que eram.
PAUL: Minha nossa. Você precisa de uma bola de cristal para isso? A resposta é não.
HILDY: Eu sei, mas...
PAUL: Sem mas.
HILDY: Você nem ouviu o que eu ia dizer.
PAUL: Não há nada que você possa dizer. Não pode voltar no tempo. Olhe para a frente. Águas passadas. Sério. Próxima pergunta.
HILDY: Não sei por que você ficou tão bravo de repente. Eu não estava falando de você. Eu...
PAUL: Próxima pergunta.
HILDY: Não estamos na próxima pergunta. É sua vez.
PAUL: Estou cheio dessa bobagem.
HILDY: Que pena. Ainda não terminamos. O que você gostaria de saber?

PAUL: Se Deus existe e, em caso afirmativo, o que ele estava pensando?

HILDY: Resposta estranhamente séria.
PAUL: E você pensou que tinha chegado ao fundo da psique deturpada de Bob.
HILDY: O que você quis dizer com "o que Deus estava pensando"?

HILDY: Vá em frente. Continue rabiscando. Aja como se não me ouvisse.

HILDY: Você é tão infantil.

HILDY: Fala sério. Só me diga. O que Deus estava pensando... Sobre o quê?

HILDY: Você não pode me provocar com uma resposta grande e pesada dessas e depois parar de falar.
PAUL: Então estou te provocando agora?
HILDY: Você está tentando desviar a atenção da pergunta de novo. Diga o que você quer dizer.
PAUL: Girafas. Viu?
HILDY: Normalmente, aqui eu suspiro alto.
PAUL: Sério. O que o cara que chamam de "Deus" estava pensando? Quero dizer, ninguém faria uma coisa com aquela aparência de propósito.
HILDY: Não acredito em você e também odeio quando faz isso.
PAUL: O quê? Desenhar? Caramba, Betty, pensei que gostasse de meus desenhos.
HILDY: Odeio quando você vai dizer algo real, depois dá para trás.
PAUL: Não. Verdade. Olhe para isso. O pescoço. As pernas magrelas. E esses chifres patéticos? Não sabe brincar...
HILDY: Nem engraçado, nem encantador, muito menos especialmente perspicaz.

PAUL: Você é *tão* cruel. Vou me retirar para a segurança de meu mundo imaginário por um tempo. Você faz as perguntas agora.

PERGUNTA 14

HILDY: *Há alguma coisa que você sonhou fazer por muito tempo? Por que você não fez?*
PAUL: Estamos aqui há muito tempo?
HILDY: Por quê?
PAUL: Nada.
HILDY: Por que está sorrindo assim?
PAUL: Nada... Está bem? Se tem algo que eu quero fazer faz tempo? Tem. Dirigir.
HILDY: Você não sabe dirigir?
PAUL: Vou dirigir o quê? Eu não tenho um carro, o que, como você sabe, também é a resposta para a droga da pergunta suplementar.
HILDY: Ah. Ei! Que tal me ensinar a tocar bateria, e eu ensino você a dirigir?
PAUL: Você? Tocando bateria?
HILDY: Sim.
PAUL: Não.
HILDY: Por quê?
PAUL: Apenas não. Betty. Olhe para você. Pense em seus interesses, quem você é como pessoa, sua força no braço... E agora me diga que você realmente vai tocar bateria.
HILDY: Tudo bem. Ótimo. Então me ensine a desenhar.
PAUL: Eu já disse como desenhar. Pegue um lápis e comece. Isso é basicamente o jeito como você toca bateria também. Pegue uma baqueta e comece a bater em alguma coisa.
HILDY: Entendo agora por que você não quer me ensinar a tocar bateria. Eu pegaria a baqueta e começaria a bater em você.
PAUL: Exatamente. Agora, você responde. Algo que sempre quis fazer.

PAUL: Seu rosto sempre é fúcsia.

HILDY: Você vai tirar sarro de minha cara.
PAUL: Pensei que tinha dito que para você estava tudo bem. Honrar compromisso. Fazer a coisa certa. O Código Justo dos Cavaleiros de Betty. Que seja.
HILDY: Tem razão. Eu disse. Está bem. Algo que sonhei por um longo tempo...

HILDY: Beijar Evan Keefe. O quê?
PAUL: Nada.
HILDY: Pare de rir. Não é engraçado.
PAUL: É, sim.
HILDY: Você nem conhece o cara.
PAUL: Não preciso conhecer. Você quer beijar o cara? Então beije. Por que não beijou?
HILDY: Não preciso te contar.
PAUL: Sim, na verdade, precisa. Pergunta de duas partes.
HILDY: Cacete.
PAUL: Cacete! Eita. Você deve estar, tipo, espumando de raiva. Vamos lá. Desembuche.
HILDY: Tudo bem. Então, não tem um motivo real. Só que, Evan Keefe e eu? Nunca aconteceria.
PAUL: Por quê? Ele é gay ou coisa parecida?
HILDY: Não! Por que está falando isso? Só que ele é muita areia para meu caminhãozinho. Quero dizer, olhe para ele.

PAUL: Você tem uma foto dele no telefone. Que medo. Você não é uma *stalker*, é?
HILDY: Calhou de fazermos um monte de coisas juntos.
PAUL: Calhou...
HILDY: Sim. Calhou. Nós dois temos interesse em teatro, música, literatura...
PAUL: E ele não é gay.
HILDY: Sabe que isso é um estereótipo.

PAUL: Então, por que ele não te beijou?

HILDY: Você quer dizer por que eu não o beijei? A pergunta foi: o que *eu* sonhei fazer.

PAUL: Ai, meu Deus. Que chatice. Você deve deixar as pessoas malucas. É por isso que ele não te beijou.

PAUL: O quê?

PAUL: O quê?

PAUL: Ah, pelo amor de minhas bolas.

HILDY: Nem me venha com "pelo amor de sei lá o quê".

PAUL: O que você é? A avó de alguém? Só gente de 80 anos fala coisas assim.

HILDY: Nem ligo para quem fala esse tipo de coisa! Seus comentários machucam. Você me conhece, tipo, há 45 minutos, e sente que tem o direito de dizer que eu deixo as pessoas malucas? Pareço tão irritante assim que só o contato comigo é...

PAUL: Minha nossa. Você não está chorando de novo, está? Meu Deus. Desculpe. Por favor. Pare com isso, por favor.

HILDY: NÃO estou chorando. Os dutos lacrimais femininos são menores que os masculinos, então, sei lá, teve um pequeno derramamento ou algo assim. Só estou. Muito. Brava.

PAUL: Eita. Você está se ouvindo? Eu só perguntei por que ele não te beijou. O que há de mal nisso? Imaginei que qualquer cara normal que goste de mulher ia querer te beijar.

HILDY: Não tente me bajular.

PAUL: Não estou tentando nada. Juro por Deus. Eu só não tinha ideia de que você era tão sensível.

HILDY: Não fale "sensível".

PAUL: Meu Deus. Qual é o problema com "sensível"?
HILDY: Você não engana ninguém. Essa palavra é carregada de preconceito. Já foi desmascarada há anos. Quando alguém diz "você é sensível", todo mundo sabe que quer dizer "você é irracional".
PAUL: Não.
HILDY: Ok, então "histérica"?
PAUL: Eu não disse isso, mas, francamente, estou começando a pensar.
HILDY: Ah, claro. *Agora* está começando a pensar. Que conveniente. Como se eu tivesse posto essa ideia em sua cabeça ou algo assim. Como se eu tivesse forçado você a...
PAUL: Qual é seu problema? Você está naqueles dias?

PAUL: Ai, cacete! Você jogou o peixe em mim?!?

CAPÍTULO 3

— Era como se meu braço estivesse... sei lá. — Hildy examinou o café lotado, procurando a palavra certa. — Possuído ou algo assim. Quero dizer, eu? Eu joguei. Nem sei *como* jogar nada.

— O cara mereceu. — Xiu observava seu reflexo na janela e fingia que não o fazia. — Um babacão, é o que eu acho.

Estavam sentadas à mesa de costume. Parecia frio demais para Hildy, em seu lugar, ao lado da porta, com pessoas entrando e saindo o tempo todo, mas Xiu precisava ficar ali. O lugar lhe dava a melhor visão do cara alto com cabelos dos anos 1970 que tocava violão na esquina. Ela jurou sentar ali todos os sábados até que o cantor gatinho tirasse os olhos do violão e a notasse. Se quisesse conversar, Hildy não tinha escolha a não ser ficar com ela ali. (Xiu era a abelha rainha. Tinha até uma tatuagem para provar).

Max juntou-se a elas com *lattes* e três croissants de amêndoas para compartilhar. Dois para ele. As meninas dividiriam o outro. Naquele dia, era sua vez de pagar.

— Você não perdeu nada. — Xiu tirou o café de sua mão sem tirar os olhos do cantor gatinho que se apresentava do outro lado da rua. — Ela ainda está falando sobre, ai, Bob.

— Ai. Credo. Deixe pra lá, Hildy. *Por favor, chica.* — Max espremeu seu 1,95 metro na cadeira ao lado delas. — Toda vez que você menciona esse nome, imagino o coitado do baiacu voando pelos ares para encontrar seu destino.

— Max. Já chega dessa voz gay. — Xiu beliscava as lâminas de amêndoas de sua parte do croissant. — Está começando a parecer que vai acenar com uma piteira por aí.

— Minha vida. Minha voz.

— Ótimo. Se está a fim de se transformar em uma caricatura de si mesmo, mas eu...

— Gente! — Hildy deu um tapa na mesa. — Vocês podem me ouvir um pouco? Sei que estou obcecada, mas, sério, vocês em geral são piores que eu, e agora eu preciso ser ouvida.

Max fechou um zíper invisível sobre os lábios. Xiu tinha acabado de dar uma mordida no croissant e não falaria por um tempo. Ela jamais falava com a boca cheia.

— Só preciso descobrir como consegui sair dos trilhos de um jeito tão drástico, depois disso, fico quieta. Prometo.

— Bem, isso é fácil. Superestimulação — disse Xiu, engolindo em seco.

Hildy desviou o olhar. Não devia ter perguntado.

— Você estava muito pilhada com os problemas em casa e nervosa com o encontro às cegas no qual havia acabado de entrar, então o Senhor Gostosão apareceu, provocou um pouquinho, e você perdeu o rumo. Pronto. Caso encerrado. Minha vez.

— Não é tão simples assim.

— É, sim. Você já fez isso antes.

— Não fiz.

Até Max riu.

— Noite de estreia, *Oklahoma*! Semifinais nacionais de debate. A manhã que saímos para nosso *tour* em lojas de roupas *vintage* de três cidades. Estou esquecendo alguma... Ah-ah-ah-ah-ah! ... Seu aniversário de 8 anos.

Hildy sorriu, como se dissesse "Engraçadinho".

— Só que *daquela* vez, pelo que lembro, foi o bolo de sorvete da Dora Exploradora que deixou você maluca. Lembra da sua mãe te banindo para o quarto? — Xiu fechou os olhos, levou a mão perfeitamente manicurada à boca e bufou, rindo. — Eu amo Amy, mas, ai. Ela é meio que a *rainha* do banimento. As sobrancelhas arqueadas. O dedo longo sacudindo. Credo. Aquela vez que ela pegou a gente com sua maquiagem? Duvido que algum dia vá me recuperar.

— Por favor. — Max ajustou os óculos-tartaruga. — Ela pegou Hildy comigo na *cama*.

— Que merda. Tinha me esquecido disso.

— Fico feliz que os dois achem isso engraçado. — Hildy afastou a cadeira na direção da mesa para que um homem com várias bolsas de lona e um bebê aos gritos pudesse passar. — Continuem. Podem rir de mim. Não me importo.

— Não estamos rindo de você. Só estamos rindo. Sabe por quê? — Xiu jogou o guardanapo sobre o prato para não ter a tentação de comer mais. — Um, porque somos jovens e estamos vivos, e dois, porque não é nada demais. É normal. Não sei o que os garotos mal-humorados têm, mas provocam as meninas até fazerem coisas loucas. Especialmente as garotas chamadas de "sensíveis". Vejam Heathcliff.

— É. Mas eu explodi.

— Combustão espontânea. Também é normal. Um fenômeno bem conhecido.

— Não tem graça, Max.

— Não estou dizendo que tem. Se alguém me desse um porrete e pendurasse uma piñata do Steve McQueen cheia de jujubas na minha frente, eu entraria em combustão também. Todo mundo tem um limite.

Hildy olhou para o *latte* e imaginou o saquinho voando pela mesa. Ouviu-o estalando quando bateu no rosto do garoto. Sentiu o respingo de água sobre a mão e a manga do casaco. Se viu cambalear, engasgando e tendo espasmos, para fora da sala.

— Devia ter seguido minha primeira intuição e ido embora assim que descobri sobre o que era o estudo. Sabia que não podia fazer nada relacionado a amor.

— Hildy. *Por favor, chica*! — soltou Max, apertando as mãos na lateral da cabeça.

— Pare de ser idiota — disse Xiu, começando a desembaraçar os cílios com a ponta dos dedos.

— Não estou sendo idiota. Estou examinando minha vida e tirando conclusões óbvias. É o que acontece quando você finge ser algo que não é. De algum jeito, consegui me convencer de que eu entraria lá com um estranho aleatório e seria como improvisar. Eu ficaria apavorada, mas a adrenalina bateria e eu deixaria o pavor de lado. E foi o que fiz por um tempo. No meio do caminho tive um probleminha com as lágrimas, mas eu me segurei muito bem... Até um comentário estúpido, e *bum*! A verdadeira eu veio à tona de novo. Como sempre faz. Então é isso. Não importa. Muitas pessoas ficam solteiras a vida toda e se dão muito bem com o fato.

— Claro. — Max pegou o croissant de Hildy, porque era claro que ela não estava comendo. — O papa, a maioria dos orientadores educacionais... E quem mais?

Ninguém veio à mente. Max ergueu uma sobrancelha grossa e bem-feita. Hildy deixou o assunto de lado.

— Você está inventando moda, Hildy. — Xiu sacudiu algumas migalhas da gravatinha da blusa de poliéster da era disco. — Você começou meio tarde e teve alguns contratempos, mas precisa deixar de ser obcecada com isso. Especialmente no que diz respeito ao Babacão. Quero dizer, melhor assim. Que tipo de cara acha aceitável acusar você de estar naqueles dias?

Max mostrou os dentes e fez que sim com a cabeça.

— É, Hil. Brochante. Digo, meu *pai* sabe disso, e ele é engenheiro mecânico de um antigo país do bloco soviético.

Hildy resistiu ao desejo de chupar a ponta da trança.

— Olhe só. Eu sei. Paul passou dos limites e...

Xiu levantou a mão.

— Pode parar. Para início de conversa, não o chame de Paul.

— Por quê? Esse é o nome dele.

— Confunde demais. Pauls são potenciais *crushs*. Bobs são professores de ginástica aposentados e tios-avôs alcoólatras, e, portanto, não o são. Vamos chamá-lo de Bob. Ou de Babacão. Você é quem sabe.

— Certo. Bob passou do limite, e não estou defendendo...

— Embora sem dúvida esteja prestes a defender. — Xiu observou suas unhas.

— ... Mas quem estou enganando? *Eu sou* o problema. — Hildy moveu a alça de seu *latte* de um lado para o outro em um movimento de tique-taque. — É exatamente porque gostei dele e, de alguma maneira estranha, percebi que ele gostava de mim também, que tudo estava condenado ao fracasso. De novo, é só quem eu sou.

Max se virou para Xiu.

— Você acha que, ouvindo essa merda sem fim, podemos estar na verdade apoiando essa postura de alguma forma?

— Tudo bem. Olhe só. — Xiu empurrou os pratos sujos de lado, como um general abrindo um mapa de guerra. — Você tem razão. Cara complicado. Os desenhos. A bateria. Os lampejos de humor. Mesmo, dentro de certos limites, a babaquice. Tudo muito atraente. Mas vamos ser realistas. Você não quer um homem das cavernas.

— Você não está me ouvindo. Eu não quero ninguém.

— Mentira. Mas certamente não quer um cara que não lê.

— Ele não é idiota. — Por algum motivo, era importante para Hildy que eles soubessem disso.

— Ele teve que perguntar o significado de *etéreo* e... Qual era a outra palavra?

— *Segue.* — Max disse a palavra com pronunciado sotaque francês.

— Isso. *Segue.* — Xiu sacudiu a cabeça, desacreditada. — Palavras que uma criança de 7 anos usa, como peças de LEGO. — Ela estendeu a mão e segurou a de Hildy. — Esqueça o Neanderbob. E aquele cara, Trevor, de História Moderna? Ele parece pegável. Quero dizer, depois que arrumar aquele cabelo.

Hildy puxou a mão.

— Não estou interessada nem em Bob *nem* em Trevor. Não estou interessada em cara nenhum, ponto. Já disse a vocês. Estou cheia.

— Ah, tão dramática! E imprecisa também. Como pode estar cheia de algo que nem mesmo começou?

— Obrigada, Max. Você em especial deveria saber que não sou totalmente inexperiente.

Xiu levantou um dedo no ar e deu um ponto para Hildy.

— Houve outros caras também. — Hildy odiava o jeito como os dois assentiram com a cabeça. Só porque, de repente, eram os especialistas em sexo, não significava que podiam tratá-la feito criança.

— William Foster — disse ela. — Baile de formatura do nono ano. Fui ao banheiro e voltei para encontrá-lo pegando Elianna Bulmer.

— Você tinha 14 anos. Ele era um idiota. Parta para outra. — Xiu estava um pouco desconfortável porque também tinha ficado com ele.

— Eu segui em frente. Anton Friesen. E como acabou?

— O que você esperava? Ninguém se declara no terceiro encontro.

— Ótimo. Nate Schultz.

Os dois grunhiram.

— Você nem gostava dele! Fico impressionado com o tempo que durou — argumentou Max. — E, de qualquer forma, ele não era fofo o bastante para você.

Hildy tinha vários exemplos mais humilhantes para adicionar, mas, em vez disso, olhou diretamente para Max e disse:

— Você.

Ele parou com o tom jocoso.

— Hildy. Você não quer *mesmo* entrar nessa história de novo.

Ela não queria.

— Tudo bem, então. Evan Keefe.

Max deixou o pescoço se recostar no espaldar da cadeira e encarou o teto por alguns instantes antes de responder.

— Ele não pegou você quando teve a chance. Sabe por quê? Ele é 98% de plástico. Não tem peças funcionando.

— Sem falar que ele é cheio de si. — Xiu estava ficando entediada. — Como parece ser o caso de Bob. Podemos mudar de assunto?

Sim, pensou Hildy, mas Max disse:

— Achei o comentário sobre os doze minutos na data tal estranhamente intrigante. O que acha que foi isso?

Xiu sorriu com tristeza para Hildy, então começou a procurar o estojo de maquiagem na bolsa.

— Claro que é alguma coisa sexual. De novo, *não* é o cara certo para você.

Hildy pensou no olhar de Bob. Ela sabia que ele não estava falando sobre nada sexual. Era alguma coisa séria. Mas não contaria isso a eles.

— Normalmente, acho meio ofensivo que você considere qualquer coisa sexual tão errada para mim, mas, felizmente, nesse caso, isso prova meu argumento. Acabou.

Xiu deu de ombros e passou o batom vermelho-escuro que tinha adotado havia pouco.

— Acabou para *ele*. O que é ótimo. Agora você não precisa explicar a tatuagem de lágrima a seus pais. Amy não teria lidado bem com isso.

Max passou o braço sobre o espaldar da cadeira de Hildy e se aproximou.

— Você vai superar. Fiquei acabado com o primeiro cara que me fez ficar desse jeito também.

— *Você* foi o primeiro cara que me fez ficar assim, Max.

Xiu gritou.

— Ai, toma! — Ela beijou o guardanapo para tirar o excesso de batom. — Se você não quisesse experimentar a heterossexualidade, Hildy nunca teria... Ai, minha nossa. O cantor gatinho. Está se deslocando.

O artista pegou a capa do violão e estava entrando no café. Xiu botou os brincos de novo, lançou beijinhos aos amigos no ar e se apressou para pegar um lugar estratégico no balcão.

— Não esqueça: festa hoje à noite. A gente se encontra às dez — gritou Max atrás dela.

Xiu acenou para ele como se dissesse "Sim, eu sei" ou "Não estou interessada". O artista gatinho entrou na fila atrás da garota e começou a soprar os dedos para se aquecer. Ela se virou para ele e sorriu.

Hildy viu Xiu avançar sobre sua presa e estremeceu.

— Até o pensamento de fazer isso de novo me deixa um pouco enjoada.

A boca de Max estava cheia com o resto do croissant de Xiu.

— É como acordar de ressaca e jurar que nunca mais vai beber. Todo mundo diz isso. Ninguém fala sério.

— Eu falo. Fico me perguntando se sou assexuada.

Max deu uma grande risada forçada.

— Você não é. Tenho a prova.

— Quer dizer, nós? Isso não conta. Nós mal passamos da fase de tirar a blusa.

— Não estou falando sobre nós, embora você estivesse bastante animada, pelo que eu me lembre.

— Mais animada que você.

— Bem, agora sabemos que havia motivo para isso, não é?

— Então, qual é sua prova?

Ele tirou o telefone do bolso e leu o texto.

— Abre aspas: "Acho que finalmente estou pronta para dormir de conchinha". Com o que você claramente denotou estar pronta para o estágio "sexo de gente grande", e eu respondi "mazel tov", e eu falei sério.

— Eu não estava pensando direito.

— Não se trata de pensar, Hildy. De novo, você precisa tentar mirar um pouco mais embaixo.

— Podemos sair daqui? — perguntou ela, levantando-se. Odiava que jogassem suas palavras na cara. Por um momento, ela teve tanta certeza de que havia entendido tudo.

Precisava ir à loja de peixes, então Max a acompanhou. Ela percebeu que ele tinha alguma coisa em mente.

— Tudo bem, Hildy — disse ele, assim que se sentaram em um banco no fundo do ônibus. — Me bate. — Ele virou o rosto para ela e estapeou a própria bochecha. — Bem aqui. Com toda a força. Vamos lá.

— Não. — Não era o que ela esperava. Não estava a fim de brincadeiras.

— Quero que você me bata.

— Não. Por quê?

— Porque sou um idiota.

— Verdade. E daí? — Ela olhou pela janela e pensou em Bob. Era óbvio que tinha uma queda por idiotas.

— Não tinha percebido antes o quanto a fiz ficar mal consigo mesma.

— Isso porque você é um idiota. Como já concluímos.

— O que posso dizer? Meninos de 16 anos de idade são imbecis, e, de qualquer forma, eu estava confuso. Você era tão linda, divertida e inteligente. Pensei que seria capaz de banir de minha mente todas aquelas fantasias com jogadores de lacrosse seminus dançantes. Eu te amei. Sabe que amei. Sabe que *amo*. — Ele beijou o pescoço de Hildy, mas ela o empurrou. — Mas também a estava usando. Agora eu entendo isso. Desculpe por ter sido um babaca.

Ela se virou e o encarou.

— E agora você quer que eu soque sua cara para que possamos ficar quites.

— Isso. Combinado?

— Não. — Ela se lembrou que Bob tirou sarro de sua força nos braços. — Um soco de toda a minha magreza. Chama isso de estar quite? Você merece coisa bem pior.

— Isso. Mereço.

— Uma vida de punição, é isso que você merece. E pode apostar que vou providenciar para que tenha essa vida.

— Jura, miga?

— Ô.

— Essa é minha garota.

Ele beijou sua testa. Ela se aninhou na curva do braço de Max. Ficaram assim por um tempo, e então Hildy disse:

— Já se sentiu um fracasso completo?

— Já. Diariamente. Mas também cago todo dia. Nos dois casos, dou descarga, lavo as mãos e ponho a culpa do cheiro no último cara que saiu do banheiro.

Hildy não riu.

Max tirou o elástico dos cabelos de Hildy e começou a refazer a trança.

— Bem. O que você cagou dessa vez, ou ainda estamos falando de Bob?

Ela suspirou. Sabia que ele não ia gostar, mas, se não pudesse contar a Max, a quem poderia contar?

— Não. Mas sinto que estou fazendo o mesmo com todo mundo.

— Fazendo o que com todo mundo?

— Não jogando coisas nas pessoas, talvez, mas as afastando. Me afastando. Você sabe. Bagunçando sua vida.

— Essa é parte de "uma vida inteira de punição"? Me dê logo um soco na cara, por favor? *Tenha piedade.*

— Estou falando sério. Sinto que estou arruinando as coisas.

Max enrolou a trança de Hildy em volta do pescoço da garota e fingiu estrangulá-la.

— É sério — insistiu ela, jogando a trança para trás.

— Tudo bem. Quem exatamente você afastou? Só estou perguntando para fazer sua vontade, claro. — Ele colocou o elástico nos cabelos e ajeitou tudo no lugar.

— Iris.

— Fala sério. Por sua causa ela não apareceu hoje? Ela nunca mais aparece. Está com o pessoal de design de figurino. Tem um novo grupo de amigos, e eu, de minha parte, estou bem com isso. Já ouvi o suficiente sobre corsets de osso de baleia e costuras francesas para uma vida inteira. E, vindo de mim, isso quer dizer alguma coisa.

— Ela se afastou porque abri minha boca grande e falei que estávamos indo ao restaurante tailandês enquanto ela estava...

— Aargh. Ela não estava! Temos que entrar em hibernação até ela estar disponível? Francamente, se ela não vem por causa de algo que você disse, te devo essa. Motorista! O próximo trecho é por minha conta! Tudo bem. Quem mais?

— Evan.

— Já falamos de Evan. Ele é um idiota cujo único ponto atraente possível é ter rejeitado você. Por que se preocupar com ele? Ele está na faculdade. Esquece o cara.

— Meu pai e Gabe...

— Pare. — Max virou-se para encará-la. Sua jaqueta rangeu contra o banco. — Estou falando sério. Chega. Você não teve nada a ver com isso.

— Tive, sim.

— Não. Não teve. Sabe de uma coisa? De seu jeito silencioso, você é tipo uma megalomaníaca. Acha que pode controlar o mundo ou algo assim? Isso pode ser um choque, mas você não tem poder sobre como seu pai reage a seu irmão. Ou a qualquer um, pelo que me consta. Supere.

— Mas, se eu não tivesse mostrado a ele aquela foto, eles...

— A foto. Que foi tirada dois meses atrás. E Gabe tem o quê? Doze? Doze e meio? O problema começou há *pelo menos* treze anos. Não por sua causa. Por sua mãe. E talvez seu pai... Mas, definitivamente, não por sua causa.

— Eu sei. Quero dizer, meio que sei, mas é isso que me obriga a, sei lá, vomitar as coisas? É como se eu fosse isso, isso, o elo para o desastre ou algo parecido.

— Elo para o desastre. Não é uma marca de roupa de skate? Ah, sim, eu acredito que seja.

— Sou o denominador comum. É como se coisas ruins acontecessem simplesmente porque estou lá.

— Você é pé-frio. É o que está dizendo. Uma pé-frio megalomaníaca.

— Do jeito que você fala, parece que estou sendo apenas supersticiosa e...

— Hildy Pé-de-Gelo. Aliás, excelente nome de stripper, caso você pense nisso, mas totalmente falso.

Max puxou a corda para dar sinal e a arrastou para se levantar do banco.

— Nada a obriga a vomitar as coisas. Você não tem uma forma especialmente cruel de síndrome de Tourette. Um balão apareceu em seu computador. Você leu o que estava escrito. Não é o mesmo que vazar informações do governo para o Estado Islâmico. Isso é leitura em voz alta... Que sempre pensei ser uma das tradições mais estranhas da família Sangster.

Eles saíram do ônibus.

— Mas por quê? Por que eu fiz isso?

Max agarrou seu ombro e rosnou para ela.

— Porque qualquer um faria. A diferença é que outras pessoas se sentiriam mal por um tempo, pensando, "Ai, fiz besteira". Você, por outro lado, mergulha na culpa em qualquer situação. Gostaria que você parasse com isso. O som da mastigação é sem dúvida ensurdecedor, e, além disso, odeio te dizer, queridinha, você está ficando com um pouco de barriga. Uma menina tão bonita, mas sem dúvida inchada de culpa.

Hildy gostava quando Max colocava seu braço em seus ombros mesmo quando lhe dava uma bronca. Era alto, forte e tinha cheiro de canela. Também sempre tinha a temperatura exata, e ela sempre estava com frio.

— Sabe de uma coisa? Você não é Hildy Pé-de-Gelo. Você é Hildy Esponjinha, o que, aliás parte dois, é um nome de stripper horrível. Ninguém vai pagar para ver alguém chamada Esponjinha tirando a roupa... Só pensei que devia falar isso antes que você tivesse alguma ideia.

Hildy riu porque era engraçado e, também, porque estava esgotada. Max pegou um cachorro-quente de um vendedor na calçada, e eles caminharam até a loja de peixes.

A H2Eau Produtos para Aquários ficava escondida entre um novo restaurante etíope e uma antiga loja de tintas. Era minúscula e cheia de tanques de peixes, e tudo tinha uma espécie de estranho brilho turquesa. Eles entraram. Max tirou um monte de selfies com um olho grudado em um aquário e vários peixes de desenho animado parecendo nadar nele.

Hildy falou com Barry, o dono, que a deixava um pouco desconfortável. Sempre ficava um pouco feliz demais em vê-la. Quando Gabe ainda precisava de uma babá, ela ficava na loja o tempo todo, apesar de não ter absolutamente nenhum interesse em peixes. Gabe jamais conseguia esperar até que o pai chegasse do trabalho para ir até lá.

Barry perguntou se Gabe havia gostado do baiacu. Hildy evitou a pergunta e disse que estava ali para comprar outro.

— Acho que você está sem sorte, mocinha. Aquele era meu último. Estou tendo um monte de problemas para consegui-los ultimamente. — Ele se levantou do banquinho e passou, apertando-se, pelo balcão. — O mais próximo que tenho é essa pestinha aqui.

Ele a levou até um tanque perto da entrada. Hildy viu que não era a mesma coisa. Mesmo que ela não tivesse notado a diferença, não teria importado. Gabe queria um baiacu e nada mais. Seu pai e Gabe tinham falado sobre conseguir um por anos.

Seu pai e Gabe tinham falado.

Aquilo costumava parecer tão normal.

Ela balançou a cabeça e se esforçou para abrir uma espécie de sorriso.

— Vou colocar você na lista de espera. É o melhor que posso fazer.

Max chamou-a para o outro lado da loja para ver o que ele alegava serem barrigudinhos apaixonados. Imediatamente, ele reconheceu aquele olhar.

— Decepcionada. Entendi. Mas não é problema seu, mesmo que um peixe de 120 dólares pudesse consertá-lo, o que não pode. Isso teria animado Gabe por um tempo, mas e depois? Ele e seu pai estariam de volta à estaca zero, e nem cantar, dançar ou jogar dinheiro para cima seria capaz de resolver a questão.

Hildy nem podia discordar porque sabia que nenhum de seus argumentos fazia sentido do modo como as pessoas esperavam. Decidiu que era melhor apenas manter a boca fechada e fazer com que os argumentos ficassem quietinhos. Ela conseguiria outro baiacu para Gabe, não importava o que as pessoas dissessem. Isso o faria feliz daquele seu jeito puro, seu pai veria isso e sucumbiria. Pararia com todo o absurdo. Seria o homem que deveria ser.

Hildy queria sair da H2Eau, mas Max a ajudou a se sentar no chão e a ver o drama se desenrolando no tanque de barrigudinhos.

Peixe é uma coisa realmente muito chata, com apenas aquela vida de peixe, mas Max fez uma voz de *Planet Earth* e narrou. Começou como um documentário de natureza ligeiramente deturpado, depois se transformou em uma espécie de cruzamento entre *A pequena sereia* e a série *Orphan Black*. Hildy deixou-se distrair até que uma reviravolta na trama, envolvendo um misterioso acará-bandeira, a levou de volta a Bob.

— Acho que fiquei atraída por ele porque nós dois temos um segredo.

— Acho que você ficou atraída por ele porque ele é gostoso. Todo mundo tem um segredo. Nem todo mundo é gostoso.

Max esperou até que Barry entrasse no escritório nos fundos antes de dar batidinhas no tanque e agitar os peixes.

— Sei que é difícil ignorar, mas essa é a verdade, Hildy. Nenhum de nós é bom o suficiente para você... Especialmente Neanderbob. Você merece alguém que seja gentil, criativo e supergostoso.

— E hétero.

— É, isso também. Agora fique quieta um pouco e assista. Todos podemos aprender algo com peixes tropicais. Eles são totalmente inúteis e, ainda assim, estão contentes.

— Fique quieta e encontre seu barrigudinho interior.

— Isso aí. Basicamente é isso.

Hildy se calou. Depois de um tempo, sua bunda começou a doer, e Max tinha que pegar seus patins no conserto, então foram embora. Ele pegou o caminho mais longo até a pista de patinação para poder ficar no ônibus e persuadi-la a ir a uma festa idiota com ele naquela noite, mas aí chegou o ponto de Hildy e ela teve que descer e ir para casa sozinha.

CAPÍTULO 4

Os pais de Hildy estavam conversando na cozinha quando ela entrou. Eram magros, loiros e quase exatamente da mesma altura. As pessoas sempre diziam que eram feitos um para o outro.

Seu pai estava no fogão, de costas para Hildy. A mãe estava em pé, as mãos viradas para cima, como se estivesse dizendo "Que é isso, afinal?".

Pararam de falar assim que Hildy entrou pela porta dos fundos, o que vinham fazendo muito ultimamente.

— Chegou cedo. — Seu pai tentou fazer com que isso parecesse uma coisa boa. Seu nome era Greg, mas os amigos de Hildy sempre se referiam a ele como Gregoire ou, ocasionalmente, Gregorenko. (Era o diretor da escola, e alguns dos garotos também tinham aula de teatro com ele. Eles o conheciam bem. Não era simplesmente um Greg).

— Não. Não disse que estaria em casa às seis? O que você está fazendo?
— Vindalho.

Hildy olhou para a mãe, que virou e endireitou a prateleira de livros de receitas. Gabe odiava comida picante.

— O cheiro é bom — disse ela, porque falar qualquer outra coisa seria como mexer num vespeiro. — Quando fica pronto?

— Quarenta e cinco minutos, mais ou menos. — Greg jogou alguma coisa na panela. — Comecei mais tarde do que pretendia.

— Como foi seu dia, querida? — Amy olhou para ela. Tinha os mesmos olhinhos de Hildy. Quando sorria, mesmo que pouco, eles desapareciam.

— Bom. — Hildy tirou as botas e colocou o casaco no gancho. — Fiz algumas coisas, fui ao mercado, saí com o pessoal. Nada de mais.

Amy fingiu estar mais interessada do que aquela "não resposta" merecia. Greg se recostou no balcão. Uma longa pelota de curry rolou pelo avental preto. Ele tomou um gole de vinho. Geralmente ficava sem beber entre o Natal e a Páscoa só para provar que conseguia.

— E Gabe?

Greg voltou a mexer o vindalho.

— Não o vi — respondeu Amy. — Owen ganhou um drone de aniversário. Acho que estão brincando com ele. Espiando a janela das pessoas. Assustando senhorinhas. Esse tipo de coisa. — Ela deu uma risadinha. Greg começou a picar o coentro.

Não era do feitio de Gabe assustar senhorinhas, mas, de novo, Hildy não disse nada. Também não perguntou como os pais passaram o dia. Pegou um copo d'água, olhou a panela, depois mexeu em algumas cartas no painel de palavras-cruzadas magnético grudado na geladeira.

O papinho desconfortável seguiu com uma linguagem corporal estranhamente endurecida e olhares fugazes. Hildy aproveitou a primeira oportunidade e escapou para o quarto.

Pensou que leria um pouco mais de *Memórias de Brideshead* ou talvez praticaria caligrafia do livro de art déco que Xiu lhe emprestara, mas percebeu que essas talvez fossem algumas das coisas estereotipadas que Bob acusava pessoas como ela de fazer, então não fez nada disso. Abriu o laptop, colocou os fones de ouvido e, sem pensar, passou os olhos no *feed* de suas redes sociais.

Uma hora depois, quando Hildy desceu, o vindalho estava borbulhando no fogão, mas os pais haviam saído.

Ela esperava que juntos.

Ela esperava que conversassem.

Ela esperava que gritassem um com o outro se fosse necessário.

Havia um bilhete na mesa com a caligrafia da mãe, dizendo que Gabe dormiria na casa de Owen. Seu pai acrescentou: "Sirva-se de curry, mas tome cuidado." E desenhou três foguinhos ao lado. Nenhum dos dois disse quando voltaria.

Hildy tirou a panela do fogão e a pôs na geladeira. Não conseguiria jantar. Talvez comessem alguma coisa a caminho da festa à qual Max a obrigava a ir.

CAPÍTULO 5

Max não havia mencionado que a festa com a qual tanto os perturbara era para a arrecadação de recursos para o departamento de teatro universitário. Hildy não estava a fim de voltar à universidade depois do fiasco com Bob, mas também não queria ficar em casa.

A festa estava rolando em uma das grandes casas antigas nos arredores do campus, velhas mansões transformadas em casas de fraternidades descoladas, com jeito decadente. As paredes já estavam pulsando quando chegaram, às onze.

Entraram no enorme vestíbulo, e Max foi imediatamente sugado pela multidão que o adorava.

— Ele passa cada momento acordado conosco. — Xiu balançou a cabeça. — Como é possível que conheça todas essas pessoas?

Hildy deu de ombros. Sempre ficou impressionada com a forma como ele conseguia transformar sua singularidade em popularidade instantânea, mesmo entre os jogadores de hóquei e os estudantes de enfermagem e os milionários de 30 e poucos anos.

— Quanto tempo até ele tirar a camisa e/ou começar com os malabares? — Xiu ajustou as ombreiras enormes de seu macacão prata. — Não sei por que ele insiste para sairmos com ele. Não parece que precisa de apoio emocional.

Elas haviam atravessado o que deveria ter sido a sala de estar e encontrado um lugar para se sentar no peitoril de uma janela. Xiu sempre queria ficar perto de uma saída. Ela acreditava ser um resquício inconsciente dos tempos de bebê em um orfanato chinês lotado. Hildy pensou que era mais provável ter algo a ver com uma rápida rota de fuga se tudo ficasse um tédio.

Elas examinaram a multidão, buscando rostos familiares — alguns acenos de cabeça para conhecidos, alguns garotos e garotas que haviam se formado anos antes, então Xiu disse:

— Ai, que mara. Estão vendendo ponche verde de Halloween no bar. Quer um?

Hildy não gostava muito de coquetéis batizados com álcool 100º para uso médico, mas um copo ao menos ocuparia suas mãos.

— Claro. — Ela entregou a bolsa para Xiu. Sempre levavam apenas uma bolsa quando saíam, caso tivessem vontade de dançar. Menos coisas para cuidar.

Xiu articulou "Não saia daí" com a boca e, em seguida, saiu cambaleando pela multidão em sua plataforma de 15 centímetros.

Hildy não iria a lugar algum. Ela meio que gostou dali. A festa era barulhenta o bastante para não ter que conversar com ninguém, e ela realmente não queria conversar com ninguém naquele momento. Também não queria pensar, e o barulho era bom para isso.

Ela se recostou no peitoril da janela e observou o grupo. Era, em grande parte, uma galera jeans-rasgado-e-rabo-de-cavalo, mas havia alguns extremos, gente de guarda-roupa sofisticado, mesmo para os padrões de Xiu. Uma garota em particular — bustiê preto, saia mostrando metade da bunda, meias arrastão — se destacava. Só quando um grande grupo de soldados romanos bêbados surgiu foi que Hildy entendeu que a garota estava fantasiada.

Festa para arrecadar fundos, lembrou ela. *Departamento de teatro*. Hildy de repente se sentiu um pouco mal.

Olhou em volta da sala.

Estavam todos chegando naquele momento. Havia um cara de calças pantalonas verdes e um colar rendado de Shakespeare. Chapeuzinho Vermelho, Rapunzel e a maior parte do elenco feminino de *Caminhos da floresta* estavam se roçando de uma forma nada condizente a um conto de fadas. Xiu estava no bar, brincando com a crina de um cara sem camisa e cabeça de cavalo. Hildy não esperava receber sua bebida tão cedo.

Ela olhou as sancas ornamentadas e observou os pequenos quadrados de luz do globo piscarem no teto. Ela imaginou se Bob gostava de dançar.

Estava tentando — e fracassando — imaginá-lo descendo até o chão quando percebeu um cara com um terno de ombros largos e um chapéu fedora vindo em sua direção. *Garotos e garotas*, pensou.

— Hildy! — chamou ele.

Ai, meu Deus, pensou ela. *Não*. Como ela pôde ter sido tão estúpida?

— Evan — cumprimentou ela. Conseguiu um sorrisinho com um ponto de exclamação, mas ele veio tarde demais para ser convincente. Ela não usava maquiagem. Suas roupas estavam sujas. Ela nem sequer tinha escovado os dentes. Por que agora?

Uma dançarina com moletom de capuz da faculdade empurrou Evan por trás. Ele voou sobre Hildy de braços abertos. Seus rostos se espremeram, o dente da frente dele na bochecha esquerda dela. Os dois fizeram "Ai!", então Evan disse:

— Assim, desde meus lábios, através dos teus, meu pecado é absolvido.

Demorou um segundo para entender. Ela riu.

— Então meus lábios agora têm o pecado... Caramba. Como continua?

— Hum. Alguma coisa com tentação, talvez? — Evan coçou a cabeça com o exagero de um astro do cinema mudo. — Não consigo lembrar. Credo. Aliás, há quanto tempo fizemos *Romeu e Julieta*? — Ele balançou a cabeça. — Não importa. Estou muito feliz em ver você! Vem cá! — Ele lhe deu um abraço de verdade dessa vez, então a segurou diante de si. — Você está ótima!

Ele empurrou o fedora para cima da testa com o dedo indicador e abriu um sorriso. *Evan Keefe e seu sorriso de megawatt!!!!* Foi dessa forma que Max sempre se referiu a ele, mas era principalmente para proteger Hildy.

(Ele tinha começado a chamar Evan assim depois do incidente da não pegada).

Não funcionou. Hildy gostava do sorriso de Evan.

— Você também. Amei o terno dos anos 1940.

— Eu sei. Sou muito gângster. — Ele cruzou os braços e ergueu os dedos daquele jeito hip-hop.

Xiu teria engasgado, mas Hildy não se importava. Ela riu. Era exatamente o que ela amava em Evan. Sua idiotice sem limites.

— Nem consigo acreditar que faz tanto tempo! — Ele lhe fitou os olhos, como se estivesse investigando sua alma. Era um de seus talentos. Ela se encantava toda vez. — Todo aquele tempo que passamos juntos no ensino médio, e agora eu nunca te vejo. Que peça vai fazer neste semestre?

— Ainda não sei. Vou descobrir esta semana.

Evan sentou-se no lugar de Xiu no peitoril da janela. Parecia mais alto sentado (e, estranhamente, também no palco; Hildy nunca o considerou um cara baixo). Seu rosto era uma mistura vertiginosa de adulto (bigodes grossos e sobrancelhas) e criança (cílios e partes brilhantes). Ela desviou o olhar.

— Cara, sinto sua falta! Melhor protagonista *de todas*. — Ele parou de gritar e tirou o fedora para que pudesse falar diretamente ao ouvido de Hildy. — Você sabe o quanto eu acho você brilhante? Quando fizemos *Grease*, sua Sandy estava... Hum... Posso dizer brilhante de novo? Não, não posso. Seria entediante, e Hildy Sangster não aceita nada entediante... Era, tipo, inocente e real e... E eu sei a palavra que estou procurando! Sensual. Inocente e sensual. Não foi à toa que Danny se apaixonou por ela.

Ele correu as mãos pelos cabelos pretos, como tinha feito quando interpretou Danny. Fingiu mascar chiclete. Piscou para ela.

Não parecia nem um pouco envergonhado. Tinha esquecido completamente o que acontecera?

Ou ela apenas não entendeu?

Hildy considerou a possibilidade de que, durante todo esse tempo, ela estivesse se torturando por nada.

Um peso imenso desapareceu.

— É mesmo. E não foi à toa que Sandy se apaixonou por Danny — disse ela, e piscou de volta.

Evan recostou em seu ombro, dando uma empurradinha na direção do peitoril.

— Ah. Bons tempos. Nada como o *te-a-tro* para despertar paixões... E, por falar nisso. — Ele tirou um rolo de rifas do bolso. — Você quer comprar um número para nosso sorteio? Um número por três ou dois por cinco.

Ela riu novamente. Evan. Sempre astuto.

— Desculpe. Xiu levou a bolsa. Compro alguns números quando ela voltar.

— Xiu está aqui também? Eita. E eu vi Max. Quero dizer, é impossível não ver. Caramba. É como uma reunião do teatro do ensino médio. O senhor Sangster ficaria muito orgulhoso... Ei. Como ele está? Eu sempre fico de passar para vê-lo.

Um grupo de pessoas gritou, então a música ficou ainda mais alta, e a dança, mais agitada.

Hildy olhou para Evan e considerou contar a ele. Ela já havia dito aquilo nos anos que passaram, mas sempre usando palavras que outra pessoa havia escrito.

O que não as fazia, necessariamente, menos verdadeiras.

— Ai — disse ele. — Ah, não. Alguma coisa errada? Aconteceu alguma coisa com ele? — Evan parecia mesmo preocupado.

Mais tarde, Hildy seria capaz de separar os diversos pensamentos e emoções que lhe passaram voando pela cabeça nos segundos que seguiram, mas naquele momento não estavam claros. Havia um tanto de ciúme em relação a Xiu, Max e sua vida sexual recém-descoberta. Orgulho ferido depois do problema com Bob. A revelação de que ela poderia ter interpretado mal as coisas. Aquela sensação líquida que ela sempre enxergava nos olhos cor de mel de Evan. Ela provavelmente nunca saberia exatamente qual havia sido o fator decisivo.

Não importava.

Hildy respirou fundo, segurou a cabeça de Evan em suas mãos e beijou-o na boca.

Seus lábios eram macios e ásperos ao redor, mas não tão dispostos.

Ele a segurou pelos braços e gentilmente a empurrou para trás.

— Ai. Não. Hildy. — Ele deixou uma vaga de caminhão entre cada palavra.

Ela se levantou. Ele se levantou. Hildy teria saído correndo naquele momento, mas as pessoas estavam praticamente dançando em cima dos dois.

— Sinto muito — lamentou ele.

Ela falou "Não, não", como se ele tivesse pisado acidentalmente em seu pé.

Alguém disse "Ora, Sky Masterson!", e a próxima coisa que aconteceu foi a mão no ombro de Evan e uma garota alta e bonita se espremendo para chegar até eles. Ela estava vestida com um uniforme apertadíssimo do Exército da Salvação. Ele a abraçou e a beijou na bochecha, e então, como se isso não bastasse para deixar as coisas claras, disse:

— Hildy, esta é minha namorada, Julia Ogurundi. — Ele se virou para Julia: — Eu te falei sobre Hildy. Ela interpretou a irmã Sarah em nossa peça de ensino médio?

Julia sorriu, piscou e tocou o braço de Hildy, depois contou todas as coisas fabulosas que Evan havia dito sobre Hildy, seu pai e suas superproduções de teatro. Hildy teve que suportar a conversa de seus triunfos escolares por uns bons dois ou três minutos antes de uma deixa para poder escapar.

Xiu a viu saindo e tentou acenar. Hildy fingiu não ter notado. Max estava na mesa da sala de jantar, seminu, fazendo malabarismos com capacetes de centuriões, então ele não a viu partir.

Hildy caminhou para casa sozinha e no escuro.

CAPÍTULO 6

Aquela noite foi infinita. Hildy finalmente adormeceu quando o céu começou a se iluminar. Acordou assustada horas depois, ao ouvir algo quebrando.

Seu coração acelerou. Os olhos correram pelo quarto. Ela não sabia onde estava ou o que estava acontecendo.

Uma porta bateu, e depois outra.

Ela pegou o telefone e piscou para focalizar a tela. 11h19. Domingo. Ela ignorou as diversas mensagens de texto de Xiu e Max e foi para o térreo, cambaleando.

Havia um prato quebrado no chão da cozinha com os restos do café da manhã de alguém espalhados ao redor.

Ela ouviu um carro cantar pneu e correu até a janela da sala de estar a tempo apenas de ver o Prius da mãe desaparecer no fim da rua. O pai estava parado na entrada, com metade da jaqueta vestida e as botas desamarradas. Ele jogou o chapéu na neve e começou a chutar o para-choque de seu carro, como um membro de gangue dando uma lição em um X-9.

Hildy bateu na janela. Ele se virou para olhar. Ela ergueu as mãos como se dissesse *O que está acontecendo?* Ele entrou no carro, como se não a tivesse visto, e saiu em disparada também.

Hildy ficou parada, olhando, até que a respiração embaçasse a janela, e seus braços nus e magros ficassem arrepiados.

Realmente estava acontecendo.

Ela pegou uma porção de papel-toalha e limpou a bagunça no chão. Não queria que Gabe visse. Imaginou o quanto ele sabia ou, mais importante, se ele alguma vez a perdoaria quando descobrisse. Ela escondeu o prato no fundo da lixeira e percebeu que cantarolava novamente a canção da avó, aquela sobre como haveria amor e risos quando a guerra acabasse.

Não aquela pequena guerra.

Ela pegou um iogurte da geladeira, mas só porque sabia que se sentiria ainda pior se não comesse, e então subiu para o quarto. Caiu na cama. Alec devia saber o que estava acontecendo. Ela hesitou em contar a ele até aquele momento, porque não sabia exatamente o que havia para dizer (ainda não sabia, embora soubesse cada vez menos) e, além disso, nunca sabia como as coisas se desenrolariam com seu irmão mais velho. Assim que descobrisse, ou ele tomaria tudo a peito para salvar o dia, ou acabaria com tudo de uma vez. Era a última coisa de que precisavam, mas ela não conseguiria postergar muito mais. Ela ligou o laptop e o Skype.

Alec não estava on-line, sem dúvida os pubs em Dublin continuavam abertos, mas outra pessoa estava.

Um alerta no Facebook apareceu. Era de "Um Bob Qualquer". Nenhuma imagem de perfil, apenas um pequeno ícone cinza.

O iogurte de Hildy caiu no chão e derramou no carpete.

UM BOB QUALQUER: Se quiser ver seu peixe vivo, vc deve responder às seguintes 22 perguntas

Ela se esqueceu de Alec, dos pais, de Gabe, de Evan, da música triste que era sua vida. Ela mordeu o lábio e sorriu.

HILDY: Como me achou?
UM BOB QUALQUER: Disse q sou esperto.
HILDY: Não. Sério. Como?
UM BOB QUALQUER: Sobrenome começa com S. Mãe chefe do pronto-socorro. Pai diretor de artes do ensino médio. Não foi difícil. Eu <3 Facebook, aliás, bonitas fotos de formatura da escola

Os dedos de Hildy pairavam sobre o teclado. Havia uma piada que ela poderia fazer sobre seu vestido fúcsia, seu penteado exagerado, seu aparelho.

Ela fechou o laptop com tudo. Tirou uma toalha suja do cesto de roupas e começou a limpar o iogurte do carpete.

Já estava cheia desses caras. Seu último desastre romântico tinha menos de doze horas. Ela não responderia.

Ouviu o *ping* de outra mensagem.

Pensou em Evan e seu olhar de horror (ou foi de pena?) quando ele a empurrou para trás. Nunca mais se colocaria numa situação dessas de novo.

E, então, outro *ping* idiota.

Ela jogou a toalha de volta no cesto e abriu o laptop.

> **BOB:** Disse q rosa era sua cor
> **BOB:** Posso dizer isso?

Era apenas uma troca de mensagens. Ela não estava com ele numa sala. Que mal havia nisso? Dali ela não poderia lhe jogar nada.

Nem mesmo se jogar.

Seria ainda mais estranho se ela não respondesse.

> **HILDY:** Estou tentando não achar isso bizarro.
> **BOB:** Como assim? Foi um elogio
> **HILDY:** Não, você me rastreando desse jeito.
> **UM BOB QUALQUER:** Agora vc sabe como Evan se sente

Seu coração palpitou como se tivesse sido jogado um prédio alto. Bob estava na festa?

Ele a viu?

Não. Não poderia estar lá. Ela teria sentido sua presença. (Tinha certeza disso).

> **UM BOB QUALQUER:** Brincadeira.

Só improvisação, pensou ela.

Relaxe.

Vá em frente.

> **HILDY:** POR QUE quis me encontrar?
> **UM BOB QUALQUER:** Não queria deixa meus 40 paus de lado
> **HILDY:** *deixar

UM BOB QUALQUER: foi o q o corretor me disse, mas não parecia certo

HILDY: Como vou saber que o peixe ainda está vivo? Você pode ser um golpista da internet. Quero ver o peixe antes de concordar com qualquer coisa.

UM BOB QUALQUER: Sabia q ia falar isso

UM BOB QUALQUER:

UM BOB QUALQUER: Como pode ver, tá descansando confortavelmente

HILDY: MDDC Estou chorando mesmo.

UM BOB QUALQUER: Não apenas *derramamento?

HILDY: Lágrimas de alegria

UM BOB QUALQUER: vc vai ficar de boca aberta qdo vir o que o baiacu pediu pra te enviar

HILDY: O quê?

UM BOB QUALQUER:

Betty, Obrigado, sempre quis voar. Beijinho, Baiacu.

HILDY: Quem é o estranho ao fundo?

UM BOB QUALQUER: O alvo

HILDY: Ele se feriu no ataque?

UM BOB QUALQUER: Deveria

HILDY: Isso parece quase um *desculpe.

UM BOB QUALQUER: Conexão ruim não consigo te ouvir as linhas estão cortando

HILDY: Quando pego meu peixe?

UM BOB QUALQUER: Qdo vc responder ao restante das perguntas

HILDY: Isso é chantagem.

UM BOB QUALQUER: Melhor q ataque. Nenhum animal foi ferido na produção desta mensagem

HILDY: Como vou saber se você não é perigoso?

UM BOB QUALQUER: Não fui eu quem jogou o peixe

HILDY: Nem foi tão perigoso. Não sei se quero ficar sozinha em uma sala com você de novo.

UM BOB QUALQUER: Não bota fé em vc mesma?

UM BOB QUALQUER: Oi?

HILDY: Pensando...

UM BOB QUALQUER: Em q?

HILDY: No que devo fazer.

UM BOB QUALQUER: Resgatar seu peixe. Ele sente saudades de vc

HILDY: Tenho que ir.

UM BOB QUALQUER: Já?!?

HILDY: Eu tenho que ir a um brunch.

UM BOB QUALQUER: Até + tarde?

HILDY: Não sei.

UM BOB QUALQUER: Não posso garantir a segurança do baiacu.

HILDY: Eu não deveria ceder a um criminoso mas ok. 1h30.
UM BOB QUALQUER: 👍

CAPÍTULO 7

Hildy pôs os fones de ouvido sem fio, aumentou ao máximo o volume de um vídeo da Taylor Swift e começou a dançar. Um pouco porque estava feliz, mas principalmente porque estava assustada e precisava se acalmar.

Tinha *acabado* de desistir dos caras de uma vez por todas... Mas primeiro Evan, e agora isso? Sentia-se como um zumbi em um daqueles filmes de terror em preto e branco para os quais Max sempre as arrastava. Um corpo completamente controlado por forças do outro mundo. A única diferença era que, no caso de Hildy, seu coração ainda estava batendo.

Ainda batia loucamente.

Ela imaginou se a mãe também teria se sentido assim, aterrorizada, mas atraída.

Ai, credo. Tire isso da cabeça, rápido.

Ela chutou a banqueta para longe e se soltou. Quadris. Braços. Pernas. Atitude. Tudo ficaria bem.

Muito bem, era isso.

Bob a desejava. Foi ele quem entrou em contato com Hildy, não o contrário.

Claro que, inadvertidamente, ela lhe deu várias pistas. Profissão dos pais. A inicial de seu sobrenome. O nome dos dois irmãos. Caramba. O que o Dr. Freud teria a dizer sobre *isso*? Foi bem pior do que sair levando o Príncipe Encantado sem querer.

Ela nem ligava. Erguteu a perna até onde conseguia e deslizou no tapete, caindo de bunda. Riu. Grande coisa. Acontece com todo mundo.

Ela se levantou a tempo de fazer a parte de *O lago dos cisnes* com Taylor.

Paul. Esse era o único traço de identificação que pescara. Ah, e uma escola sem nome na periferia, na qual não se formou. Não que isso fosse muito útil. Duvidava de que Bob fosse do tipo que aparecia para a foto da turma.

Ela bateu as mãos sobre o rosto, fingiu um grito bem alto.

Ele sabia seu nome. Podia ver tudo.

Se deu conta de quantas fotos estavam circulando on-line. (*Ela* nunca perdeu a foto da turma, com certeza). Vivia querendo arrumar as configurações de privacidade no Facebook, mas nunca mais usou a rede social, então nem se incomodou. Paul só precisava teclar seu nome para ver as centenas de fotos de perfil que havia postado, cantando em musicais do ensino médio, ganhando prêmios de debate, experimentando novas modas infelizes, expondo a verdadeira Hildy.

Antes das lentes de contato.

Durante o aparelho dentário.

Ao longo de todo a nerdice dolorosamente esquecida de sua adolescência prolongada.

A barriga de Bob devia estar doendo de tanto rir.

Na tela do laptop, Taylor ainda estava dançando, impassível naquele moletom vermelho idiota e com calças pretas de napa.

E daí? Aquelas fotos de perfil eram engraçadas. Todos tinham fotos assim. Hildy voltou a dançar também. Ela até se agachou e tentou fazer o *twerk*. Não conseguia descobrir como fazer os quadris mexerem daquele jeito, mas com certeza tentou.

Ela ouviu um barulho alto de ânsia. Hildy levantou de uma vez, e depois se virou lentamente.

Gabe estava na porta, fazendo cara de quem vai vomitar. Ela puxou os fones de ouvido para o pescoço.

— Isso foi tão ruim. Tipo, TÃO ruim. — Ele estremeceu. — Estou seriamente marcado para a vida toda.

— Bem feito. Espiando desse jeito.

— Espiando você? Estou gritando faz, tipo, horas.

— Horas. Minutos, mais provavelmente.

— Desde que voltei da casa de Owen. Onde está todo mundo?

— Ah, você sabe. — Ela limpou o suor do rosto na dobra do braço. — Saíram.

Gabe pegou o pote de iogurte meio vazio da mesa e começou a comê-lo com o dedo.

— Então, quem vai me levar ao basquete? Nosso pai sempre fica maluco com esse negócio de horário, mas eu acho que, para *ele*, tudo bem estar atrasado. Ele nem alimentou o peixe hoje. Que beleza esse senhor Responsável.

— Você tentou ligar para ele?

— Não sou idiota. Tentei o telefone de todos, até o seu. Ninguém atendeu.

Hildy viu a hora no laptop. Gabe precisava estar no ginásio em meia hora. Quem sabia quando/se seus pais estariam em casa?

— Ah, tudo bem. Eu esqueci. Mamãe e papai tiveram que sair para fazer alguma coisa. Você vai ter que ir de ônibus. Só vou me trocar e levo você até o ponto.

— Vou fazer 13 anos em junho. Não preciso que você me leve até a porcaria do ponto de ônibus! — Ele saiu em disparada e bateu a porta. Ela tentou fingir que era apenas a puberdade.

Poucos minutos depois, ouviu a porta da frente ranger e viu Gabe sair. Estava com a bolsa de ginástica, mas sem luvas ou boné.

Ela abriu a janela.

— Peça carona aos Fitzgibbons na volta.

Ele gritou "Eu sei!" sem se importar em olhar para ela. Hildy o observou se arrastar pela rua. Não parecia que as coisas ficariam bem, mas ela não sabia o que poderia fazer quanto a isso.

Ainda ouvia o som mínimo de Taylor Swift saindo dos fones de ouvido. Os pais tinham ido embora. Gabe tinha ido embora. Bob a estava esperando. Ela pôs os fones de volta nas orelhas e se obrigou a dançar.

PERGUNTA 15

UM BOB QUALQUER: Ei, como foi o brunch?

HILDY: Fabuloso. E você?

UM BOB QUALQUER: Não frequento brunchs vc já devia saber

HILDY: Tem certeza de que realmente quer fazer isso?

UM BOB QUALQUER: fazer o q

HILDY: Responder a estas perguntas.

UM BOB QUALQUER: Sim, preciso do dinheiro, big mac não é de graça

HILDY: 22 perguntas por 40 dólares. Não é muito.

UM BOB QUALQUER: Melhor que 14 por zero dinheiro

HILDY: Deixei minhas perguntas na sala.

UM BOB QUALQUER: Notei q vc estava com pressa. Estou com as minhas. Quer começar?

HILDY: "Quer" talvez não seja a palavra certa, mas vamos lá.

UM BOB QUALQUER: "Qual é a maior realização de sua vida?"

HILDY: Desculpe. Vou ter que pedir para você parar agora. Acabei de ter um *flashback* perturbador. Posso ver o que vai acontecer. Vou me esforçar para responder de um jeito ponderado às perguntas, e você vai dar respostas idiotas.

UM BOB QUALQUER: Sabia q era bom demais para durar, e, a propósito, idiota não significa errada

HILDY: Desonestas, então. Só vou fazer isso se me prometer responder com sinceridade a partir daqui.

UM BOB QUALQUER: Estou com seu peixe

HILDY: Posso conseguir outro peixe.

UM BOB QUALQUER: não vai ser fácil. Já verifiquei. Jeff não é apenas um especialista em McLanche Feliz, ele sabia um monti de coisa sobre baiacus. foi ele que fez a respiração boca a boca

HILDY: Você está fazendo isso de novo. Respostas sinceras. Sim ou não? (Aliás, é monte, com e).

UM BOB QUALQUER: Só posso escolher uma opção? ps: estou recebendo nota por ortografia e pontuação

HILDY: Estou no meio de um livro ótimo. Não preciso disso. (P.S. Não, não está, sorte sua. Você tiraria zero só por aquela frase). Sim ou não?

UM BOB QUALQUER:

Tudo bem! Eu vou falar! Eu vou falar!

HILDY: Obrigada. Então, vou primeiro. Minha maior realização foi perdoar minha mãe, ao menos na medida que consegui perdoá-la.

UM BOB QUALQUER: Pelo quê? Aquele acidente de carro?

HILDY: Não. Por outra coisa. Uma coisa que fez de propósito. Ao menos acho que fez de propósito.

UM BOB QUALQUER: Não perguntou a ela

HILDY: Não!

UM BOB QUALQUER: Não parece com vc. Pq?

HILDY: Há algumas coisas que é simplesmente melhor a pessoa não saber.

UM BOB QUALQUER: Quem está aí e o q vc fez com Betty?!?

HILDY: Claro. Como se você me conhecesse muito bem.

UM BOB QUALQUER: Estive estudando a página de FB de Hildy Sangster, tb conhecida como Dorthy no mágico de oz, EkoGrrrrrl723 e capitã da equipe invicta de debate do Citadel Senators 😀 vai, campeã! 😀 e nem ferrando é vc. Ela iria querer saber.

HILDY: Talvez ela soubesse sem perguntar.

UM BOB QUALQUER: Profundo

HILDY: Tenho que ser sincera também. Sua vez.

HILDY: Pausa estranhamente longa. Você trouxe toda essa porcaria sobre minha verdadeira identidade à tona como uma forma de evitar responder à pergunta, não foi?

HILDY: Já deveria saber.

UM BOB QUALQUER: Minha maior realização é sobreviver.

    HILDY: Desenvolva.

UM BOB QUALQUER: Eu e o baiacu somos iguais.

    HILDY: São escorregadios e têm sangue frio?

    HILDY: Desculpe. Foi desnecessário.

UM BOB QUALQUER: Mas verdadeiro

    HILDY: Eu duvido. Explique a coisa de sobrevivência. (E prometo que darei à resposta o devido respeito).

UM BOB QUALQUER: está sendo sarcástica?

    HILDY: Não, estou falando sério. Aquele foi um ataque bobo, e este é um pedido sério.

UM BOB QUALQUER: Muita pressão

    HILDY: Responda.

UM BOB QUALQUER: O baiacu e eu fomos jogados em muitas paredes, mas continuamos nos levantando

    HILDY: Foi assim que você quebrou o nariz?

UM BOB QUALQUER: vc percebeu

    HILDY: Você poderia corrigi-lo, sabe.

UM BOB QUALQUER: Quem disse q quero corrigir?

    HILDY: Ops. Como fui grosseira.

UM BOB QUALQUER: Gosto mais de meu nariz agora

    HILDY: Como era antes?

UM BOB QUALQUER: Diferente

    HILDY: Me mostre.

UM BOB QUALQUER: Não

    HILDY: Por quê?

UM BOB QUALQUER: O motivo por que eu gosto mais dele agora não tem a ver com a aparência

    HILDY: Caramba. Você não é tão superficial como faz parecer.

UM BOB QUALQUER: quer dizer como *VC faz parecer

    HILDY: Então, por que gosta mais dele agora?

UM BOB QUALQUER: não é óbvio?

HILDY: Não.

UM BOB QUALQUER: Eu não queria ser apenas mais um rosto bonito

HILDY: aff

UM BOB QUALQUER: ok. Que tal isto? É prova de q eu sobrevivi

HILDY: Tipo *O emblema vermelho da coragem*?

UM BOB QUALQUER: ???

HILDY: Desculpe. Esqueci que você não lê. É um livro.

UM BOB QUALQUER:

HILDY: Por isso você também tem uma tatuagem?

UM BOB QUALQUER: vc está viajando

HILDY: Também é uma prova de sobrevivência?

UM BOB QUALQUER: Não ela é outra coisa

HILDY: O quê?

UM BOB QUALQUER: Essa não é uma das perguntas

HILDY: Justo

UM BOB QUALQUER: Estamos tão civilizados. Talvez a gente devesse ter sido só amigos virtuais

HILDY: Provavelmente mais seguro.

UM BOB QUALQUER: Baiacu fez q sim com a cabeça vigorosamente

HILDY: 😃

PERGUNTA 16

UM BOB QUALQUER: "O q vc mais valoriza em uma amizade?"

UM BOB QUALQUER: Leve o tempo q precisar

UM BOB QUALQUER: Não se preocupe comigo

UM BOB QUALQUER: Não tenho nada melhor para fazer
    HILDY: Quero responder direito a essa.
UM BOB QUALQUER: Me acorde qdo estiver pronta
    HILDY: Perspectiva. Quero que meus amigos compartilhem minha perspectiva para que possamos achar as mesmas coisas engraçadas e querer fazer as mesmas coisas — MAS... Também quero que tenham uma perspectiva diferente para poderem analisar o que estou fazendo e me ajudar a tomar decisões melhores.
UM BOB QUALQUER: Nem está pedindo muito. Vc entrevista pessoas para cargos de amizade? Faça parte hoje mesmo da Equipe Hildy! Envie seu currículo para o endereço abaixo
    HILDY: Não, mas provavelmente deveria. Atualmente confio em tentativa e erro.
UM BOB QUALQUER: Foi o que aconteceu com Iris?
    HILDY: Você tem uma memória muito boa.
UM BOB QUALQUER: Não, vc deveria atualizar as configurações de privacidade do Facebook
    HILDY: Está começando a me assustar de novo. Você está me perseguindo?
UM BOB QUALQUER: Um perseguidor de verdade não diria

HILDY: Exceto os maus de verdade, que te despistam fingindo ajudar.

UM BOB QUALQUER: Sou inteligente, mas não tão inteligente, e seu nome e n° de matrícula estavam no papel que me deu para desenhar. Sério, vc devia ter mais cuidado

HILDY: O que você quer de um amigo?

UM BOB QUALQUER: Lealdade

HILDY: Só isso?

UM BOB QUALQUER: Muito embora eu nunca recuse uma bebida de graça

HILDY: Sempre foi assim?

UM BOB QUALQUER: Qdo eu era pequeno preferia doces

HILDY: Você está fazendo de novo. Estou perguntando se você sempre valorizou a lealdade?

UM BOB QUALQUER: Não. Eu tinha alguém muito próximo de mim antes, então não sabia q precisava de lealdade

HILDY: Misterioso.

UM BOB QUALQUER: mas sincero. só sigo as regras

HILDY: Bom garoto.

UM BOB QUALQUER: Posso mudar minha resposta?

HILDY: Vai perder um ponto, mas ok.

UM BOB QUALQUER: Coragem

HILDY: Mais do que lealdade?

UM BOB QUALQUER: Lealdade não é bom se não tiver coragem suficiente pra usar. Arma sem munição.

HILDY: Sinto camadas escondidas. Ou você viu isso em um adesivo de para-choque em algum lugar?

UM BOB QUALQUER: Não sei pq vc vive dizendo q tem algo escondido. De novo, acho isso meio grosseiro.

UM BOB QUALQUER: Oi?

HILDY: Ok. Confesso que a questão do nariz foi grosseira e idiota também.

UM BOB QUALQUER: Pq idiota

HILDY: Porque eu acho, de verdade, meio que atraente um nariz aquilino.

UM BOB QUALQUER: Meio que?!?

HILDY: Fui grosseira sobre o nariz, mas você não pode me culpar pelas profundezas ocultas. Você é quem continua se fazendo de homem das cavernas

UM BOB QUALQUER: não vou nem perguntar o q é isso

HILDY: Você é quem está fingindo que não entende palavras e conceitos quando é óbvio que os entende.

UM BOB QUALQUER: Quem disse? Só pq vc ficou em 5º no concurso de redação não significa q vc sabe tudo

HILDY: Espiar é grosseria.

UM BOB QUALQUER: Pq vc publicou isso se não queria q as pessoas lessem?

HILDY: Meus amigos postaram.

UM BOB QUALQUER: Nunca ouviu falar em deletar?

HILDY: Se eu tivesse um peixe na mão, jogaria em você.

UM BOB QUALQUER: Não se preocupe baiacu. Não vou deixar a garota má te pegar. Respondemos à pergunta?

PERGUNTA 17

UM BOB QUALQUER: "Qual sua lembrança mais querida?"

HILDY: Não gosto desse tipo de pergunta.

UM BOB QUALQUER: Nem eu

HILDY: Por quê?

UM BOB QUALQUER: Não importa

HILDY: Fale.

UM BOB QUALQUER: Não

HILDY: Por favor? 😊

UM BOB QUALQUER: Mais um emoji de risadinha e vou embora. responda à pergunta

HILDY: Então, você vai responder?

UM BOB QUALQUER: Sim 😊

HILDY: Essa é difícil. Muitas das minhas lembranças mais queridas foram arruinadas.

UM BOB QUALQUER: sim, as lembranças estragam fácil. pior que pêssego

HILDY: Mais profundidades ocultas.

UM BOB QUALQUER: só cortar as partes estragadas e comer o resto

HILDY: Mais e mais profundo.

UM BOB QUALQUER: Melhor q jogar tudo fora

HILDY: Mais fácil com pêssegos. Pelo menos dá para ver onde estão as partes podres.

UM BOB QUALQUER: quem está sendo toda profunda agora

HILDY: Foi você quem começou com a metáfora do pêssego. Só estou dizendo onde está errada. Acho que é mais como uma gota de veneno no refresco.

UM BOB QUALQUER: vc tem um lado sombrio, não sei se gosto

HILDY: Só quis dizer que não é como uma manchinha que se pode cortar. Digamos que você tenha sido amigo de alguém por anos, então descobre que a pessoa está espalhando rumores desagradáveis sobre você. Você não pensa: "Ah, foi só um pequeno abalo no relacionamento. Não vai mudar todos os momentos maravilhosos que tivemos juntos." Esse tipo de traição arruína tudo.

UM BOB QUALQUER: vc tá falando da Iris de novo?

HILDY: Não. Só criei esse cenário em especial para evitar a dor de discutir os casos reais.

UM BOB QUALQUER: vc está aprendendo

HILDY: Você é um excelente professor.

UM BOB QUALQUER: obrigado. agora responda à pergunta. dica: pense em pêssego, e não em tang com veneno

HILDY: Sinto como se a resposta certa tivesse a ver com o nascimento de um filho ou conhecer o Dalai Lama, mas não sei. Talvez eu tenha perdido algo, mas o que me vem à cabeça... Quero dizer, menos as manchas óbvias... É só aquele tipo realmente normal de nada.

UM BOB QUALQUER: Não sou mto bom c/ conceitos bacanas, sou apenas um homem das cavernas e tudo mais, mas não acho q sua lembrança mais querida possa ser nada... Se é nada, não tem lembrança

HILDY: Você sabe o que eu quis dizer. Minha lembrança mais querida é algo normal. Não é escalar o Everest ou ganhar o Prêmio Nobel ou algo assim.

UM BOB QUALQUER: Esses são só seus hobbies

HILDY: 😃

UM BOB QUALQUER: Então, o q é?

HILDY: É muito chato.

UM BOB QUALQUER: Tudo bem, na verdade estou jogando minecraft enquanto conversamos

HILDY: Então, não tem motivo para eu ficar com vergonha.

UM BOB QUALQUER: exatamente então fala

HILDY: Ok. Acho que faz uns oito ou nove anos. Estávamos na praia. O sol se punha. Minha mãe e meu pai haviam feito uma fogueira. Estavam nessas cadeiras baixotinhas, aquelas que parecem com corgis. Eles estavam rindo, provavelmente tomando daiquiris de uma garrafa térmica, porque faziam isso às vezes, e nós, as crianças, quero dizer, ainda estávamos com roupa de banho, mas com moletons por cima porque começava a esfriar. Estávamos cheios de areia e meio queimados depois de ficar o dia todo no sol. Jogávamos um jogo idiota com uma bola de praia murcha, e eu me lembro de pensar: *Estou feliz. Isso é estar feliz.* Quero dizer, fiquei feliz antes, mas aquela foi a primeira vez que reconheci a felicidade. Foi como a primeira vez que tomei um gole de cerveja e entendi mesmo por que as pessoas gostavam.

UM BOB QUALQUER: Você não parece o tipo de garota q gosta de cerveja

    HILDY: Que tipo de garota eu pareço?

UM BOB QUALQUER: do tipo q gosta de *smoothie* de chá verde

    HILDY: É muito lisonjeiro o jeito que você parece lembrar de cada palavra que eu disse.

UM BOB QUALQUER: Acha q foi o q Mandela sonhou todos aqueles anos na prisão? Só 4.237 dias até meu próximo *smoothie* de chá verde

    HILDY: Está tirando sarro de mim de novo. E eu, sendo a pessoa superior, vou ignorá-lo de novo. Qual sua lembrança mais querida?

    HILDY: Olá?!?

    HILDY: Iuhú!

UM BOB QUALQUER: Ah, então vc tem tempo pra pensar, mas eu não

    HILDY: Desculpe. Pensei que você tinha fugido.

UM BOB QUALQUER: estou considerando

UM BOB QUALQUER: Minha mãe me dizendo q eu era dela

    HILDY: Sua lembrança mais querida?

UM BOB QUALQUER: Não quer dizer tipo realmente *dela. Nada podia acontecer comigo. Eu era dela.

    HILDY: Isso é fofo. Quantos anos você tinha?

UM BOB QUALQUER: O suficiente para saber q não era verdade

    HILDY: Achei que você tinha dito que era sua lembrança mais querida.

UM BOB QUALQUER: É. Não importa q ela estivesse errada. Ela falou sério. Ao contrário de vc, não fiquei surpreso por ela ser humana. Também sei como cortar as manchas

 HILDY: Está claro que nós dois temos problemas maternos.

UM BOB QUALQUER: Todo mundo tem, não? Vc conhece o poema daquele Larkin que fala assim: Eles te foderam/Sua mãe e seu pai

 HILDY: Pensei que você não lesse.

UM BOB QUALQUER: Eu não. Minha mãe me ensinou.

UM BOB QUALQUER: Ou ao menos a primeira estrofe.

 HILDY: Eita. Sua mãe e minha mãe não têm NADA em comum.

UM BOB QUALQUER: Não é verdade. Sua mãe é Amy Dwyer-Sangster?

 HILDY: Por que está perguntando? É como o Rumpelstiltskin. Óbvio que você sabe a resposta.

UM BOB QUALQUER: Acredite. Elas têm algo em comum

 HILDY: O quê?

UM BOB QUALQUER: Filhos com problemas maternos

 HILDY: Concordo. Qual o nome de sua mãe?

UM BOB QUALQUER: Essa não é uma das perguntas

 HILDY: Não é justo. Como você sabe tudo sobre mim, e não sei nada sobre você?

UM BOB QUALQUER: vc devia ter mais cuidado com o q publica nas redes sociais

 HILDY: Eu não estou brincando.

UM BOB QUALQUER: Nem eu

PERGUNTA 18

UM BOB QUALQUER: "Qual é sua lembrança mais terrível?"

HILDY: Sério?!?

UM BOB QUALQUER: É o que diz aqui

HILDY: Podemos pular essa?

UM BOB QUALQUER: foi vc quem concordou em responder a todas as perguntas com sinceridade

HILDY: Tudo bem, não vamos pulá-la. Vamos só responder depois.

UM BOB QUALQUER: Por mim tudo bem

PERGUNTA 19

UM BOB QUALQUER: "Se você soubesse que em um ano morreria de repente, você mudaria alguma coisa na maneira como vive agora? Por quê?"

HILDY: Essas são perguntas terríveis!!!!!! São todas assim a partir de agora?

UM BOB QUALQUER: Não

HILDY: Ufa.

UM BOB QUALQUER: Tem piores. Ficam piegas depois disso

HILDY: Podemos pular essa também?

UM BOB QUALQUER: Não, você só pode pular uma

HILDY: Por quê?

UM BOB QUALQUER: A decisão do árbitro é final

HILDY: Em outras palavras: sua decisão.

UM BOB QUALQUER: Alguém precisa evitar que esse negócio vire a casa da mãe Joana

HILDY: Por que tem que ser você?

UM BOB QUALQUER: pq vc não estava fazendo isso. Responda.

HILDY: Tenho que chamar você de "senhor" ou "árbitro" ou algo assim?

UM BOB QUALQUER: Não, mas pode se quiser. Só responda.

HILDY: Ok. Eu deixaria de pensar tanto e simplesmente faria as coisas.

UM BOB QUALQUER: Isso é fácil

HILDY: Para você, talvez.

UM BOB QUALQUER: Para qualquer um. Já ouviu falar de drogas e álcool? Excelente se vc quiser parar de pensar

HILDY: Eu deveria ter dito "pensar demais". Ainda quero um cérebro funcionando.

UM BOB QUALQUER: Isso tem alguma coisa a ver com Evan Keefe?

HILDY: Tarde demais.

UM BOB QUALQUER: 2ª parte da pergunta, por quê?

HILDY: Acredite. Não existe mais nada entre Evan e eu.

UM BOB QUALQUER: Ei, pare com essa merda. essa merda é minha. pq vc gostaria de parar de pensar?

HILDY: Pensar demais. Tem diferença. Porque isso me impede de fazer as coisas que quero fazer.

UM BOB QUALQUER: Tipo

HILDY: Falar coisas para as pessoas.

UM BOB QUALQUER: como quem? vc não segurou a língua comigo

HILDY: É aí que você se engana.

UM BOB QUALQUER: pensamento assustador. Com quem mais vc quer brigar?

HILDY: Eu não disse brigar. Eu disse falar coisas para as pessoas.

UM BOB QUALQUER: Tipo?

HILDY: Eu diria a Xiu para parar de usar dirndl, aquelas saias típicas alemãs, que sei que não é grande coisa, mas realmente não caem bem nela, e tantos outros estilos ficam bons. Eu diria a Max para usar alguns filtros, ao menos em público, e para diminuir um pouco o volume da voz. Eu diria a Iris que ela me magoou. Ou talvez não. Assim que escrevi, eu a imaginei dizendo: "Ah, é? Bem, você me magoou também", e eu realmente não quero entrar nessa discussão de novo, especialmente porque provavelmente sou mais feliz por conta dessa distância entre nós. Diria a minha avó que odeio meu nome e que quero mudá-lo.

UM BOB QUALQUER: Para Betty?

HILDY: Taí uma ideia.

UM BOB QUALQUER: Acho q vc está mentindo

HILDY: Perdão?

UM BOB QUALQUER: Isso é o q vc mudaria se tivesse um ano de vida? Dizer a sua amiga para usar saia diferente? E vc me chama de superficial

HILDY: Ok. Tem razão.

UM BOB QUALQUER: Diga isso de novo

HILDY: Tem razão. Admito. Não estava sendo sincera.

UM BOB QUALQUER: Então, seja sincera

HILDY: Eu diria para meu pai crescer. Eu diria para minha mãe o quanto ela me decepcionou.

UM BOB QUALQUER: Uau, vc quer morrer com raiva de todos q vc ama

HILDY: Boa. Talvez não seja o que eu quero também.

UM BOB QUALQUER: o q vc QUER betty? diga ao dr bob

HILDY: Estou ficando perigosamente próxima de pensar demais nisso também.

UM BOB QUALQUER: Basta botar as mãos no teclado e digitar

HILDY: Eu deixaria de obcecar com todas as coisas ruins que poderiam acontecer se eu fizer alguma coisa, e, em vez disso, pensaria sobre as coisas boas que poderiam acontecer. Quero ser o tipo de pessoa que mergulha nas coisas sem medo.

UM BOB QUALQUER: vai lá, garota! Não demora para vc ter um filho com Evan

HILDY: Pensei que tinha dito que ele era gay.

UM BOB QUALQUER: não significa q vc não possa ter um filho com ele. Notei q vc jamais ganhou prêmios em biologia. Já pensou em contratar um tutor?

HILDY: Vou simplesmente ignorar esse comentário. Sua vez. O que você faria?
UM BOB QUALQUER: Gostaria de perguntar o q vc vai fazer sexta-feira à noite

UM BOB QUALQUER: Ainda está aí?
HILDY: Por quê?
UM BOB QUALQUER: Poderíamos sair

HILDY: Isso não tem graça.
UM BOB QUALQUER: Não é para ter
HILDY: Você quer MESMO esses 40 dólares?

UM BOB QUALQUER: acha que perguntei por isso
HILDY: Então, por quê?
UM BOB QUALQUER: Por quê?!?
HILDY: Pelo que eu lembre, essa é uma pergunta de duas partes, então, sim, por quê?
UM BOB QUALQUER: pq estou com seu peixe e quero que vc o tire de minhas mãos. essas coisas comem tudo o que veem
HILDY: Resposta ruim.
UM BOB QUALQUER: Liguei para a FedEx e não transportam animais vivos. Eu mesmo vou ter que entregar
HILDY: Pior ainda. Resposta REAL por favor.
UM BOB QUALQUER: A biblioteca está fechando
HILDY: Ué?
UM BOB QUALQUER: Tem que desligar
HILDY: *Tenho que desligar. Essa foi sua pior resposta até agora.
UM BOB QUALQUER: Quer sair ou não?

HILDY: Eu não sei
UM BOB QUALQUER: Qdo vai saber?

HILDY: Te falo amanhã.
UM BOB QUALQUER: Mensagem às 7h30?
HILDY: Isso é um encontro.
UM BOB QUALQUER: peraí, eu não disse isso
HILDY: Você me deixa maluca.

CAPÍTULO 8

Hildy mal dormiu naquela noite também. Bob realmente a estava deixando maluca. Ela não sabia mais qual parte do cérebro deveria ouvir.

Foi até a cozinha às quatro da manhã para esquentar um pouco de leite. Sua mãe estava sentada à mesa, ainda com o uniforme do hospital.

— Ai, desculpe, querida. Acordei você?

Amy fechou o laptop. Tomou uma bebida que estava ao lado e tinha cor de suco de maçã. Hildy tinha uma razoável certeza de que não era suco.

— Não. Não consegui dormir.

— Não é de seu feitio. — Ela cruzou as mãos sobre a mesa e abriu para Hildy um sorriso preocupado. — Quer me contar alguma coisa?

Hildy considerou mencionar a situação com Bob, mas então notou a sombra pairando por trás dos olhos da mãe.

Era medo.

A mãe tinha medo de que Hildy perguntasse o que aconteceu com o pai e Gabe e o prato e o fim súbito de algo que parecia ser uma família. Com medo de que precisasse explicar.

Aquele olhar meio que fez Hildy pirar. Ela fuçou no armário e fez uma barulheira procurando a caneca com o pombo.

— Está na lava-louça — comentou a mãe. — Então? Algum problema?

— Nada, não. — O fato de sua mãe saber que ela estava procurando sua caneca favorita sem ter que perguntar fez com que ela se sentisse estranhamente culpada. — Só estou naqueles dias. — Mentira e uma sutil referência a Bob que, apesar de tudo, lhe causou um friozinho feliz na barriga. O que a fez se sentir ainda mais culpada.

— Hormônios. — Amy tirou o elástico do rabo de cavalo e sacudiu o cabelo solto. Ela sempre dizia que era exatamente da cor do de Hildy. — Provavelmente vai melhorar depois que começar a ter filhos. Até lá, um banho quente talvez ajude.

Hildy serviu um pouco de leite e o colocou no micro-ondas.

— Você está trabalhando muito ultimamente.

— O pronto-socorro está com pouca gente. Kiley Nickerson está de licença-maternidade. A mãe de Esther Cohen está morrendo. Sobra Steve Henderson, Rich Samuels e eu tentando cobrir todos os turnos.

Hildy se afastou. Não queria deixar que ela suspeitasse de nada, mas ainda assim... Ouvir sua mãe mencionar o nome dele a surpreendeu.

Amy estendeu a mão para pegar o copo e o derrubou. Deu um pulo com o laptop nos braços. Hildy pegou uma toalha de papel e limpou a bagunça. Definitivamente, não era suco.

— Bem, eu não devia estar bebendo a essa hora mesmo. — Amy puxou o pano de prato da alça do forno e começou a limpar também.

— Não é de seu feitio — disse Hildy.

— Estou fazendo muitas coisas que não são de meu feitio ultimamente. — Ela sorriu, como se pedisse desculpas, e Hildy quase disse: "Quer me contar alguma coisa?" Mas Amy cortou-a nesse momento. — Mais estresse sendo chefe de departamento do que eu esperava. A papelada. E a política. Terrível.

Elas fizeram que sim com a cabeça. As duas preferiam a mentira. Tinham um almoço mensal marcado no café da galeria de arte na próxima terça-feira. Então, Hildy decidiu que ela abordaria o assunto. Se necessário. Àquela hora da manhã e com seu coração tão cheio de Bob, quase conseguia acreditar que aquela coisinha com os pais passaria.

Ela tirou o leite do micro-ondas. Beijou a mãe na testa e subiu as escadas para tomar um banho. Do patamar, viu Amy abrir o laptop e se servir de outra bebida de uma garrafa embaixo da mesa.

CAPÍTULO 9

No dia seguinte, Hildy levou Gabe e alguns de seus amigos de carro até a piscina depois da escola, então subiu as escadas e parou na sala de musculação com Max. Ela sempre fazia isso. Vestia uma roupa de treino confortável, depois se sentava em equipamentos que não estavam sendo usados e se divertia enquanto ele malhava pesado. Era o plano perfeito. Podia dizer à mãe com sinceridade que tinha ido à academia, e Max tinha uma distração da monotonia.

Ele queria saber o que aconteceu com Evan naquela noite, mas Hildy apenas deu de ombros.

— As coisas ficaram estranhas quando a namorada dele apareceu.

— Namorada?!?

Eles discutiram por um tempo sobre se Evan tinha capacidade física e emocional para manter um relacionamento, e isso pareceu um bom sinal para Hildy. Era óbvio que Max não tinha visto o que realmente aconteceu. Ela o deixou resmungar por um tempo sobre Evan, então contou a ele sobre seus planos de sair com Bob.

O queixo de Max caiu.

— Mas que safada, você!

O cara no *leg press* se virou e olhou. Hildy jogou um beijo para ele e depois disse a Max:

— Você acha que sou louca.

— Sim, mas já me enganei antes. Quero dizer, só essa semana, eu poderia jurar que você era assexuada. E, de qualquer forma, que diferença faz o que eu acho? — Ele pegou alguns halteres e começou sua série. — Você vai fazer isso. Estou até vendo. E, como figura paterna neste relacionamento, entendo que, mais cedo ou mais tarde, vou ter que deixar meu passarinho sair do ninho... Mas posso te dar alguns conselhos?

— Você vai fazer isso — retrucou ela. — Estou até vendo.

— Não se encontre com ele ainda. Dê um pouco de trabalho. Você sabe o que a Xiu diz: banque a malvada e deixe a galera interessada.

— Malvada quanto?

— Quantas perguntas ainda faltam?

— Dezessete. Dezoito. Mais ou menos isso.

— Segure por mais nove ou dez. Deixe que fique com fome de você.

— Uma hora você está preocupado por eu ficar sozinha com ele. Agora, está dizendo para negar comida ao leão até antes de me jogar em sua cova.

— Ninguém come com vontade de estômago cheio. Vai por mim.

Ele saiu dos grandes pesos, deitou-se no banco e fez Hildy ajudá-lo.

Ela odiava essa parte, porque realmente não era forte o suficiente para ajudá-lo se o haltere caísse. Também não gostava do olhar intenso que ele fazia quando estava erguendo aquele peso todo. Ficava preocupada que ele pudesse explodir um vaso sanguíneo nos olhos, e não queria estar por perto para testemunhar caso acontecesse.

— E se ele não esperar? E se ele simplesmente der o fora?

— Tenho que responder a isso também? — Max deixou o peso cair de volta ao suporte. Uma veia em seu pescoço pulsava ritmicamente.

— Tem.

— Hildy. Você não quer alguém que "simplesmente dê o fora". Ele é um ficante em potencial, não um paciente com Alzheimer. Se você balançar seu docinho, difícil ele se importar...

— Não fale "balançar o docinho". É horrível.

— Tudo bem. Se ele não estiver a fim de você o bastante para aguentar um flertezinho, ele não te merece.

— Mas...

— Não tem mas.

— Ele poderia...

— Não. É sério. Quem é você? Uma maria-mole que passou da data de validade? Não precisa remarcar seu preço para vender rápido.

Ele enxugou as mãos nos shorts e agarrou novamente os pesos.

— Não gosto de ser tão passiva.

— Você não está sendo passiva. Você está ativamente ignorando o cara. É uma estratégia consagrada.

— Você sabe que eu vou jogar isso na sua cara, não é? Da próxima vez que você estiver se oferecendo para algum pilantra que não te merece...

— Não fico com pilantras, Hildy. Por favor.

Ele grunhiu e levantou os braços. Hildy achava todo o processo nojento. Max deixou que o peso caísse, depois limpou o suor do rosto e das axilas.

— Você tem braços bonitos — comentou ela.

—Tenho mesmo. E minhas pernas são bem gostosas, também.

— Me lembre de não elogiar você de novo.

— Por quê? — Ele fez um gesto para que ela o seguisse até outra máquina, e começou a mexer em alças e alavancas. — Qual o problema de saber que tenho braços bonitos? É a verdade. Você também deveria saber a verdade sobre você, e, o mais importante, deveria aproveitá-la.

— Tudo bem. Então, qual é minha verdade?

Ele se acomodou nos apoios de pés.

— Boa tentativa, mas de jeito nenhum. Eu, seu melhor amigo gay, fazendo uma relação de seus pontos fortes. Isso é tão clichê e, francamente, triste.

— Sim, bem, então, quem vai fazer isso? Caras héteros não estão fazendo fila para me elogiar.

— Estão, sim. Você só não está dando ouvidos. O que é sem dúvida um ponto forte.

— Por quê?

— Porque é isso que aconteceria. Eles adulariam você, seu ego aumentaria, então eles desapareceriam e você pensaria: "Ai, não! Fui enganada e acreditei que realmente sou uma pessoa boa, digna e adorável, quando na verdade não sou!" Então, você lançaria seu pequeno eu no Penhasco da Confiança Falsa. E quem estaria lá para pegar seu corpinho alquebrado e te deixar saudável de novo? Eu. Não, obrigado. Se eu for dar um banho em alguém, vai ser no de camiseta verde ali atrás. Agora, me passe aquela toalha de novo.

Hildy pegou o item com dois dedos e o entregou a ele.

— Talvez eu esteja assistindo a muitos desenhos da Disney, Hildy, mas não consigo parar de pensar que você precisa encontrar a verdade dentro de si. Essa é o único jeito de você acreditar e descobrir a força para construir seu lindo castelo de gelo no céu! Não me deixe falar mais nada até eu ter feito setenta e cinco.

Ela deu alguns passos atrás para evitar o suor do amigo e depois o ajudou a contar. Gostava de sua ideia sobre adiar o encontro com Bob por um tempo. Sentia-se mais no controle on-line que pessoalmente.

Max terminou seu treino e queria fazer sauna, então Hildy o deixou.

Foi ao vestiário feminino e vestiu o traje de banho. (Uma bonita peça retrô com um top e uma cortininha). Nadou algumas voltas preguiçosas até Gabe e seus amigos estarem prontos para ir embora.

— Que fedor é esse? — perguntou Gabe, quando se empilharam no Volvo. — Parece que um cachorro vomitou parmesão aqui. — Enquanto os meninos piravam com aquela ideia, Hildy se flagrou pensando no pai (seu carro nunca era fedido) e alguma coisa que Max havia arfado entre suas séries de treino: "O problema de vocês, os Sangster, é que esperam a perfeição. Eu nunca esperei. Simplesmente não era uma opção. Você começa a gostar de garotos no terceiro ano? Sabe que não é o filho perfeito de um Cossack. Oitenta por cento de tudo o que meu pai me disse envolve unidades termais ou catracas, então ele não vai ganhar o prêmio de Pai do Ano. E o tempo de mãe e filhas juntos em nossa casa não é muito melhor. Katya e minha mãe não conseguem ficar na companhia uma da outra por mais de cinco minutos sem se atacarem. Mas, estranhamente, somos um pouco mais felizes que vocês. Ficamos confortáveis com a ideia de que somos fodidos. Deve ser horrível só descobrir isso agora".

Ela deixou uma minivan passar, depois parou no estacionamento. O pequeno discurso de Max a incomodou. Ela achou aquilo tão preguiçoso. E se Nelson Mandela ou Taylor Swift se permitissem ter esses pensamentos? Simplesmente não desmontariam e deixariam caras brancos e/ou valentões entrar no caminho.

As coisas poderiam ser consertadas.

Sua família poderia ser consertada.

Ela olhou pelo retrovisor. Gabe estava revirando os olhos, imitando seu professor de matemática ficando maluco com uma resposta errada.

— Quer ir até o Cousin's buscar carne? Talvez a gente possa comprar aquelas salsichas alemãs de que papai gosta.

CAPÍTULO 10

Havia mais alguns bilhetes na mesa da cozinha quando chegaram em casa. Amy tinha sido chamada ao hospital para cuidar das vítimas de um engavetamento triplo. Greg estava na escola, adiantando algumas coisas administrativas. Aparentemente, havia muito vindalho sobrando para o jantar se quisessem.

— Só nós dois para o jantar de novo? — Gabe tinha apenas 12 anos e meio e era grande para a idade, então Hildy às vezes esquecia que, tecnicamente, ainda era um pré-adolescente. Estava apenas pensando o quanto tudo aquilo talvez fosse perturbador para o irmão quando ele jogou o punho no ar e disse: — Tudo bem!

Aquilo a fez gargalhar. É como o diretor Sangster sempre dizia: *As crianças são resilientes.*

Gabe deveria estudar clarinete, mas ela o deixou jogar algum videogame coreano bizarro enquanto fazia omeletes. Ele nunca se queixava de omeletes, especialmente se fossem carregados no queijo e no bacon, e leves em vegetais identificáveis.

Comeram na frente da TV.

— Papai está bem ocupado esses dias, né? — Ela estava sondando, tentando descobrir como Gabe estava.

Ele deu de ombros. O cabelo era escuro e tão encaracolado que ficava molhado por horas. *Sangster Esponjinha*, pensou.

— Ele está se comportando como um idiota. — Gabe jamais dissera nada assim antes.

— Por que você acha que ele está assim?

— Como eu vou saber? Acho que as hemorroidas estão inchadas de novo. Sei lá. Ele está o tempo todo no meu pé.

— Ele está passando por um momento difícil. Cortes no orçamento da escola. A senhorita Atkinson indo embora do nada. Vandalismo. É muita coisa para resolver.

— E aí ele acaba com a vida de todo mundo.

— Talvez se você simplesmente...
— Talvez se você simplesmente calasse a boca.
— Gabe.

Ele jogou o prato na mesa de centro e levantou de uma vez.

— Tenho que alimentar os peixes. Sou o único que se preocupa com eles agora.

— Gabe.

Ele percebia o que estava acontecendo? Hildy não sabia dizer. Sempre fora um garoto tão feliz. Estranho, mas feliz. Seu pai e ele, no galpão ou no aquário, com suas várias obsessões que ninguém mais entendia direito.

Ela colocou os pratos no lava-louça, pôs o leite na geladeira e foi para o quarto. Ao caminhar pelo corredor, viu Gabe sentado de pernas cruzadas no chão da sala de estar, olhando fixamente para dentro do aquário. Aquilo a deixou de coração partido.

Ela se obrigou a fazer ioga e tentou se concentrar na respiração. Não estava com vontade de conversar novamente com Bob. Talvez fosse melhor se fingisse ter esquecido o "encontro".

Mas, então, ela viu a mensagem surgir, e é claro que respondeu. Nem hesitou. O coração é uma coisa estranha.

PERGUNTA 20

UM BOB QUALQUER: Ei!

HILDY: Oi

UM BOB QUALQUER: Então, qual é sua resposta? Vai sair cmg ou o q?

HILDY: Não sei se estou pronta para te ver ainda.

UM BOB QUALQUER: Então, acabamos de perder os quarenta dólares.

HILDY: Boa ortografia. E eu disse *ainda.

UM BOB QUALQUER: desenvolva?

HILDY: Podemos fazer mais algumas perguntas on-line enquanto penso nisso.

UM BOB QUALQUER: pensa *DEMAIS nisso

HILDY: Talvez.

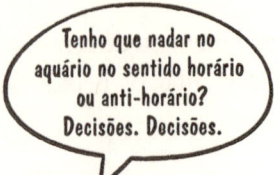

UM BOB QUALQUER: *Tenho que nadar no aquário no sentido horário ou anti-horário? Decisões. Decisões.*

HILDY: Engraçadinho.
UM BOB QUALQUER: então, qdo vamos fazer as perguntas?
HILDY: Quando você quiser.
UM BOB QUALQUER: agora?
HILDY: É.
UM BOB QUALQUER: Ok nº 20. "O que significa amizade para você?"

HILDY: Risadas. Isso é importante.

HILDY: E um ombro para chorar.

HILDY: Alguém com quem comemorar os bons momentos.
UM BOB QUALQUER: Com *quem
HILDY: Alguém que não me encha o saco quando uso os pronomes preposicionais adequadamente.
UM BOB QUALQUER: então estou fora

HILDY: Acho que sim.

HILDY: Alguém que queira o melhor para você.

HILDY: Alguém para me dizer a verdade quando preciso ouvir.
UM BOB QUALQUER: vc já pensou em entrar no ramo de cartões comemorativos?
HILDY: Ei, você perguntou.
UM BOB QUALQUER: o que aconteceu com *uma perspectiva diferente?
HILDY: Você está anotando? Parece que estou em uma peça de tribunal. Tudo o que digo pode e será usado contra mim. Ótimo. Perspectiva também. Então, o que significa amizade para você?
UM BOB QUALQUER: uma cerveja de vez em quando, alguém com quem eu possa pegar dinheiro qdo precisar
HILDY: Ah. A riqueza surpreendente das amizades masculinas.

UM BOB QUALQUER: não é só isso. alguém para jogar basquete, embora esteja ficando cada vez mais difícil encontrar alguém para jogar hoje em dia. O baiacu me fez parar.

HILDY: Você e seu amiguinho imaginário.

UM BOB QUALQUER: melhor tipo de amigo, nunca se queixa do estilo da saia q estou usando

HILDY: Haha

HILDY: Acabei de perceber uma coisa.

UM BOB QUALQUER: não faz sentido fazer o resto das perguntas & você devia apenas dizer sim?

HILDY: Nem. Você está na vantagem. Estava com as perguntas a semana toda. Pode ter ensaiado todas as suas respostas.

UM BOB QUALQUER: acho q poderia, se eu não tivesse coisas melhores para fazer

HILDY: Tipo o quê?

UM BOB QUALQUER: qualquer coisa

HILDY: Como você sabe que Jeff vai te pagar? 😊 Talvez todas as perguntas tenham que ser respondidas na universidade.

UM BOB QUALQUER: viu algum lugar onde estava escrito isso?

HILDY: Não.

UM BOB QUALQUER: eu também não, então melhor ele me pagar

HILDY: Caso contrário, isso seria uma perda de tempo.

UM BOB QUALQUER: não, não seria

HILDY: Não seria?

UM BOB QUALQUER: Não, vc realmente me ajudou com ortografia e vocabulário

HILDY: Você é incorrigível. (E eu gostaria de começar a colocar ponto no final de suas frases).

UM BOB QUALQUER: incorrigível! outra nova palavra! pergunta 21

HILDY: Não tão rápido, trapaceiro. Não estou satisfeita com sua resposta. Você só quer isso mesmo de uma amizade? A cerveja de vez em quando?

UM BOB QUALQUER: não, e dinheiro e um bate-bola de vez em quando, é o que a maioria dos caras querem, pergunte por aí

HILDY: E alguém com quem conversar?

UM BOB QUALQUER: o q é q tem

HILDY: Vocês conversam?

UM BOB QUALQUER: conversamos

HILDY: Sobre o quê?

UM BOB QUALQUER: esportes vídeos de youtube músicas garotas

HILDY: Com quem vocês falam sobre coisas importantes?

UM BOB QUALQUER: essas não são importantes?

HILDY: Você sabe do que estou falando.

UM BOB QUALQUER: o q? amor morte o sentido da vida?

HILDY: Sim. Essas coisas.

UM BOB QUALQUER: com ninguém

HILDY: Jura?

UM BOB QUALQUER: ok. Com vc

HILDY: Está zoando?

UM BOB QUALQUER: infelizmente não

HILDY: E, pior, você está falando comigo sobre isso porque alguém está pagando US$ 40.

UM BOB QUALQUER: infelizmente sim. AGORA podemos passar para a próxima pergunta?

HILDY: Só preciso enxugar as lágrimas.

PERGUNTA 21

UM BOB QUALQUER: "Quais papéis o amor e a afeição desempenham em sua vida?"

HILDY: Isso é uma pergunta de verdade? Ou você está dando em cima de mim?

UM BOB QUALQUER: é assim q os nerds flertam?

HILDY: Sim. Nada como um estudo de psicologia para deixar o coração aos pulos.

UM BOB QUALQUER: tudo bem se funciona, responda logo

HILDY: Esse é você todo machão poderoso?

UM BOB QUALQUER: acha q vou responder? Não sou idiota, responda logo

HILDY: "Quais papéis o amor e a afeição desempenham em sua vida?" O que isso quer dizer? Como posso responder algo que não entendo?

UM BOB QUALQUER: faça seu melhor, pontos extras pelo esforço

HILDY: Acho que desempenham um papel importante. E acho que poderia dizer um bom papel.

UM BOB QUALQUER: *poderia dizer, mas.

HILDY: Não é tão simples assim.

UM BOB QUALQUER: com você nada é

HILDY: Verdade.

UM BOB QUALQUER: então, continue

HILDY: Cresci em uma família amorosa e afetuosa. Meus amigos me amam. Eu sei disso.

UM BOB QUALQUER: mesmo Iris?

HILDY: Você está obcecado com Iris.

UM BOB QUALQUER: não, só quero uma resposta sincera, a verdade somente a verdade e nada mais que a verdade, esta é uma peça de tribunal lembre

HILDY: Ok. Somente a Verdade. Iris talvez não me ame tanto quando já amou, Max e Xiu são de verdade.

UM BOB QUALQUER: lá vem outro * mas

HILDY: Você tem um radar emocional muito bom.

UM BOB QUALQUER: adoro qdo vc fala sacanagens... mas poderia simplesmente terminar sua resposta

HILDY: ... mas acho que amigos e familiares não são suficientes. Talvez seja natural querer mais.

UM BOB QUALQUER: desenvolva

HILDY: Você sabe do que estou falando

UM BOB QUALQUER: obviamente vc não está falando de um animal de estimação pelo jeito q tratou o pobre baiacu

    HILDY: Obviamente. Ok. E que papel o amor e a afeição têm para você?

UM BOB QUALQUER: Depende do q você quer dizer com amor e afeição. Estamos falando da coisa física?

    HILDY: Se você quiser.

UM BOB QUALQUER: Então sou um grande fã

    HILDY: Ah, claro. Lembro que seu dia ideal teve um pouco disso.

UM BOB QUALQUER: tinha. mais que um pouco para ser sincero

    HILDY: VOCÊ está sendo sincero?

UM BOB QUALQUER: dando meu melhor

    HILDY: E a parte emocional do amor?

UM BOB QUALQUER: Não tem papel nenhum em minha vida

    HILDY: Isso é triste.

UM BOB QUALQUER: não chore por mim

    HILDY: Argentina.

UM BOB QUALQUER: ???

    HILDY: Não conhece essa música?

UM BOB QUALQUER: não

    HILDY: Desculpe. É uma música de um musical antigo chamado *Evita*.

UM BOB QUALQUER: q papeu vc fez

    HILDY: Quem disse que eu tive um *papel?

UM BOB QUALQUER: teve?

    HILDY: Sim.

UM BOB QUALQUER: qual? Evita?

UM BOB QUALQUER: eu sabia

HILDY: Podemos parar com as brincadeiras? Eu não devia nem ter começado. Você acabou de me dizer algo importante, e eu fui desrespeitosa.

UM BOB QUALQUER: não ligo. embora eu quisesse q vc parasse de dizer q tudo em minha vida é *triste. talvez eu ache q ter amigas q usem saias estranhas é triste. já pensou nisso?

HILDY: Sua mãe disse que você era dela, então você obviamente cresceu com amor.

UM BOB QUALQUER: cresci

HILDY: Mas você não tem isso agora

UM BOB QUALQUER: correto

UM BOB QUALQUER: olá?

HILDY: Não sei o que dizer.

UM BOB QUALQUER: q tal *o que vem fácil vai fácil. Vamos deixar desse jeito. Pergunta 22

PERGUNTA 22

UM BOB QUALQUER: vc vai ficar louca com essa

HILDY: Qual é? Deixe-me adivinhar. "Quais são seus três personagens favoritos da literatura inglesa do século XIX e por quê?"

UM BOB QUALQUER: quase. "Compartilhem alternadamente cinco características que vocês achem positivas em seu parceiro.

HILDY: Você deve estar suando bicas. Se você conseguir chegar a cinco itens para mim, eu te dou mais dez paus.

UM BOB QUALQUER: é o q eu preciso, meus professores sempre disseram q eu respondia bem aos *incentivos. vc primeiro
    HILDY: 1) Você é artístico.
UM BOB QUALQUER: entreguei essa para você de bandeja
    HILDY: Isso não é uma competição. Sua vez
UM BOB QUALQUER: vc fala bem
    HILDY: Eu falo bem?!?
UM BOB QUALQUER: ia dizer q vc é bem-articulada, mas não ia parecer algo que eu diria. não queria q vc pensasse q eu estava recebendo ajuda
    HILDY: Bem-articulada? Estou chocada. Teria pensado que você considerava isso um de meus defeitos.
UM BOB QUALQUER: a qualidade é boa, vc só tem um problema de quantidade às vezes
    HILDY: Sabe, você melhorou desde que começamos com isso. Suas respostas ficaram muito mais cuidadosas.
UM BOB QUALQUER: é, nada como um peixe voando ao lado da cabeça para fazer um homem ver seus erros
    HILDY: 2) Você é engraçado.
UM BOB QUALQUER: vc tb
UM BOB QUALQUER: por incrível q pareça
    HILDY: Falei cedo demais. É como se, a cada vez que diz algo bom sobre mim, se sentisse obrigado a começar a retirar o que disse sutilmente.
UM BOB QUALQUER: foi sutil?
    HILDY: Não. Tem razão. Não foi muito sutil
UM BOB QUALQUER: desculpe
    HILDY: Bem, não se pode esperar que seja sutil o tempo todo.
UM BOB QUALQUER: não, desculpe por não ser legal
    HILDY: Desculpe?!? Um pedido sincero de desculpas? Quieto, meu coração está palpitando

UM BOB QUALQUER: é *desculpe. não estava querendo te ofender. quis dizer q não achava q seria engraçada qdo a gente se conheceu. vc parece alguém com quem não se pode brincar o tipo de gente que fica puta se algo é sexista ou racista ou *desrespeitoso

    HILDY: Sou desse tipo.

UM BOB QUALQUER: verdade, mas vc ainda me faz rir

    HILDY: Sim, mas nem sempre é minha intenção.

UM BOB QUALQUER: não, mas mesmo qdo é

    HILDY: Caramba. Obrigada. Fiquei vermelha

UM BOB QUALQUER: o q me leva ao 3

    HILDY: Qual é?

UM BOB QUALQUER: espere um seg que vou colocar meu escudo contra peixes

    HILDY: Já sei que não vou gostar. Desembuche

UM BOB QUALQUER: vc é sensível

UM BOB QUALQUER: digo, no bom sentido

UM BOB QUALQUER: a maior parte do tempo

    HILDY: Fez de novo. Você é o rei do elogio na defensiva.

UM BOB QUALQUER: uau nunca fui rei de nada antes. Muuuito lisonjeado

    HILDY: Não fique tanto

UM BOB QUALQUER: sim talvez eu também seja sensível

    HILDY: Talvez?!? Você *definitivamente é, apesar de tentar esconder isso por trás de sua postura e de sua jactância.

UM BOB QUALQUER: jaca-o-quê? Vou ter que procurar essa daí

    HILDY: Por quê? Para poder usar com as meninas?

UM BOB QUALQUER: o q acha q estou fazendo agora?

    HILDY: Você é tão sutil.

UM BOB QUALQUER: aquele foi seu número 3?

    HILDY: Não ia ser, mas ok, sim, venho pensando nisso É. Com o risco de fazer sua cabeça explodir, você é bem charmoso. Apesar de meu melhor juízo — e quando não sinto vontade de te esmagar com um objeto pesado —, não consigo deixar de gostar disso. Obviamente, a razão pela qual você tem "garotas no plural" é que, no fundo, você é um queridinho das mulheres. Poderia transformar isso em profissão

UM BOB QUALQUER: uau olha quem fala em elogiar e depois retirar o elogio. Como me fazer parecer um cara horrível.

HILDY: Um cara horrível e charmoso. Tem coisas piores.

UM BOB QUALQUER: como o quê?

HILDY: Não consigo pensar em nada agora.

UM BOB QUALQUER: um homem das cavernas?

HILDY: Ops. Pisei de novo em seu calo delicado?

UM BOB QUALQUER: não só quero resolver as coisas diretamente, ver se estou avançando ou recuando no mundo

HILDY: Avançando. Embora definitivamente haja alguma turbulência ao longo do caminho. Qual é seu número quatro?

UM BOB QUALQUER: está ficando cada vez mais difícil encontrar alguma coisa

HILDY: Fique de olho no prêmio. Dez dólares se chegar a cinco, não se esqueça.

UM BOB QUALQUER: nossa, ou vc é generosa ou está desesperada

HILDY: Não aceito nenhuma dessas respostas, então nem tente.

UM BOB QUALQUER: mesmo q seja verdade?

HILDY: Mesmo que seja verdadeira. Engraçadinha demais. Quero uma resposta real. Lembra? Nós combinamos. Vamos lá. Você consegue.

HILDY: Melhor você ter passado por uma emergência médica grave, porque essa pausa foi extremamente ofensiva.

UM BOB QUALQUER: vc tem estilo

HILDY: Jura? Mesmo com meu *sobretudo de idoso?

UM BOB QUALQUER: vc e sua mochila e o jeito como você deixa os cabelos e aqueles brincos pequenos, não é como a maioria das meninas, também não fica lotada de maquiagem, consigo ver sua pele, gosto assim

UM BOB QUALQUER: vc tem pele bonita
    HILDY: É incrível o que se diz por um trocado. Deveria ter pago você antes.
UM BOB QUALQUER: quem está engraçadinha agora
    HILDY: A lisonja é embaraçosa.
UM BOB QUALQUER: vou parar
    HILDY: Ainda não. Tem mais uma.
UM BOB QUALQUER: vc primeiro, não fez a n° 4 ainda
    HILDY: Você é masculino.
UM BOB QUALQUER: teve q testar meu xixi para chegar a esse?
    HILDY: Não estou falando de ser homem, embora você seja também, a menos que tenha algo a me dizer? Quero dizer, você é meio viril.
UM BOB QUALQUER: é o nariz quebrado
    HILDY: E o jeito que você se porta e a maneira que tenta não sorrir. Você é reticente.
UM BOB QUALQUER: vou dar um Google nessa mais tarde
    HILDY: Faça isso. Você tem um pouco do homem de Marlboro.
UM BOB QUALQUER: ??? O cara do cigarro? O vaqueiro?
    HILDY: Tem razão. Exemplo ruim. Especialmente porque eu odeio fumantes.
UM BOB QUALQUER: eu sei, vi seu cartaz vencedor da campanha de combate ao fumo da sociedade do câncer. aliás, amei a pintura de rosto! vc mesma que faz?
    HILDY: Vou ignorar essa última mensagem. O que eu estava tentando dizer antes de ser tão grosseiramente interrompida é que você tem cara de homem ou algo assim. Não há nada de feminino em você.

UM BOB QUALQUER: eu gosto de bebês

HILDY: Eita. Isso veio do nada. Não é uma *indireta, é?

UM BOB QUALQUER: não, só dizendo q não sou *tão masculino assim

HILDY: Você realmente gosta de bebês?

UM BOB QUALQUER: de verdade. estranho, eu sei

HILDY: De onde você acha que veio isso?

UM BOB QUALQUER: a psiquiatra é vc

HILDY: É por isso que estou fazendo as perguntas e você está respondendo. Por que acha que gosta de bebês?

UM BOB QUALQUER: Eu acho que sempre fomos só minha mãe e eu. algumas vezes parecia que ela ia se firmar com um cara, e talvez eu tivesse um irmãozinho ou uma irmãzinha, mas nunca aconteceu

HILDY: Então, é como um sonho de infância não cumprido?

UM BOB QUALQUER: Sim, isso e me tornar um guerreiro ninja

HILDY: O que você gosta em bebês?

UM BOB QUALQUER: o cheiro. você já cheirou um?

HILDY: Muitos. Trabalho como babá.

UM BOB QUALQUER: Estou falando da cabeça, não da bunda dos bebês.

HILDY: Obrigada. Isso eu entendi.

UM BOB QUALQUER: e o jeito como fazem aquele negócio com os lábios qdo estão sonhando com a mamadeira

HILDY: ou com o peito.

UM BOB QUALQUER: q mente poluída a sua

UM BOB QUALQUER: brinks. Calma, perfeitamente natural, melhor coisa para o bebê blábláblá

HILDY: Calma você. Não tinha intenção de te dar sermão. Estou mais interessada em descobrir qual é seu próximo "item" para mim. Vamos lá. Você só precisa torturar seu cérebro para encontrar mais uma coisa positiva. Agora, para o *grand finale*! As cinco melhores escolhas de Bob para Betty...

UM BOB QUALQUER: falei do cabelo, falei da maquiagem, falei dos cílios, cara, não sobrou nada

HILDY: Na verdade, você não falou dos cílios, mas eles ficaram colados com o número 4. Precisa encontrar algo diferente.

UM BOB QUALQUER: você é persistente

HILDY: Tipo, sou um *saco?

UM BOB QUALQUER: sim, qdo vc me enche, mas não no restante do tempo, quero dizer, se prende às coisas, o q é bom, especialmente se quiser ser Nelson Mandela 1 dia

HILDY: Você também é persistente, e não é só o modo de falar, porque você realmente NUNCA, NUNCA DEIXA UMA PIADA PASSAR. (Dá um tempo, certo? Betty e eu estamos de saco cheio). Mas você também se prende às coisas.

UM BOB QUALQUER: ninguém nunca me acusou disso antes

HILDY: Lembra que você entrou em contato comigo? Isso foi persistência.

UM BOB QUALQUER: não importa, nada de cópias. regra sua. outra coisa.

HILDY: Você é corajoso.

UM BOB QUALQUER: como você sabe?

HILDY: Do jeito que você mal se encolheu quando joguei o baiacu em você

UM BOB QUALQUER: pensei q devíamos dar respostas sinceras

HILDY: Desculpe. Dei mancada. Queria dizer que é "intuição". Só encontrei você uma vez. Não tenho muito mais para garantir.

UM BOB QUALQUER: tem razão eu sou corajoso

HILDY: Jura? Ou isso é só para eu ficar quieta?

UM BOB QUALQUER: de verdade. minha mãe me disse pra ser, então eu sou

UM BOB QUALQUER: além disso eu não tenho escolha

HILDY: Por quê?

UM BOB QUALQUER: ninguém tem

PERGUNTA 23

UM BOB QUALQUER: Ok. "Quanto sua família é próxima e carinhosa? Você sente que sua infância foi mais feliz que a da maioria das outras pessoas?"

HILDY: Hum. Difícil.

UM BOB QUALQUER: não para mim.

HILDY: Jura?

UM BOB QUALQUER: É. Parte a: nem próximo nem carinhoso, porque não tenho família, e parte b: sim

HILDY: *Surpresa e boquiaberta. Sua infância foi mais feliz que a da maioria das pessoas?

UM BOB QUALQUER: vc sabe q está sendo grosseira, certo? mas sim, mais feliz, parte dela pelo menos

HILDY: Onde você cresceu?

UM BOB QUALQUER: aqui e ali

HILDY: Literalmente aqui?

UM BOB QUALQUER: também

HILDY: Onde é ali?

UM BOB QUALQUER: por toda parte, viajamos muito

HILDY: Por quê?

UM BOB QUALQUER: Pedra que rola muito não cria limo

HILDY: Jamais gostei dessa expressão. Tão degradante. Como se as pessoas fossem fungos que vão crescer em você se não continuar em movimento.

UM BOB QUALQUER: praticamente resome. pelo menos minha mãe pensava assim. é o que dizia sempre

    HILDY: *Resume, não *resome. Nem tenho certeza se é uma palavra.

UM BOB QUALQUER: se soletra aargh ou AAAAAAARGH?

    HILDY: ☺ Às vezes eu tenho um vislumbre de quanto posso ser irritante. Ignore.

UM BOB QUALQUER: estou me esforçando, e, de qualquer forma, você não conhece mesmo ninguém que chamaria de fungo?

    HILDY: Que jeito de me ignorar.

UM BOB QUALQUER: bem, conhece?

    HILDY: Fungo é um pouco pesado. Conheço alguns seres unicelulares e invertebrados.

UM BOB QUALQUER: pedras que rolam não juntam esses também, talvez até esmaguem alguns no caminho, então não as despreze

    HILDY: Ai. Onde posso conseguir uma dessas?

UM BOB QUALQUER: é fácil simplesmente pare deite e role, cuidado com a cabeça

    HILDY: Foi assim que você quebrou o nariz?

UM BOB QUALQUER: não e pare de perguntar

    HILDY: Você teve amigos durante a infância?

UM BOB QUALQUER: por um tempo, mas nós dois mudávamos e tinha que fazer novos, ok quando eu era pequeno, mas vai ficando mais difícil

    HILDY: Isso é triste.

UM BOB QUALQUER: pode parar com isso? vc me faz parecer patético, amigos não são tudo, se eu tivesse toneladas de amigos, não teria aprendido a desenhar ou tocar bateria

    HILDY: Por que você se mudou tanto?

UM BOB QUALQUER: $

UM BOB QUALQUER: não diga dinovo que é triste, sei desenhar e tocar bateria pq sou pobre, maneiras baratas de me divertir, se tivéssemos dinheiro nunca teria aprendido

HILDY: Não tinha ideia de que você tivesse uma perspectiva tão positiva.

UM BOB QUALQUER: profundidades ocultas, sua vez

HILDY: Qual foi a pergunta de novo?

UM BOB QUALQUER: qto sua família é próxima e carinhosa? sente q sua infância foi mais feliz q a da maioria das outras pessoas?

HILDY: Parte A) Não muito. Ao menos no momento. Mas já foi. Ou, pelo menos, pensei que fosse. Só mostra o quanto eu sabia pouco. Estranho. Algumas semanas atrás, eu teria dado uma resposta completamente diferente.

UM BOB QUALQUER: o q aconteceu há uma semana

HILDY: Minha família implodiu.

UM BOB QUALQUER: q significa isso

HILDY: Implodir significa desmoronar para dentro.

UM BOB QUALQUER: EU SEI O QUE SIGNIFICA IMPLODIR. Não sou um idiota, eu assisto tv. vc sabe o q quero dizer, o q aconteceu com sua família

HILDY: As pessoas pararam de conversar umas com as outras.

UM BOB QUALQUER: como assim?

HILDY: Por algo que eu disse.

UM BOB QUALQUER: o q? deve ter sido muito ruim

HILDY: Não sei se posso responder. Não conheço você há muito tempo, e eu estaria dizendo algo que só disse para outras duas pessoas no mundo, e nem sei ao certo se é 100% verdade, então pareceria uma traição. Especialmente porque agora você sabe quem são meus pais. Podemos mudar de assunto? Não quer me fazer chorar de novo.

UM BOB QUALQUER: odeio choradeira on-line, nada pior q um monte de emojis tristes. aliás, Baiacu quer dizer uma coisa a vc

HILDY: Estou esperando

UM BOB QUALQUER: dê um seg pra ele. é doloroso

UM BOB QUALQUER:

> Você acha que sua infância foi ruim? Minha mãe comeu a maioria dos meus irmãos.

HILDY: As mães baiacus comem a prole?
UM BOB QUALQUER: só acho, o melhor que pude fazer tão rápido. ainda está chorando?
HILDY: Não.
UM BOB QUALQUER: então, quem se importa se é verdade
HILDY: Entendo por que você faz sucesso com as moças.

PERGUNTA 24

UM BOB QUALQUER: prepare-se "Como se sente sobre seu relacionamento com sua mãe?"
HILDY: Quem escreveu estas perguntas é cruel. Se eu não fosse tão *persistente, desistiria.
UM BOB QUALQUER: eu não. Preciso dos $40
HILDY: Não acredito em você. Acho que você está curtindo.

UM BOB QUALQUER: está enganada. acredite
HILDY: Concordo que essa pergunta em especial não é muito divertida. Mas no geral? Acho que você está curtindo. Não me parece o tipo de pessoa que continuaria fazendo isso apenas pelo dinheiro se estivesse odiando.

UM BOB QUALQUER: me pegou
HILDY: Então, por que está fazendo isso?
UM BOB QUALQUER: sou um masoquista, e meu chicote está quebrado

UM BOB QUALQUER: está me dando um gelo?
HILDY: Não, só estou usando uma técnica que aprendi na aula de jornalismo. Se quiser que alguém responda a uma pergunta, fique em silêncio para criar um climão.
UM BOB QUALQUER: então vc ESTÁ me dando um gelo
UM BOB QUALQUER: Ok. Tudo bem, realmente não *curto isso, mais conhecido como *gostar disso, mas não falo com mais ninguém sobre essas coisas, então eu meio que estava sentindo falta
HILDY: Sentiu falta de ser emocionalmente torturado?
UM BOB QUALQUER: estranho, eu sei
HILDY: "Não falo com mais ninguém sobre essas coisas?" Com quem você conversava?
UM BOB QUALQUER: com minha mãe
HILDY: O que houve?

UM BOB QUALQUER: a questão é como vc se sente em seu relacionamento com sua mãe? Sinto q meu relacionamento acabou. E vc?

HILDY: Você acabou de passar a bola, não foi?

UM BOB QUALQUER: É, e vc passou para mim

HILDY: Então, é revide?

UM BOB QUALQUER: Pode ser. me fale sobre seu relacionamento com sua mãe, vou <3 ver vc se retorcer

HILDY: Sinto que meu relacionamento com minha mãe é.. sei lá... complicado.

UM BOB QUALQUER: palavra evasiva, ela não é sua deusa guerreira ou algo assim

HILDY: Sim, mas é isso que eu quero dizer. Complicado. Ela é e não é. Talvez ela seja algum tipo de deusa grega. Elas não deveriam ser imortais, mas imperfeitas também?

UM BOB QUALQUER: pq vc está me perguntando?

HILDY: Você parecia saber muito sobre Pandora.

UM BOB QUALQUER: tudo q sei é q ela não tinha espaço suficiente na mochila para meus problemas também

HILDY: Ela conseguiu uma mochila maior.

UM BOB QUALQUER: não tão grande

HILDY: Como era seu relacionamento com sua mãe antes de terminar?

UM BOB QUALQUER: complicado

HILDY: HAHAHA. Então, não é uma palavra evasiva quando você usa.

UM BOB QUALQUER: correto

HILDY: Como ela é?

UM BOB QUALQUER: imperfeita, mas não imortal

HILDY: Pode ser mais específico? Aparência? Personalidade? Hobbies e passatempos?

UM BOB QUALQUER: alta cabelo escuro bonita inteligente engraçada louca mal-humorada pinta homens

HILDY: ????

UM BOB QUALQUER: apenas respondendo a suas perguntas. Aparência? Personalidade? Hobbies e passatempos?

HILDY: Pinta homens? Esse é o hobby de sua mãe?

UM BOB QUALQUER: não. pinta vírgula homens

HILDY: #porqueapontuacaoehimportante

UM BOB QUALQUER: #quesedane Sua vez. Como é sua mãe?

HILDY: Não diria que ela é linda. Não "do jeito normal", mas tem um rosto bem bonito e se veste bem. É inteligente, muito determinada, ambiciosa. Quando quer uma coisa, consegue. Eu ia acrescentar que é responsável e leal, mas não tenho mais certeza disso. Meio que não tenho certeza de muita coisa.

UM BOB QUALQUER: está crescendo garotinha

HILDY: Quer dizer que vai ser assim daqui para a frente?!?

UM BOB QUALQUER: sim. ninguém sabe o q tá fazendo. espere surpresas. às vezes são US$ 40 para responder a algumas perguntas idiotas, com mais frequência é um peixe na cabeça

HILDY: Nunca vou superar essa vergonha.

UM BOB QUALQUER: não, não vai

PERGUNTA 25

UM BOB QUALQUER: pergunta 25. não tenho certeza do que isso significa: "façam três declarações cada um, por exemplo: 'Nesta sala estamos os dois nos sentindo...'"

HILDY: *perplexos.

UM BOB QUALQUER: verdade

HILDY: Nesta sala, estamos os dois nos sentindo...

UM BOB QUALQUER: errado, NÃO estamos os dois nesta sala

HILDY: Tudo bem. Nós estamos ocupando um lugar no ciberespaço nos sentindo...

UM BOB QUALQUER: expostos

HILDY: Jura? Não parece.

UM BOB QUALQUER: quem está falando?

HILDY: Para começo de conversa, essa não é uma palavra que Bob usaria, mas "exposto" também? Você não me contou o suficiente para se sentir exposto.

UM BOB QUALQUER: mais do q eu disse a outra pessoa

HILDY: Jura?

UM BOB QUALQUER: juro

HILDY: Por quê?

UM BOB QUALQUER: não confio em muitas pessoas

HILDY: Por quê?

UM BOB QUALQUER: vc é um disco quebrado

HILDY: Responda logo.

UM BOB QUALQUER: a vida, eu acho

HILDY: Pode ser mais específico?

UM BOB QUALQUER: as pessoas não me ajudaram no passado. hj tento evitar a decepção

HILDY: Como?

UM BOB QUALQUER: pelo caminho óbvio

HILDY: Que é?

UM BOB QUALQUER: não acredite em nada nem em ninguém. tb vou estampar isso numa camiseta

HILDY: Tenho certeza de que vai vender igual água.

HILDY: Você confia em mim?

UM BOB QUALQUER: pergunte isso mais tarde

HILDY: Obrigada.

UM BOB QUALQUER: não precisa ser sarcástica

HILDY: Não estou sendo. É assustador contar algumas coisas. Estou tocada por você ter escolhido me revelar o tanto que revelou.

UM BOB QUALQUER: não escolhi vc jeff escolheu

HILDY: Está fazendo o morde e assopra de novo. Falando algo legal e depois me dando um corte.
UM BOB QUALQUER: odeio dizer isso mas vc tem razão. Desculpe. Acho isso estranhamente embaraçoso
HILDY: Você? Envergonhado?

HILDY: Está ficando vermelho?
UM BOB QUALQUER: não fico
HILDY: Aposto que fica.
UM BOB QUALQUER: é para ser uma afirmação de nós dois. *você está se sentindo exposta?
HILDY: Sim. Mas eu sempre me sinto assim.
UM BOB QUALQUER: sempre?
HILDY: Quase.
UM BOB QUALQUER: então, isso é mais ou menos do que de costume?
HILDY: Mais. E está piorando.
UM BOB QUALQUER: vc está ficando vermelha?
HILDY: Sim. Mas, dã.

UM BOB QUALQUER: sua vez. outra *declaração nossa

HILDY: Nós dois estamos nos sentindo expostos
UM BOB QUALQUER: já dissemos

HILDY: Eu não terminei. Nós dois estamos nos sentindo expostos... Mas gostamos.

UM BOB QUALQUER: correto
HILDY: Você está ficando vermelho agora?
UM BOB QUALQUER: não
HILDY: Jura?
UM BOB QUALQUER: não te diria se estivesse
HILDY: Essa coisa masculina de novo.
UM BOB QUALQUER: pensei que você gostasse
HILDY: Às vezes
UM BOB QUALQUER: mais ou menos do que o habitual?
HILDY: Menos.
UM BOB QUALQUER: de verdade?
HILDY: Sim. Gosto quando você mostra seu lado feminino. Gosto que você confie em mim quando não confiaria esse lado a mais ninguém.

HILDY: Ops. Por que não está respondendo? Passei do limite?
UM BOB QUALQUER: não
HILDY: Então, por que você não respondeu?
UM BOB QUALQUER: não deu vontade. podemos parar?
HILDY: Não. Cada um de nós tem mais uma declaração. Vamos lá. Prometo que não farei mais comentários impugnando sua masculinidade.
UM BOB QUALQUER: Caraca, nunca fui impugnado antes, vc <3 mesmo essas palavras chiques.
HILDY: Amo, mas só quando têm pertinência.
UM BOB QUALQUER: opa, mais uma para procurar
HILDY: Na verdade, ter pertinência significa ser adequado. (Só usei para te amolar).
UM BOB QUALQUER: parabéns! funcionou
HILDY: Nós nos desviamos da pergunta. Precisamos de outra declaração com "nós".
UM BOB QUALQUER: eu fui 1º da última vez
HILDY: Não, não foi. Fui eu.

UM BOB QUALQUER: não, fui eu.

    HILDY: Não foi.

UM BOB QUALQUER: Ok, estamos os dois neste ponto no ciberespaço sentindo que a outra pessoa está errada

    HILDY: HAHAHA. Muito esperto.

UM BOB QUALQUER: sua vez

    HILDY: Nós dois estamos neste ponto nos sentindo surpreendentemente felizes.

UM BOB QUALQUER: tá de sacanagem. *surpreendentemente

    HILDY: Isso não é ruim. Eu gosto de surpresas. Você com certeza não é entediante.

UM BOB QUALQUER: vc não me conhece há tanto tempo. minha grande surpresa talvez seja o quanto sou entediante

    HILDY: Por isso acho que devemos parar enquanto é tempo.

UM BOB QUALQUER: desenvolva

    HILDY: Acho que devemos encerrar esta conversa.

UM BOB QUALQUER: vc não parou qdo eu quis, mas agora vc quer parar?!?

    HILDY: Sim. Não quero ficar entediada também. Falo com você amanhã, no mesmo horário.

UM BOB QUALQUER: betty?

UM BOB QUALQUER: betty?

UM BOB QUALQUER: aaaargh

CAPÍTULO 11

Hildy estava atrasada para a aula de teatro. Era a única coisa para a qual estava sempre no horário (seu pai era conhecido por escalar atrasados crônicos para interpretar árvores e postes), mas tinha sido sugada para dentro de um devaneio após a aula de biologia e perdeu a noção do tempo. (Bob fez piada sobre suas notas ruins em biologia. Essa foi a fagulha que a distraiu).

Ela entrou às 16h06 na sala, na ponta dos pés. As cadeiras rasparam quando todos se viraram para ver quem era. Algumas pessoas bateram palmas. Duff Shankel tirou os olhos do cachecol que pretensiosamente estava tricotando e disse:

— Ora, aí está você, Hildy! Estávamos prestes a arrombar a porta da sala do contrarregra.

Era uma piada. Evan e Hildy, os dois sem celulares, trancaram-se por acidente na sala de contrarregra depois da última noite de *Grease* no ano anterior. Foram encontrados três horas depois. Apesar de Hildy ainda estar usando o top tomara que caia todo sensual de Sandy e apesar de estar deixando bem claro que Evan era o único que ela queria (bem na hora em que eles cantaram a parte do "Ooh! Ooh! Ooh!), Evan se recusou a transar com ela.

Idiota.

— Não se preocupe. A gente bateria primeiro.

Essa frase veio de Sam Armstrong, e Hildy sabia que ele tinha um histórico tão triste quanto o seu.

— Vocês são hilários. Sério. De verdade, uma dupla de comediantes emergentes. — Ela cumprimentou cada um com um *high-five* e percebeu que nem ligava para Evan. Bob ficaria louco da vida se descobrisse que eles ficaram brincando de perguntas e respostas enquanto esperavam alguém abrir a porta.

— Será que seu pai também pode estar na sala de contrarregra com alguém?

Levou um segundo para ela entender o que Duff queria dizer.

Olhou ao redor. Nenhuma música de aquecimento no velho som estéreo. Nenhuma pilha de scripts identificado por cores. Nenhuma citação desafiadora cuidadosamente escrita na lousa.

Seu pai não estava lá.

— Muito engraçado, Duff.

Ela manteve a voz arisca, mas por dentro havia derretido. O Sr. Sangster nunca se atrasava para o clube de teatro. Ela percebeu que não demoraria muito para que as pessoas descobrissem o que estava acontecendo. Todos falariam sobre o caso. Hildy nem poderia ficar indignada. Ela teria falado sobre isso também, se fosse uma desgraça alheia.

Ela se dirigiu ao fundo da sala, onde Max e Xiu estavam sentados, esparramados em grandes pufes.

— Onde ele está? — perguntou Xiu, empurrando Max o suficiente para que ela pudesse se sentar.

Max estava com os olhos fechados e tentava resolver o cubo mágico em braille que ela havia lhe dado no Natal.

— Como vou saber? Sou um mero suporte de lança no emocionante drama da vida de Gregorinko.

— Xiu?

Xiu não tirou os olhos do celular.

— Ela está brava com você — esclareceu Max, ainda jogando. — Não é minha culpa. Você deveria ter me avisado para manter a boca fechada.

— Brava? — perguntou Hildy. — Por quê?

Mas nesse momento o sistema de som estalou e todo mundo ficou quieto. A Srta. Walsh, secretária da escola, leu a mensagem na voz aguda de vovó.

— Informamos aos membros seniores do clube de teatro que, devido a circunstâncias além de seu controle, o senhor Sangster não dirigirá a produção de inverno. Ele pede desculpas pelo aviso tardio e está procurando ativamente recrutar um novo diretor. Até então, o clube de teatro ficará suspenso.

Todos se viraram para Hildy.

— Não olhem para mim — disse ela, embora tivesse uma boa ideia de quais eram as circunstâncias e por que ele afirmou estarem além de seu controle. Os garotos começaram a pegar suas coisas e sair.

Max abriu os olhos.

— O que você acha que aconteceu... Devo perguntar?

Ela espalmou as mãos e balançou a cabeça. Não podia dizer as palavras. Max a abraçou.

— Como se eu não tivesse nada melhor a fazer que ficar em uma sala de aula mofada com um bando de nerds a tarde toda! — reclamou Xiu. — Vocês, Sangster, não têm consideração nenhuma.

— Vocês, Sangster? O que eu fiz? — retrucou Hildy, com uma pergunta.

— Vou deixar vocês brigarem aí, viu? — avisou Max. — Me liguem quando chegar a parte das puxadas de cabelo. — Ele pegou o cubo mágico e foi falar com Duff.

Xiu deu o fora da sala. Hildy hesitou por um momento, depois a seguiu.

— O que está acontecendo? Me fale.

— Nada. — Xiu continuou pelo corredor estalando suas botas com salto de gatinho.

— Mentirosa.

— Não sou.

— Você é, sim.

— Não estou mentindo. Eu quis dizer "nada", como em nada que você me falou. Longa conversa com Max sobre Bob, mas e eu? Totalmente deixada de lado, como se eu fosse Iris ou sei lá. Não me admira nada que ela tenha te virado as costas.

Xiu conseguia ser má quando queria. Hildy não precisava disso agora. Ela agarrou o braço da amiga. Xiu parou, mas continuou olhando para a frente.

— Tudo bem. Desculpe. Olhe só. Não quis te magoar ou deixar você de fora. Sou medrosa demais. É isso. Não queria que você me convencesse a não encontrar Bob. Essa é a verdade.

Xiu usava um chapéu *pillbox* rosa-claro *à la* Jackie Kennedy. Como ela não respondeu, Hildy fez um pequeno estalo com o dedo.

— Então. Quer ouvir o que aconteceu ou prefere ficar aí mal-humorada?

Hildy cutucou suavemente sua orelha até que Xiu deu um tapa em sua mão, arrumou o chapéu e disse:

— Eu quero ir até a Freak Lunchbox comprar um chocolate. Pode me acompanhar se desejar.

Hildy fez uma careta às costas de Xiu, depois acabou sorrindo. Apenas uma parte do pêssego tinha ficado ruim. O resto da vida de Hildy ainda podia ser normal.

Elas se juntaram e saíram.

Antes que Hildy pudesse falar sobre Bob, teve que ouvir Xiu contar sobre o cantor gatinho. Aparentemente era meio rabugento, mas tinha um cheiro delicioso e seu beijo era excelente. Hildy deixou Xiu tagarelar sobre ele por vários quarteirões, então ela entrou no assunto Bob.

— Ele gosta de falar.

— Quê? — Xiu parou no meio do cruzamento. — Ele teve um momento "aceite Jesus no coração" desde o último momento que se viram? Pelo que entendi, ele é mal-humorado e nada comunicativo.

— Acredito que a palavra que eu usei foi "grosseiro". — Hildy riu.

— Ah, claro... No sentido sensual e sexual da palavra. Acho que me lembro disso. Mas agora, de repente, ele se abriu e, aí, está disposto a dividir seu lado emocional.

Hildy riu de novo.

— Bem. Não. Não muito, mas ele fala. Ou, pelo menos, manda mensagem. Ele disse que sentia falta de falar com alguém, que não tinha mais oportunidade de fazer isso.

— Claramente se guardando para o amor de uma boa mulher.

— Gosto dessa ideia.

— Bem. — Xiu deu de ombros, com seu jeito teatral. — Talvez não seja tão mau quanto eu pensava. Quando vi o cantor gatinho pela primeira vez, nunca imaginei que ele...

E ela desviou do assunto de novo. Tudo bem. A falação de Xiu sobre o garoto manteve a mente de Hildy longe de seus outros problemas. Ela usou aquele tempo de trégua para organizar as ideias.

Ainda estavam na Pergunta 25. Faltavam onze. E elas eram piegas. Foi o que ele disse. Outra palavra que não parecia com Bob. Uma piada? Uma pequena camuflagem verbal para cobrir seu constrangimento? Timidez? Bob poderia ser tímido de verdade? Aquilo também a fez rir, mas daquele jeito silencioso, como se fosse pega de surpresa.

Ela sonhava a noite inteira com as perguntas piegas e com ele a seu lado as fazendo, com aquela boca e aquelas mãos, e teria sido tão fácil falar sim para ele agora.

Mas não.

Não, ela não faria isso.

Não estava pronta para vê-lo novamente. O Sr. Sangster, seu ex-professor de teatro, não o diretor nem seu pai nem o estranho que habitava sua casa no momento, sempre falava sobre como, para muitos atores, era muito mais fácil representar na frente de um grande público anônimo que se comunicar frente a frente com outro ser humano. Eles gostavam da distância.

Ela gostava da distância.

Chegaram à Freak Lunchbox, e Xiu decidiu que só queria chicletes. Ela sempre ficava sem fome nos primeiros espasmos do amor. Foi Hildy quem pegou a barra de chocolate. Encontraram um banco do parque da Grand Parade e falaram paralelamente dos rapazes.

— James também toca bandolim.

— Bob devia ser muito próximo da mãe. Ele falou muito dela, embora não tenha revelado muita coisa. Não sei o que aconteceu... se ela deu o fora ou ele deu o fora ou, sei lá... Será que morreu? Está presa? Estou quase com medo de perguntar.

— James fez um ano de faculdade, mas sentiu que sua música era mais importante que ler sobre um monte de caras brancos empoeirados. É o tipo de pessoa que olha para a frente, apesar de ser conhecido por suas versões de hinos clássicos do rock dos anos 1970.

— Ele praticamente não parou de falar dela. Disse que era "linda". Um menino que ama a mãe. Não dizem que isso é um bom sinal?

— Ele me perguntou se eu cantava. "Eu?", rebati. E ele ficou, tipo: "Não faça essa cara de assustada. Você tem uma voz linda. Tem um tom rouco". Não quis confessar que era minha alergia entrando em ação.

— Bob disse que se sentiu "exposto". *Exposto*. Era de se imaginar que ele diria que nada poderia atingi-lo.

Elas continuaram assim até que começaram a sentir frio. De qualquer forma, era hora de ir embora. Xiu tinha um encontro. Hildy precisava focar no trabalho de língua inglesa, porque, como todo o resto de sua vida, acabou ficando de lado.

Estavam caminhando até a Spring Garden Road quando o telefone de Hildy apitou.

Outra mensagem de Bob via Facebook.

UM BOB QUALQUER: vc vai precisar de um tempo extra de preparação para a pergunta 26, então, aqui vai: "complete esta frase *eu queria ter alguém com quem eu pudesse compartilhar..." preencha o espaço em branco. Baiacu disse que levou uma eternidade para pensar numa resposta.

> Gostaria de ter alguém com quem partilhar este vasto oceano. Os plânctons não têm o mesmo sabor quando a gente come sozinho.

UM BOB QUALQUER: p.s., q horas nos falamos hj à noite?
HILDY: 7?
UM BOB QUALQUER: esteja on-line

Só mais duas horas.

Hildy deixou Xiu no ponto de ônibus e foi direto para casa. Tinha uma estratégia para se preparar. Pensou que estava pronta quando, exatamente às sete, seu laptop tocou.

PERGUNTA 26

UM BOB QUALQUER: Então, qual é sua resposta? Eu queria ter alguém com quem eu pudesse compartilhar...
HILDY: Difícil se concentrar em uma resposta. Fico bugada vendo você usar "com quem" em uma frase.
UM BOB QUALQUER: eu queria ter alguém com quem eu pudesse compartilhar...
HILDY: Um prato de batata frita.
UM BOB QUALQUER: uma coisa que eu diria

HILDY: Irritante, não é?

UM BOB QUALQUER: só qdo vc faz isso

HILDY: Sinto que você vai zombar de qualquer coisa **real* que eu disser.

UM BOB QUALQUER: então vc está zombando antes?

HILDY: Isso. Mecanismo de defesa clássico.

UM BOB QUALQUER: tudo bem. prometo q não vou tirar onda com sua cara

HILDY: Sei de minha resposta à pergunta: queria ter alguém com quem eu pudesse compartilhar minhas respostas reais.

UM BOB QUALQUER: tá fazendo dinovo?

HILDY: Não. É verdade. É o que eu gostaria. Alguém com quem eu pudesse ser sincera. Então, qual é sua resposta?

UM BOB QUALQUER: alguém do mesmo tipo

HILDY: Qual mesmo tipo?

UM BOB QUALQUER: de sua resposta. queria ter alguém com quem eu simplesmente fosse

HILDY: Simplesmente fosse o quê?

UM BOB QUALQUER: simplesmente fosse e ponto

HILDY: Sim. Foi o que eu quis dizer também.

UM BOB QUALQUER: onde acha q eu posso encontrar alguém assim?

HILDY: Não sabe? Sabe?

UM BOB QUALQUER: não

UM BOB QUALQUER:

> Estou à procura de alguém com 5 cm de comprimento, duas barbatanas e uma cauda, tende a inchar depois de grandes refeições ou quando confrontado com predadores.

HILDY: Como estamos procurando a mesma coisa, talvez devêssemos procurar juntos.
UM BOB QUALQUER: não é o q estamos fazendo?
HILDY: Boa. Próxima pergunta.

PERGUNTA 27

UM BOB QUALQUER: ah, tá de sacanagem
HILDY: O quê?
UM BOB QUALQUER: pergunta idiota. "*se vc fosse se tornar um amigo próximo de seu parceiro ou parceira, diga o que seria importante ele ou ela saber". precisamos mesmo responder? você já sabe coisas importantes sobre mim
HILDY: Tipo o quê?
UM BOB QUALQUER: moro sozinho, não gosto de falar do passado, gostaria de guardar meus sentimentos para mim.
HILDY: Eu não sabia de nenhuma dessas coisas!
UM BOB QUALQUER: bem, então vc não estava ouvindo
HILDY: Ouvi, sim. Achei que não vivia com seus pais, mas não sabia que morava sozinho. E tive a impressão de que realmente gostava de falar sobre o passado. Bem, talvez não gostasse tipo <3 <3 <3, mas mencionou como sentia

falta de falar sobre essas coisas. E achei que você gostasse de falar sobre sua mãe. Disse coisas adoráveis sobre ela.

UM BOB QUALQUER: respondi à pergunta, não significa q foi divertido

HILDY: Eu não disse diversão. Mas um pouco agridoce? Mais ou menos isso? Discutir questões emocionais intensas muitas vezes traz aspectos de alegria e dor.

UM BOB QUALQUER: não saberia, *viril demais para perceber essas coisas emo

HILDY: Mentiroso.

UM BOB QUALQUER: me chamar de mentiroso não é legal

HILDY: Desculpe.

UM BOB QUALQUER: normalmente eu desafiaria vc para um duelo pelo insulto, mas estou resfriado e, de qualquer forma, pensei q vc gostasse disso em mim. a coisa viril, digo

HILDY: Só às vezes. Já expliquei isso, não? Muitas vezes é irritante.

UM BOB QUALQUER: cuidado, como vc sabe, posso ser um idiota qdo ameaçado

HILDY: Outro fato que eu não conhecia! (No entanto, sabia que você poderia ser um idiota).

UM BOB QUALQUER: HAHA algo em vc xingando é muito engraçado

HILDY: MORRI

UM BOB QUALQUER: HUAHUAHUA

HILDY: Sempre me sinto tão degenerada quando xingo. Mesmo em código. Secretamente dou uma olhadinha para trás para ver se minha mãe, minha professora do jardim de infância e/ou Deus não estão lá para me flagrar.

UM BOB QUALQUER: o q fariam com vc se estivessem?

HILDY: Não faço a menor ideia.

HILDY: É triste que eu tenha chegado aos 18 anos e nunca tenha feito nada que exigisse repreensão?

UM BOB QUALQUER: posso dar um jeito isso

HILDY: Você não é a primeira pessoa a se oferecer.

UM BOB QUALQUER: quem? evan?

HILDY: Nossa, passou muito longe.

UM BOB QUALQUER: quem então?

HILDY: Todo mundo, em um momento ou outro. Bem, todo mundo menos Evan. Max, Xiu, Iris, até meu irmão Alec. (Embora com ele, geralmente, eu me envolvesse ajudando a entrar ou sair com contrabando de casa. Ele nunca quis que eu realmente me juntasse às malandragens).

UM BOB QUALQUER: então, pq não?

HILDY: Porque sou uma Boa Menina de carteirinha. Pensei que você reconheceria o uniforme.

UM BOB QUALQUER: vc? sério?!?

HILDY: Rá-rá-rá. Aliás, você sabe como faço para apagar meu histórico? Não quero que minha mãe descubra que usei *uma palavra...

UM BOB QUALQUER: sei, mas não vou te dizer. hora de vc seguir o mau caminho

HILDY: Falando palavrão. Esse é o mau caminho?

UM BOB QUALQUER: um passo de cada vez

UM BOB QUALQUER: enquanto isso, pq não responde à pergunta?

HILDY: Pergunta? Que pergunta?

UM BOB QUALQUER: estou começando a achar q vc está usando a sedussão feminina para evitar a pergunta

HILDY: É *sedução...

UM BOB QUALQUER: lá vem vc dinovo, sempre me culpa por desviar das perguntas, mas vc tem culpa tb

HILDY: *De novo... (Você faz muito isso. É "de novo", separado, que se fala, não denovo, muito menos dinovo).

UM BOB QUALQUER: responde logo

UM BOB QUALQUER: vai

HILDY: Dê um segundo! Caraca. Tive que olhar a pergunta de novo. Então, fiquei travada na parte do "se nos tornássemos bons amigos".

UM BOB QUALQUER: mais desculpas esfarrapadas

HILDY: Não. Sério. É por isso que estávamos respondendo?

UM BOB QUALQUER: estou fazendo isso por dinheiro, vc está fazendo isso porque tem um compromisso

HILDY: Ai. Certo.

UM BOB QUALQUER: vc tem outro motivo?

HILDY: Não. Você tem?

UM BOB QUALQUER: não, então responda

HILDY: Preciso que você saiba que eu tenho aversão a cães, que eu me queimo facilmente e que preciso ser alimentada regularmente ou fico maluca.

UM BOB QUALQUER: e o q mais?

HILDY: Como sabe que existe um *o que mais?

UM BOB QUALQUER: espiando o *feed* de seu facebook

HILDY: Todos os meus segredos estão revelados nas redes sociais. Que vergonha...

UM BOB QUALQUER: é conheço todos eles

HILDY: Então, por que você está perguntando?

UM BOB QUALQUER: não estou recebendo para fazer pesquisa. mas gostei de ver vc passar pela puberdade. cara levou um tempão. aliás, vc ainda tem q usar aparelho "freio de burro"?

HILDY: Não. Parei há alguns anos. Os sinais de rádio que eu captava de Plutão aparentemente estavam afetando os hormônios de meus colegas de classe. Começaram a fazer coisas estranhas, como ter bigodes e se beijar no corredor.

UM BOB QUALQUER: q ruim. O freio ficava bom em vc

HILDY: Algum dia vou encontrar sua página real do Facebook e não vai ter tanta graça assim.

UM BOB QUALQUER: boa sorte

HILDY: O que me leva a meu *e...

UM BOB QUALQUER: q é?

HILDY: E eu não sou tão fraca quanto você pensa. Na verdade, sou bem durona.

UM BOB QUALQUER: nunca achei vc fraca. vc é um cavalo de troia. parece inofensiva, mas tem um exército desgraçado aí dentro

HILDY: Como você sabe sobre o cavalo de Troia? Você entendeu olhando figuras também?

UM BOB QUALQUER: não. vi um desenho animado sobre ele e imediatamente pensei em vc

HILDY: Hahaha

UM BOB QUALQUER: vdd

HILDY: Então, o que preciso saber sobre você? Além das coisas que já reuni, como morar sozinho e amar bebês. (!!!!!)

UM BOB QUALQUER: ei! cuidado com !!! alguém pode furar um olho

HILDY: Já pensou em usar um pouco de cheirinho de bebê atrás da orelha? Melhor. Perfume.

UM BOB QUALQUER: melhor que Axe?

HILDY: Melhor que Old Spice e o cara de toalha que vem junto.

UM BOB QUALQUER: todas as garotas pensam assim?

HILDY: Por que não compra um frasco e descobre?

UM BOB QUALQUER: não preciso

HILDY: Você tem uma autoestima muito saudável.

UM BOB QUALQUER: tem problema?

HILDY: Eu disse que tem problema?

UM BOB QUALQUER: algo em seu tom

HILDY: Meu *tom de digitação? Não tinha ideia de que você era tão sensível. "Você tem uma autoestima muito saudável." 😊 Melhor assim?

UM BOB QUALQUER: sim

HILDY: Tudo bem. Sei que você mora sozinho, gosta de bebês e tem uma profunda dependência psicológica de emoticons. Mais alguma coisa?

UM BOB QUALQUER: preciso de tempo para mim. odeio cenouras cozidas e pijamas. gosto de minhas coisas no lugar

HILDY: Inclusive suas *garotas?

UM BOB QUALQUER: vc sempre tenta me fazer parecer um canalha. não, minhas garotas não

HILDY: Como você gosta de suas garotas?

UM BOB QUALQUER: ao natural

HILDY: Tipo *au naturel*?

UM BOB QUALQUER: francês?

HILDY: Sim. Significa *nuas

UM BOB QUALQUER: ??!?!?!?!?!

HILDY: Ops. Foi inadequado?

UM BOB QUALQUER: ó non! eu gostô dze garrotas frrancesas nuas

HILDY: Mas não foi o que você quis dizer com ao natural?

UM BOB QUALQUER: não mas pensando melhor...

HILDY: O que você quis dizer, então?

UM BOB QUALQUER: gosto de garotas qdo estão sendo elas próprias. como ao natural, mas com roupas. não curto garotas falsas

HILDY: Por que isso me deixa desconfortável?

UM BOB QUALQUER: pq vc se lembra de como vc foi na sala 417?

HILDY: Talvez.

UM BOB QUALQUER: gostei mais de vc qdo FUGIU da sala 417

HILDY: Aposto que sim. Não via a hora de se livrar de mim

UM BOB QUALQUER: não, não foi isso. Foi pq você enfim estava agindo normalmente

HILDY: Jogar um objeto em uma pessoa é normal para você?

UM BOB QUALQUER: sim. ao menos naquele momento. vc jogou Baiacu em mim pq sentiu vontade de fazer isso. não pq se encaixa em uma imagem estúpida que vc tem de si mesma

HILDY: Nem. Joguei Baiacu em você porque não pude evitar.

UM BOB QUALQUER: é isso q quero dizer. natural. vc tem q fazer mais coisas q vc não consegue evitar. não vai te matar e pode tirar aquela garota da sala 417 de sua tristeza

HILDY: Você realmente gosta do tipo de pessoa que joga coisas em você?

UM BOB QUALQUER: o q posso dizer? os caras sempre se apaixonam pelas mães

HILDY: Ela batia em você?

UM BOB QUALQUER: NÃO. Caraca, vc é muito do South End mesmo. como se jogar coisas fosse bater. vcs precisam crescer

UM BOB QUALQUER: aliás, então talvez ela tenha jogado coisas de vez em quando em mim, mas ao menos ela aproveitou mais q vc

HILDY: Você faz parecer que isso é bom.

UM BOB QUALQUER: tem que aproveitar a vida. é só isso que resta

HILDY: Você gosta da vida?

UM BOB QUALQUER: partes dela

HILDY: Que partes?

UM BOB QUALQUER: as partes q eu falei. Desenhar tocar batera dormir

HILDY: Garotas?

UM BOB QUALQUER: vc está obsecada com minha vida sexual

HILDY: *obcecada

UM BOB QUALQUER: boa fuga, e vc poderia parar com a merda da ortografia

HILDY: Não. Não consigo evitar. Não vai te matar.

UM BOB QUALQUER: rá

HILDY: De quais partes *você não gosta?

UM BOB QUALQUER: são muitas para falar

HILDY: Apenas as cinco piores então.

UM BOB QUALQUER: cuzões neve derretendo música eletrônica alface murcha

HILDY: São quatro

UM BOB QUALQUER: Não sabe contar?

HILDY: "Murcha" faz parte de "alface".

UM BOB QUALQUER: Ah é

HILDY: Então? Prossiga.

UM BOB QUALQUER: n° 5: pessoas q dizem q vão fazer algo e não fazem. desculpe. essa é a n° 1. odeio isso mais q tudo

HILDY: Ninguém gosta.

UM BOB QUALQUER: embora muita gente ame cuzões, alface murcha e música eletrônica

HILDY: Correto em partes. Eu gosto de música eletrônica (em doses razoáveis), mas não curto c*zões ou alface murcha.

UM BOB QUALQUER: vc não quer dizer alface m*rcha? acho sua linguagem ofensiva

HILDY: Mais ou menos ofensiva que música eletrônica?

UM BOB QUALQUER: menos mas quase igual. ok, sua vez, quais partes da vida vc gosta?

HILDY: Numerosas demais para mencionar.

UM BOB QUALQUER: não acredito em vc, mas que seja, me passe o top 5

HILDY: Ler. Escrever. *Latte*. Pantufa de pele de carneiro, especialmente quando levemente aquecida ao lado da lareira. Que trancem meu cabelo

UM BOB QUALQUER: o q vc não gosta?

HILDY: O que você disse menos música eletrônica.

UM BOB QUALQUER: qtas vezes tenho q dizer para não copiar, invente outra coisa

HILDY: Berinjela. Exercícios. Tirar a sobrancelha, embora eu sofra por isso de qualquer forma para evitar parecer que tenho uma taturana rastejando na testa.

UM BOB QUALQUER: em vez de duas menores

HILDY: Haha

UM BOB QUALQUER: do q mais vc não gosta

HILDY: Biologia. Você tinha razão. Não tenho cabeça para ciências, só que, antes que diga qualquer coisa, não tem nada a ver com o fato de eu ser mulher (não quero transformar isso em uma coisa do tipo "Barbie não sabe matemática"), e SEI que homens gays podem ser pais de bebês.

UM BOB QUALQUER: mas eu te ensinei isso

HILDY: Não importa como eu sei, eu sei.

UM BOB QUALQUER: vamo lá mais uma...

HILDY: Meus pais estão brigando. Odeio isso. Logo vou virar um esqueleto se não pararem. Mesmo quando não levantam a voz, o que não fazem, claro, considerando quem são e que imagens precisam proteger, não importa. Só o zumbido dos dois discutindo em outro cômodo faz minha garganta fechar. Sabe quando você fica embaixo d'água um tempão e a garganta queima? Essa é minha sensação todas as vezes que estou em casa agora. Como se eu ficasse tempo demais sem respirar.

UM BOB QUALQUER: meus pais nunca brigaram #MelhorCoisaDeNãoTerPai

HILDY: Você sempre olha o lado positivo da vida?

UM BOB QUALQUER: tento

HILDY: Meus pais não costumavam brigar, mas agora é como se estivessem loucos de alguma droga ruim que leva os dois a fazerem coisas loucas. Metanfetamina marital ou algo assim.

UM BOB QUALQUER: tenho algumas dicas de sobrevivência para vc

HILDY: Onde você conseguiu? Você não disse que seus pais nunca brigaram?

UM BOB QUALQUER: sim, mas minha mãe brigou com todos os outros, então aprendi algumas coisas. tentou travesseiro na cabeça?

HILDY: Sim.

UM BOB QUALQUER: banho longo

HILDY: Sim. Seca minha pele.

UM BOB QUALQUER: sair para correr

HILDY: Não. Eu já disse. Não gosto de exercícios.

UM BOB QUALQUER: mais ou menos que ouvir seus pais brigarem?

HILDY: Mais, mas sou muito preguiçosa, então não funciona. Acabo ouvindo os dois brigando E me sinto culpada por não correr. Suas sugestões não estão ajudando.

UM BOB QUALQUER: desculpe estou me esforçando

HILDY: Não é culpa sua. Nada ajuda. Mesmo que eu realmente não os ouça brigando em voz alta, eu os escuto em minha cabeça.

UM BOB QUALQUER: sei como é, uma bosta gigante isso

HILDY: Na verdade, mentira. Tem uma coisa que ajuda.

UM BOB QUALQUER: o q?

HILDY: Não penso neles quando falo com você.

UM BOB QUALQUER: igual martelar a cabeça para esquecer da coceira

HILDY: Tipo isso, acho.

UM BOB QUALQUER: pode martelar a cabeça comigo quando quiser

HILDY: Essa é a coisa mais estranha que alguém já me disse.

UM BOB QUALQUER: gosto de pensar q vc disse isso de um jeito bom

HILDY: Eu gosto de pensar o mesmo sobre o que você disse.

UM BOB QUALQUER: está pensando certo

HILDY: Idem.

UM BOB QUALQUER: a gente meio que fugiu da pergunta

HILDY: Temos feito muito isso ultimamente. Eu esqueci o que era mesmo.

UM BOB QUALQUER: algo sobre amizade

HILDY: Nós respondemos?

UM BOB QUALQUER: acho q sim

HILDY: É sua decisão oficial, árbitro?

UM BOB QUALQUER: ler vc escrevendo árbitro é quase tão engraçado como ver vc xingar

HILDY: Não sou tão atrapalhada quanto você pensa que sou. Sei o que é um árbitro.

UM BOB QUALQUER: pq vc interpretou um no musical da escola?

HILDY: HAHAHA. Me pegou, como você diz. Tenho uma pergunta para você.

UM BOB QUALQUER: Prossiga, como vc diz

HILDY: Bom uso da vírgula.

UM BOB QUALQUER: qual a pergunta

HILDY: Quer me encontrar?

UM BOB QUALQUER: Quando?

HILDY: Responda à pergunta primeiro.

UM BOB QUALQUER: sim quando?

HILDY: Amanhã?

UM BOB QUALQUER: ok onde?

HILDY: Não sei. Algum lugar onde possamos conversar e comer algo engordativo. (Lado bom das brigas parentais: minhas calorias estão em baixa. Espaço para abusar).

UM BOB QUALQUER: lado bom daquele sobretudo: ninguém diz.

HILDY: #PorQueCompreiAquilo.

UM BOB QUALQUER: tem um lugar novo na esquina da north e agrícola ou bloomfield ou sei lá. parece que tem coisa engordativa. talvez até café na tigela.

HILDY: Perto da ponte? Com janelas pretas e porta amarela?

UM BOB QUALQUER: isso. não sei como chama

HILDY: Também não, mas acho que rola. Estava mesmo querendo ir até lá. Que horas?

UM BOB QUALQUER: que tal 7? talvez eu tenha que ir para outro lugar às 8:30

HILDY: *talvez eu tenha que ir. Que misterioso...

UM BOB QUALQUER: sou um homem misterioso

    HILDY: É mesmo. Qual seu telefone no caso de eu me atrasar?

UM BOB QUALQUER: esqueci de adicionar atraso à lista de coisas que odeio, então não se atrase

    HILDY: Não vou. Prometo. Mas só para garantir, me dá seu telefone?

UM BOB QUALQUER: para vc poder me enviar uma desculpinha esfarrapada? desculpe estou atrasada meu hamster engasgou com uma uva passa, depois minha vó morreu chego em um seg. sem chance

    HILDY: Eu prometo. Sem desculpinhas. Me dê seu número para ficarmos seguros.

UM BOB QUALQUER: desculpe não posso, não tenho telefone

    HILDY: Sério?

UM BOB QUALQUER: sim

    HILDY: Por quê?

UM BOB QUALQUER: não quero q o governo escute minhas conversas

    HILDY: Você está zoando.

UM BOB QUALQUER: estou

    HILDY: Então, qual é seu número?

UM BOB QUALQUER: zoando sobre o gov, não sobre o telefone

    HILDY: Você realmente não tem telefone? Por quê?

UM BOB QUALQUER: não quero que o gov escute...

    HILDY: Aargh. Você não está cooperando.

UM BOB QUALQUER: deve ser tããããão irritante!!! como vc vai conseguir q esse grande e velho cavalo de troia passe se os portões nem vão abrir? te vejo no café sem nome às 7

    HILDY: Você sabe que eu vou te perguntar, então...

UM BOB QUALQUER: boa sorte. aproveitando, lição de casa. pergunta 28 "*diga a seu parceiro o que você gosta nele. seja mto sincera dessa vez, dizendo coisas que talvez vc não diria a alguém que acabou de conhecer"

    HILDY: Várias perguntas são meio iguais.

BOB: essa é diferente. Preciso ser muito sincero desta vez.

    HILDY: Você deve *realmente gostar dessa parte.

UM BOB QUALQUER: adoro um desafio

    HILDY: Eu também.

UM BOB QUALQUER: ótimo. seu primeiro é não chegar atrasada

CAPÍTULO 12

— Você gostaria de dizer à classe o que é tão divertido, senhorita Sangster? — O Sr. Goora bateu na mesa com seu livro.

Hildy tomou um susto. *Caramba*. Ela deve estar fazendo aquilo de novo. Não conseguiu controlar o rosto o dia inteiro.

— Meu palpite é que você não está pensando em polinômios — disse ele.

— Quase! — Xiu usou sua melhor voz de Mae West. — Ao menos o senhor acertou o "P".

Os colegas começaram a assobiar, tagarelar e fazer comentários meio grosseiros sobre a vida fantasiosa de Hildy.

— Chega. Chega — disse o Sr. Goora. E todo mundo ficou quieto, mas é claro que não era o bastante para Hildy. Ela estava obcecada com o garoto.

Bob-cecada. Ela se debruçou sobre as equações para que o Sr. G não pudesse vê-la sorrir novamente.

Ela ainda não havia encontrado uma resposta para aquela noite.

Diga a seu parceiro o que você gosta nele;
seja muito sincero,
diga coisas que você talvez não diria a alguém que acabou de conhecer.

A mera pergunta a fazia rir, corar e sentir algo estranho no estômago. Nem mesmo seu pai "ter esquecido" de buscar Gabe na aula de natação matutina de quarta-feira poderia arruinar o dia para ela. Deixou-a um pouco chateada. Distraiu-a por um tempo. Mas não arruinou nada.

O sinal tocou. Hildy arrumou suas coisas e foi até a sala de recreação para a reunião mensal da Citadel Classic Film Society, que acontecia depois da aula. Xiu tentou arrastá-la para tomar um *smoothie*, mas Hildy achou que não devia faltar. Tinha perdido o filme do mês passado, e Duff ficava fulo quando os membros não apareciam regularmente.

Xiu revirou os olhos.

— Por que se dar o trabalho? Vai ficar lá, sentada no escuro, pensando em Bob.

Hildy deu de ombros, acenou e ficou em uma poltrona no fundo da sala. O filme daquele dia era *Cidadão Kane*.

Hildy ficou sentada no escuro e pensou em Bob.

Precisava encontrar uma resposta. Descartou as coisas óbvias: seus braços, seus olhos, a maneira como olhava para baixo e fazia micromovimentos com os lábios antes de falar algo sério.

Descartou as coisas que tinha mencionado antes também: artístico, masculino, reticente, divertido. Isso só a faria parecer preguiçosa. Queria deixar claro que não estava simplesmente jogando qualquer resposta. Que era importante para ela. (Mas não importante demais. Não importante do tipo "minha felicidade inteira depende disso". Apenas um importante normal, bem-ajustado. Era algo bem difícil de atingir).

Ela imaginou Bob. Tentou pensar em algo novo a dizer. Quando se deu conta, os créditos rolavam na tela. Ainda sem resposta.

Ela checou o horário. Já eram cinco e quinze. Ela pegou a mochila e saiu antes que Duff acendesse as luzes. Quinze minutos até caminhar para casa. Quinze para se arrumar. Cinco até o ponto de ônibus. Talvez vinte até o café. Tinha tempo de sobra.

Tempo para pensar na resposta.

No caminho de casa, percebeu o que diria a Bob. O que *tinha* que dizer a Bob. A parte "muito sincera" praticamente descartava todo o resto.

Ela riu, tampou a boca com as mãos, olhou para trás. Mesmo em uma rua deserta com nenhum movimento, exceto um ocasional turbilhão de neve, ela ficou envergonhada.

Empolgada e envergonhada. Desenrolou uma volta do lenço de caxemira cinza que sua mãe havia lhe dado de Natal e deixou o ar frio bater em sua pele.

Hildy praticamente correu o restante do caminho. Colocaria aquela camisa de seda verde-musgo com botões de madrepérola que havia encontrado por milagre no brechó. (Ela deixava Hildy com cintura, que ela não tinha, não importava o quanto emagrecesse. Tinha uma forma mais ou menos de um picolé). Pensou em roubar um pouco do J'adore de sua mãe também, mas Bob não havia dito nada sobre perfumes que não fosse o Eau-

-de-Cabeça-de-Bebês, e ela não sabia ao certo se isso entrava na categoria de maquiagem. Acabou decidindo não usar. Perfumes sempre a faziam espirrar, e, de qualquer forma, dificilmente era infalível. Os litros em que ela havia mergulhado certamente não funcionaram com Evan.

Rá!

Evan Keefe.

Ela chutou um pequeno pedaço de gelo e observou como ele quicou na rua. Aquele grande FRACASSO em seu histórico amoroso era quase risível agora.

A neve no jardim da frente tinha ficado malva sob as sombras da tarde. O Prius de sua mãe não estava lá, mas o Volvo do pai sim, estacionado na frente da garagem. Pela primeira vez em quase duas semanas, isso não pareceu motivo para alarme. Ela percebeu que os pais e seus problemas mal tinham passado por sua mente o dia todo.

Hildy limpou as botas no alpendre dos fundos e entrou na cozinha. A casa estava silenciosa, e ninguém havia acendido nenhuma luz ainda. Ela achou aquilo um pouco estranho. Os preparativos para o jantar já teriam começado. Não importava. Ela não voltaria para casa antes das nove.

O que Bob tinha que fazer às oito e meia?

Correção: o que Bob *talvez* tivesse que fazer às oito e meia?

Hildy tirou as botas, jogou o casaco sobre uma cadeira da cozinha e viu seu reflexo no espelho ao lado da porta. As bochechas eram esponjas cor de rosa brilhantes, e havia pequenos pontos de neve nos cabelos. Ele tinha medo de ficar preso a ela?

Xiu tivera alguns encontros on-line antes de encontrar o cantor gatinho, e sempre imaginava uma fuga em seus planos.

Aquilo era um plano de fuga? *Caraca, Betty, desculpe. Adoraria ficar, de verdade, mas tenho que correr. A gente se vê por aí algum dia.*

Ele só estava montando uma desculpa educada?

Ela mordeu o lábio e soltou uma risadinha. De uma coisa que ela sabia: Bob não era educado.

Ela saiu da cozinha. Em algum nível quase consciente, ela devia ter percebido (luzes apagadas, carro na entrada da garagem) que seu pai tinha ido correr. Mas, então, atravessou a sala de estar a caminho das escadas, e um barulho causou um sobressalto.

Seu pai riu. Uma risada sem alegria, quase um bufar.

— Pai, você me assustou. O que está fazendo?

Ele estava recostado no aquário, segurando uma pequena peneira de metal pela alça. Um peixe se revirava nela. A água pingava no chão.

— Tentando pegar esses peixes malditos. — Seu pai nunca xingava.

— Não seria mais fácil com as luzes acesas?

Uma tateada e uma lâmpada acendeu.

— Aliás, por que você está tirando os peixes?

— O cara que vai comprar não quer os peixes.

— Comprar o quê?

— O aquário.

A garganta de Hildy começou a queimar.

— Você está vendendo o aquário? Gabe já sabe?

— Já?!? Rá!

— O que é isso? — Hildy olhou ao redor da sala, como se Gabe pudesse estar ali. Notou a garrafa de uísque na mesa de centro. Notou a expressão do pai, seus cabelos, as latas de comida de peixe espalhadas pelo chão, os peixes.

Havia peixes vivos se debatendo no chão.

— Você está bêbado?

A resposta obviamente era sim, mas não. Não era possível. Uma taça de vinho? Claro. Daiquiris ao pôr do sol na praia? Quase uma tradição de Greg e Amy. Mas bêbado? Nunca.

Ele não respondeu.

— O que está acontecendo?

— Eu já disse. — Seu pai soltou outro peixe no chão e começou a fuçar no tanque para pegar outro. — Coloquei um anúncio nos classificados para vender a merda da incubadora de peixes, e estou tirando essa porra de minha vida.

— Pai!

— Ah, *me* desculpe, Senhorita Perfeita.

Hildy pegou os peixes do tapete com as mãos e jogou-os de volta no aquário.

— Ei! Que merda você está... — Ele realmente estava cambaleando um pouco.

— Pai. Cadê Gabe?

— Não é de minha conta! — Ele falou tudo meio cantado, do jeito que Max teria feito se tentasse irritar Xiu.

— Por favor. Não faça isso com Gabe. Ele vai ficar muito chateado. E...

— *Vai* ficar? Rá! Ele *está*. Você deveria ter visto a cara dele. — Risadinha prolongada, olhos fechados. — E as coisas que ele disse. Bem, eu nunca tinha visto!

Ele começou a pescar novamente no aquário. Hildy pegou a peneira de suas mãos e atirou-a longe. Ele também riu daquilo.

— Onde ele está? — Ela agarrou sua camisa e o sacudiu. — Cadê Gabe?

— Tudo bem. Vou te contar onde está Gabe. — Afastou as mãos da filha. Estava tentando se recompor. — Você sabe que Gabriel recebeu o nome de um anjo?

— Pai.

— E não de um anjo qualquer. Estamos falando, tipo, do chefão dos anjos. O cara que contou para Maria, para a pura e *inocente* Maria, que ela teria um bebê. O mijão do menino Jesus. Você acredita? — Ele se inclinou para a frente, o queixo balançando.

— Você não está respondendo à pergunta.

— Eu sei. Só pensei que você apreciaria a ironia. — Ele deu de ombros e voltou a atenção para o aquário. Tentou pegar um peixe com as mãos e não conseguiu. — Filhinhos da mãe escorregadios.

Hildy queria bater nele. Queria dizer para ele calar a boca, crescer. Voltar a ser a pessoa que ela pensara que fosse.

— Ei! Já sei. — Ele ergueu o dedo no ar. — Vou bombear a água para fora! Hildy. Pegue meu sifão e um balde. Isso, boa garota.

Ele girou a mão para ela, como se dissesse *vai, vai*.

Ela abaixou a cabeça, respirou fundo.

— Cadê Gabe?

— Por que continua me perguntando isso? — Ele bateu na própria testa. — Não posso estar preocupado com todo filho da putinha que enfia na cabeça que quer fugir. O que acha que é isso aqui? Albergue da juventude? Eu...

Hildy deu um tapa forte no rosto do pai. Ele cambaleou alguns passos descuidados para trás, escorregou em um peixe, caiu no chão e riu.

Ela levou uma das mãos ao peito e a outra cobriu a boca. Seus dentes batiam. Ela olhou para ele por um momento, incrédula. Era seu pai. Esparramado no tapete, como um garoto do ensino médio na noite do baile de formatura.

Ela não o ajudou a se levantar.

Pegou o casaco, o telefone e as chaves do Volvo, então saiu para procurar Gabe.

CAPÍTULO 13

Xiu não atendia o celular. Sem dúvida, estava em algum lugar com o cantor gatinho e não conseguiu ouvir o telefone, pois havia muitos estalos, estouros e explosões de toda aquela paixão.

Max atendeu, mas Hildy percebeu pelo tom de voz que também estava com alguém.

— Venha me buscar — comentou ele, mesmo assim. — Em dez minutos vou estar no Sportsplex, na porta sul.

Ele estava esperando por ela, suado, mas pronto, quando chegou seis minutos depois.

— Dirija. Por favor — pediu ela. Max deu de ombros, como se dissesse *você é quem está pedindo* e entrou no lugar da amiga. Ele era um motorista terrível. Debruçou-se sobre o volante, os nós dos dedos brancos, o pé se movendo aleatoriamente entre freio e acelerador, como se estivesse batendo nas teclas de um piano velho, mas era sua única opção. Hildy, em seu estado atual, não faria melhor. Além disso, tinha ligações a fazer.

Ela tentou o celular de Gabe, mas caiu direto na caixa postal.

— Ei, Macaquinho, sou eu. — Ela tentou evitar o pânico na voz. — Está com fome? Max e eu pensamos em sair para comer um *linguine* no Il Cantino. Eu pago. Me ligue. Beijo!

Ela enviou uma mensagem, mais ou menos com o mesmo texto, e depois ligou de novo.

— Chega. Relaxe. Dá um tempo ao menino — aconselhou Max. — Ou você está realmente *tentando* deixá-lo assustado? Ele vai ligar quando vir o recado. Você já sabe disso. O garoto não consegue resistir a uma massa.

— Cuzão. — Hildy colocou a cabeça entre as mãos. Max não se ofendeu, nem por ele nem por Gabe. Sabia que os xingamentos eram para o pai.

— Classificados. — Ele balançou a cabeça. — Quero dizer, uau. Que chilique. Você acha que Gregoire finalmente deu defeito? Sempre disse que isso aconteceria um dia. Meu Deus, queria ter apostado com Winton.

Ela ergueu os olhos do telefone e lhe lançou um olhar furioso.

— Desculpe... Desculpe... Meu *timing* está meio ruim hoje à noite.

Ela balançou a cabeça, querendo dizer algo mais próximo de "esquece" que de "te perdoo". Ele continuou:

— Tudo bem, não deu defeito, mas ainda assim. Que coisa mais de *diva*. O que ele estava pensando? Seu pai não pode vender o aquário, tirar isso de Gabe e atirar seus preciosos peixinhos dourados no precioso tapete persa de sua mãe, e realmente achar que o casamento, e aí estou querendo dizer família, sobreviva, por mais encachaçado que esteja.

Agora estavam dando a terceira volta dolorosamente lenta ao redor do bairro. As pessoas talvez tivessem ficado desconfiadas do que eles estavam aprontando, mas ao menos naquela velocidade Max não corria o risco de ferir ninguém.

— E falando nisso: nota de rodapé! O diretor Sangster, *bêbado*? Não quero aumentar o nível de estresse ou nada disso, Hildy, mas Gregorenko von Stalin perdendo o controle *voluntariamente*? O homem que controla tudo o que toca com mão de ferro? Bêbado negligente não faz seu estilo. Definitivamente é um pedido desesperado por algum tipo de ajuda.

— Ai, meu Deus, Max. Você está aumentando o nível de estresse! Por que você veio mesmo? Realmente acha que preciso ter todos os meus piores medos confirmados quando minha família está ruindo e meu irmão mais novo desapareceu e a temperatura acabou despencar abaixo de zero? Não é uma questão de *timing*. É uma falta completa e absoluta de noção de sua parte.

— Ops. — Ele bateu no lado da cabeça. — Não vou repetir. Prometo. Idiota. — Max se inclinou e aumentou o aquecedor. Entrou brevemente em outra pista, mas conseguiu endireitar o carro quando um ônibus que acelerava em sua direção buzinou. — Olhe só. Sobre Gabe. Não precisa se preocupar. Vai estar bom e quentinho aqui dentro quando o encontrarmos. E vamos encontrá-lo. Continue ligando para as pessoas. Eu continuo dirigindo.

Ele estendeu a mão e deu tapinhas na perna de Hildy. Ela colocou a mão dele de volta no volante, depois tentou ligar para o amigo de Gabe, Owen.

Como ele não atendeu, ela ligou para o telefone fixo de sua mãe e descobriu que Owen estava no tae kwon do. A Sra. Kutchner não sabia onde Gabe estava, mas deu a Hildy os nomes e números de outros garotos que talvez soubessem. Hildy ligou. Eles não sabiam.

Max levou-os para a H2Eau. Estava fechada. Hildy pensou que as marcas de bota na neve perto da janela da loja de peixes se pareciam com as de Gabe, mas Max nem deu ideia.

— Podem ser minhas. Ou daquele morador de rua lá adiante. Ou de qualquer uma das centenas de homens de pé grande que passam aqui todos os dias. Você está ficando um pé no saco, Hil.

— Então, o que devo fazer?!? Meu pai está bêbado, agindo, como você fez o favor de enfatizar, feito um psicopata ditador fascista, torturando animais e arruinando a coisa que Gabe mais adora no mundo, e o coitadinho está em algum lugar no frio, perturbado, confuso, desesperançado...

— Pode parar por aí. Voltando para a realidade. *Bêbado*, vou pegar suas palavras. *Ditador fascista*: já passamos quase quatro anos juntos no gulag escolar. Qual é a novidade? *Psicopata*: eu nunca disse isso, então não coloque palavras em minha boca. Quanto a Gabe, ele não é nenhum "coitadinho". Qualquer casa de tijolo treme quando o vê. Ele é uma fera. Então, talvez esteja com frio, mas dificilmente vai morrer.

Ouvir a palavra "morrer" foi demais. Hildy começou a derramar lágrimas. (Estava bem até agora).

Max pisou com tudo nos freios, virou-se e olhou para ela.

— Hildegarde. Você está exagerando. Isso aqui não é *A vingança dos sequestradores de bebês*. Gabe é um cara grande, forte e sem dúvida está chateado... Quero dizer, quem não estaria com um bosta como seu pai... Mas vamos encontrá-lo e ele vai ficar bem.

— Encontrá-lo? Onde? Procuramos por todo lado.

O carro de trás acelerou com tudo e os ultrapassou, desacelerando apenas o tempo suficiente para dar o dedo a Max quando passou. Max respondeu com seu melhor aceno de miss, depois voltou a falar:

— Não, não procuramos. Deixe comigo. Vou canalizar meu garoto de 12 anos interior e procurar em todos os lugares que ele pode estar. Confie em mim. Ele não está longe.

— Como pode ter tanta certeza?

Ele olhou para ela como se dissesse "faça-me o favor".

— Porque os Sangster andam igual a lesmas. É por isso. Grandes lesmas, ainda que adoráveis. Vamos encontrar a trilha de meleca de Gabe e segui-la.

Hildy riu pela primeira vez naquela noite e enxugou o rosto na manga. Max tinha razão. Seus pais podiam marcar a vida com aquelas pulseiras Fitbit a vida toda, sempre correndo, esquiando, andando de bicicleta, nadando, mas Gabe era praticamente tão preguiçoso nos exercícios quanto Hildy. Na Irlanda, Alec tinha até encontrado alguém para entregar cerveja em casa.

Max havia começado a se empenhar de verdade. Procuraram em uma escola próxima, que tinha um esconderijo atrás das salas de aula móveis onde as crianças iam fumar, no parque com paredão de escalada que parecia um farol, vários McDonald's, uma loja de donuts realmente horrorosa que fazia as melhores rosquinhas de castanhas com cobertura de *maple*. (O segredo, Max afirmou, eram os granulados de cocô de rato). Atravessaram e cruzaram e voltaram a atravessar e cruzar o mundo conhecido de Gabe.

Nenhum sinal do garoto.

De ninguém.

E tinha ficado frio lá fora.

Enquanto isso, Hildy ligou para o hospital. A senhora da central telefônica disse que a mãe estava atendendo pacientes e, assim, eles imaginaram, não estava com Gabe. Hildy não deixou seu nome nem tentou o celular da mãe. Não precisava alarmá-la sem necessidade. Aquilo tudo — o aquário, a bebedeira, a fuga de Gabe — seria a gota d'água. Hildy sabia e estava determinada a evitar.

Max entoava o mantra: "Ele está beeem, Hildy. Provavelmente só está em..." — qualquer lugar — antes de partir para outra busca sem resultados. Seu otimismo se desgastou. Hildy acabou falando para ele calar a boca. Max conseguiu se calar até os apitos do Volvo ficarem insistentes e ele dizer:

— Não me importo de levá-la a qualquer lugar, mas não vou empurrar o carro. Vamos parar e abastecer.

No primeiro posto que viram, ele subiu na calçada, mais ou menos perto das bombas. Ele pegou o cartão de crédito que o pai de Hildy mantinha no porta-luvas e começou a encher o tanque.

Hildy ficou no banco do passageiro, olhando para a frente, tentando evocar sobrenomes e endereços de outras crianças com quem Gabe poderia estar. Não conseguia pensar em ninguém. Imaginou-o encolhido em cima de uma tampa de bueiro, no frio, molhado, chorando, tremendo; só mais um "fugitivo". Apenas outra estatística triste.

Então ela o viu.

Tipo, era *ele* mesmo. Gabe. Saindo da loja de conveniência do posto de gasolina com uma sacola tamanho família de salgadinhos de queijo e um copo grande de suco artificial. Ela gritou, saiu aos tropeços pela porta e correu em sua direção. Ele arregalou os olhos e ficou paralisado. Um ursão idiota de desenho animado pego no flagra.

Ela o abraçou com tudo, derrubando o líquido verde neon no próprio sobretudo, na jaqueta dele, na neve suja e cinzenta. Seu rosto estava gelado. Seu nariz escorria. Tinha um leve cheiro de cecê. (Precisava falar com ele sobre tomar banhos melhores).

Ele era muito mais alto que a irmã agora. Ela havia se esquecido disso. Quanto mais eles o procuravam no mundo real, menor ele se tornava em sua mente.

— Ei! Mas que... Pare com isso, por favor? — pediu ele, mas não a empurrou de verdade, o que poderia ter feito se realmente quisesse. Ela sabia que ele também estava feliz em vê-la.

— Gabe, onde você estava? — As lágrimas corriam pelo rosto de Hildy, e sua respiração, quando finalmente conseguiu recuperá-la, parecia mais uma buzina.

— Caramba! Na biblioteca. Qual é o problema? Tipo, eu não tenho 2 anos.

— Tipo, você é um cabeça oca, é isso que você é. — Max deu um tapa na cabeça do moleque. — Agora, peça desculpas, seu brutamontes! Você deixou sua irmã chateada.

— Ah tá. O que não deixa essa daí chateada?

— Boa. — Max deu batidinhas com o indicador na bochecha. — Desculpe aí, Hildy. O garoto tem razão.

— Tudo bem. Então, fica de boa, está bem? Não são nem oito horas.

Agora, Hildy também ria, embora as lágrimas continuassem a rolar. Os meninos as ignoraram. (Estavam acostumados com ela).

— Por que você fugiu? — perguntou ela, tomando o braço de Gabe.

— Eu não fugi. — Ele desvencilhou o braço do dela.

— Papai disse que você fugiu.

— Você dá ouvidos a ele? Eu corri, não fugi. Não espera que eu fique naquela casa com ele, não é? Você soube o que ele fez? Babaca. Vendeu o aquário! Nem me consultou. Foi só, tipo, bam. E pronto. Foda-se você, Gabe.

Ele deu um gole grande e barulhento do resto do suco. Hildy percebeu que era para esconder um soluço.

— Pelo som que isso fez, talvez você precise de outro — disse Max. — Verde ou azul? Os dois têm o mesmo gosto. É uma questão de saber sinceramente que cor você quer que seu cocô tenha amanhã de manhã. Você é quem sabe.

Gabe ergueu o copo que tinha na mão. Max fez que sim com a cabeça e entrou.

Hildy tirou a testa do peito de Gabe. Ela estava meio que dizendo que o amava enquanto tentava não ficar tão sentimental. Ele realmente não precisava da irmã chorando ainda mais, mas era tão difícil parar quando começava.

— O pai é um idiota — disse Gabe.

— Ele é — concordou ela.

— E eu não sei por quê. Qual o problema com ele? Não sei como um cara consegue acordar um dia e decidir que odeia peixes e seu passatempo favorito e, tipo, sei lá, me odeia também. As pessoas não fazem isso. Pessoas normais.

— Ele não te odeia — assegurou Hildy. Ela queria acreditar nisso.

— Bem, ele com certeza está agindo como... — Gabe tentou encobrir outro soluço com outra sugada no canudo. Era uma agonia para Hildy, em pé, com a cabeça no peito do irmão, enquanto ele fazia sons de sucção desesperados em um copo de plástico vazio, e os dois tentavam agir como se estivessem perfeitamente bem com a situação.

Max finalmente chegou com três copões de dois litros e uma sacola grande cheia de porcarias para dividir.

— Gregorinko vai ficar meio puto quando receber a fatura do cartão de crédito este mês — disse ele, entrando no carro. — Graças aos céus as lojas de conveniência são uma exploração.

— Um pouco passivo-agressivo, mas não importa — acrescentou Hildy, e abriu um saco de amêndoas cobertas com chocolate amargo. Max sabia do que ela gostava, pensou. Sabia como desviar sua mente dos problemas.

Então, no mesmo instante, outro pensamento.

— Ai, minha nossa! — gritou ela. — Minha nossa, minha nossa, minha nossa!

— O que foi agora? — perguntou Gabe de boca cheia, confortável no banco traseiro do carro quente e, de repente, entediado.

Max adivinhou imediatamente.

— Bob?

Hildy choramingou.

— Relaxe. Use suas palavras.

Ela bateu na cabeça repetidamente contra a palma da mão.

— Essa família está bem louca — declarou Gabe.

— Eu me esqueci do Bob. Eu deveria tê-lo encontrado às sete!

Max ligou o carro.

— Onde?

— Naquele café novo. Perto da ponte.

Max saiu cantando pneus do estacionamento, rumando para o norte.

— Ei! De jeito nenhum. Pode parar. — Gabe agarrou os encostos de cabeça e se enfiou entre eles. — Se eu atrasar para o toque de recolher, você é quem vai ter problemas. Estou falando sério. Não vou perder minha mesada por isso.

Hildy mandou que ele colocasse o cinto de segurança e deu o endereço do café para Max. Eram 19h43. Quais as chances de ele ainda estar lá?

— Ligue para ele — disse Max. — Fale para ele esperar.

Mas Bob não tinha telefone celular, e ela não sabia o nome do lugar, e o caso todo era perdido, claro, mas não importava. Ela obrigou Max a fazer uma conversão ilegal, fechar uma pessoa e passar por semáforos amarelos até chegar lá.

Ela precisava. O número um na lista de coisas que Bob odiava: pessoas que o decepcionavam.

CAPÍTULO 14

Max subiu no meio-fio enquanto Hildy batia com força na porta do café. Estava trancada. Uma garçonete, limpando uma das mesas, olhou para cima e balançou a cabeça.

Hildy bateu mais um pouco e fez *Por favoooor* com a boca. A garçonete respondeu da mesma forma: *Desculpe*. Hildy bateu com mais força.

A garçonete suspirou e abriu a porta.

— Olhe só, todas as nossas máquinas estão desligadas. Jogamos fora o café que havia. Não posso fazer nada. Já fechamos.

Hildy olhou ao redor. O lugar estava vazio. Completamente desprovido de Bob.

— Eu sei. Não quero café. Eu devia ter encontrado uma pessoa aqui. Será que você saberia para que lado ele foi?

A garçonete retorceu a boca e pousou a mão no quadril. Tivera um expediente longo. Queria ir para casa.

— Como ele era?

— Ele, hum... — Hildy estendeu as mãos para o lado, depois bateu com as mãos no peito e olhou para a luz acima da porta.

Ela não fazia ideia. Aquele cara que tinha ocupado todos os seus pensamentos por dias, que se expôs a ela... Ele desapareceu. Ela não tinha uma palavra para descrevê-lo.

— Alto? — disse a garçonete, talvez com vergonha por ela, talvez apenas querendo apressá-la.

Hildy lembrou.

— Quase 1,80 metro... Cabelo castanho-claro...

— Tinha, hum... Um nariz meio assim? — A garçonete acenou com a mão na frente do rosto, meio indecisa.

— Isso. Isso. É ele. Ele estava aqui.

— Estava. Você era a namorada que ele estava esperando?

Hildy fez que sim. A garçonete soltou um assobio.

— Você está encrencada.

— Aonde ele foi? Você sabe?

— Não faço ideia. Talvez a dona do lugar saiba. Ela estava conversando com ele. — Ela se inclinou para trás e chamou: — Colleen. Tem um segundo? — Ela acenou para Hildy entrar, depois retomou a limpeza.

Uma mulher de meia-idade com cabelo espigado vermelho-escuro e um piercing de sobrancelha saiu da cozinha, limpando as mãos no avental.

— Aquele cara que estava esperando. Sabe aonde ele foi? — A garçonete amassou o papel pardo que cobria uma mesa.

— Paul?

— A senhora o conhece? — perguntou Hildy.

— Pelo visto, sim — respondeu a dona. — Ele me reconheceu. Disse que sua mãe era Molly, hum, Bergman... Não, desculpe, Durgan. Até aí não sabia quem ele era.

— Molly — repetiu Hildy. A mãe de quem ele falava. A mãe de Bob.

— Isso. Trabalhamos juntas no Uptown Grill, já faz quinze anos. Paul... Eu o chamava de Paulie. Molly e Paulie. Menino bonito.

— Adulto bonito — disse a garçonete, e se abanou com a mão, como se sentisse calor.

— Não sabe para onde ele foi, não é? — Hildy sentiu a esperança fluindo eterna. — Ele está bravo comigo. Odeia quando me atraso. Não vai atender ao telefone. — Ela não tinha ideia por que sentia a necessidade de embelezar a história.

— Desculpe. Conversamos um pouco, então as coisas ficaram meio agitadas e eu tive que sair. Estava sentado bem ali. — Colleen apontou com o queixo na direção da janela. — Nem tive chance de perguntar como estava sua mãe. Quando terminei as coisas, ele tinha ido embora.

Hildy notou algumas coisas amassadas sobre a mesa. Soube imediatamente o que eram.

— Ah — disse ela, com a voz mais casual que conseguiu fazer. — Os cartões na mesa? Deve tê-los deixado para mim. Se importa se eu levar?

— Melhor você que o lixão. — Colleen deu uma sacudidela na cabeça, e seu cabelo balançou, como uma planta aquática. — Engraçado vê-lo ali sentado, desenhando. Era o que fazia quando era pequeno também. Sempre afundado em uma mesa no fundo do salão, fazendo alguma coisa com a língua de fora para um dos lados. Esperando a mãe sair do trabalho, acabar de flertar, essas coisas.

Ela deu uma risada triste.

— Vida dura para uma criança. — Outro menear de cabeça. — Molly. Justamente Molly Durgan.

Colleen e a garçonete voltaram a preparar o lugar para fechar. Hildy foi pegar os cartões com as perguntas. Foi quando notou que o papel pardo que cobria a mesa estava cheio de desenhos. O baiacu era destaque, assim como a mão que Bob gostava de desenhar, e Bambi e uma tigela de cappuccino com um coração feito na espuma e, também, muitas vezes, uma menina com lábios grandes, olhos pequenos e, às vezes, um enorme aparelho dentário tipo "freio de burro".

— Se importa se eu levar isso também? — perguntou Hildy. Ela imploraria se dissessem que não. Se ajoelharia e imploraria.

— É todo seu — disse Colleen. — Mas, se acabar valendo alguma coisa um dia, dividimos o lucro.

Hildy riu, enrolou o papel pardo e foi para o carro, cheia de felicidade.

Gabe e Max estavam muito felizes também. Aumentaram a música ao máximo e decoraram o interior do Volvo de Greg com uma franja de salgadinhos de queijo laranja e minhocas de goma vermelhas. Era como entrar numa pequena cantina mexicana em uma noite fria de inverno.

CAPÍTULO 15

Hildy sentiu como se os deuses estivessem sorrindo para ela. Deuses no plural. Era necessário mais de um para consertar a bagunça na qual haviam se metido. (Talvez por isso Bob precisasse de garotas no plural. Para consertar as bagunças que ele mencionava).

Ela fez Max ir até a porta da frente da casa e fazer barulho, enquanto ela entrava com Gabe pelos fundos. Gabe tinha idade suficiente para fazer isso sozinho, como enfatizou com um sussurro irritado, mas Hildy precisava criar uma cortina de fumaça. Ela não queria que Gabe visse os peixes mortos e o pai bêbado naquele momento. Ela o distraiu o tempo todo até subirem a escada.

Por acaso, a situação na sala de estar não estava tão ruim quanto ela temia. O álcool tem suas virtudes. Greg ainda estava no local onde ela o deixara, quase em coma. O restante dos peixes havia sobrevivido. Ou o homem dos classificados tinha dado o cano em Greg, ou Greg não tinha ouvido a campainha. Qualquer que fosse o caso, o aquário ainda estava lá.

Por enquanto.

E tudo estava bem.

Max era forte o bastante e, nesse caso pelo menos, discreto o suficiente para levar Greg para o andar de cima e colocá-lo na cama antes de sua mãe chegar em casa.

Quando ele voltou, Hildy havia limpado o chão e colocado toda a parafernália dos peixes no lugar certo. Ela deu a Max o resto da garrafa de uísque de centeio e um litro inteiro de *scotch* como agradecimento.

— Não precisa — garantiu ele, dando tapinhas no ombro da amiga com uma das mãos enquanto embolsava as garrafas com a outra. — Esta noite foi estranhamente divertida. Quero dizer, uma perseguição em alta velocidade. Um garoto desaparecido. Uma corrida contra o tempo. Eu me senti uma versão mais jovem e mais bem-apessoada de Liam Neeson. Não fiquei tão empolgado desde que...

— Preciso saber? — perguntou ela.
— Hein? Você nem sabe o que eu ia dizer.
— Estou errada?

Ela lhe deu um beijo de despedida e o empurrou porta afora.

Gabe perceberia os peixes ausentes quando acordasse. Amy sentiria o cheiro de bebida quando chegasse em casa. Greg era bem capaz de se levantar no dia seguinte e recomeçar a coisa toda, mas aquilo ficaria para o dia seguinte.

Hildy não se importava. Por enquanto, Bob era o que importava. Ela abriu o laptop e enviou mensagens para ele. Poderia explicar tudo. Ele entenderia.

Veio um alerta. "Um Bob Qualquer" não existia mais.

Tudo bem. Ele estava bravo. Ela entendia. Teria que encontrar outra maneira.

E percebeu que podia.

Ele não era Um Bob Qualquer. Agora, ela sabia quem ele era.

E poderia consertar as coisas.

CAPÍTULO 16

Hildy pensou que seria fácil. Ela poderia encontrar Bob.

— Mas você realmente quer? — Xiu ainda estava grogue de um encontro épico com o cantor gatinho. A ligação de Hildy a acordou. — Ainda não estou convencida de que esse cara é para você.

Hildy olhou pela janela do quarto. O carro da mãe não estava lá. O pai ficaria maluco quando visse o interior do dele. Ela respondeu, toda doce:

— Sim, quero, e isso é um problema seu, não meu.

— Tudo bem, então. Se está com tanto tesão por ele, vai fundo.

Hildy apertou o telefone entre a orelha e o ombro para que as mãos ficassem livres e ela pudesse se vestir.

— Talvez eu seja densa, mas realmente não entendo por que você acha que Bob e mim seríamos um desastre.

— Aí está sua resposta resumida. "Bob e mim". Apenas algumas horas com ele e sua gramática já está piorando.

Considerando as conversas recentes, isso foi realmente engraçado.

— Bob e eu. Desculpe. Estou cansada. E isso não importa. Ainda não entendo toda essa objeção. Você nem o conheceu. — Hildy colocou as leggings, depois as calças jeans e meias grossas de lã também.

— Eu o conheci pelos seus olhos, e o que você está me mostrando é um cara totalmente em desacordo com quem você é.

— Então? Os opostos se atraem.

— Claro. Mas não consigo deixar de sentir como se estivesse vendo minha amada amiga vegana mastigando um pedaço grande e sangrento de costela. Eu me sinto na obrigação de avisar que a digestão pode ser difícil.

Hildy colocou Xiu no viva-voz para poder terminar de se vestir.

— Olhe só, você conhece algum Paul Durgan ou não? Foi por isso que liguei.

— Paul o quê? — Xiu deu um tipo de tosse rouca, daquelas que se dá antes de escovar os dentes.

— Durgan. D-U-R...

— Não, eu não. Pelo menos não a essa hora da manhã. Talvez depois que tiver tomado meu chá.

Ela tentou dirigir a conversa de volta ao encontro com o cantor gatinho, mas Hildy disse "Até mais tarde" e desligou. Tinha trabalho a fazer.

Começou on-line. Encontrou alguns Paul Durgan, mas a menos que mudasse drasticamente o cabelo, a idade ou a etnia, não eram quem ela buscava. Procurou Molly Durgan, M. Durgan, Paul ou P. Durgan em uma lista telefônica antiga. O mais perto que chegou foi de um E. M. Durgan, na Oxford Street. Seu coração acelerou. Ela o encontrou. Simplesmente sabia.

Considerou telefonar, mas aquilo parecia ridículo. Ele poderia simplesmente desligar.

Tinha todo o direito de desligar.

Em vez disso, ela decidiu ir até lá. Fazer a comédia romântica completa. Aparecer em sua porta com três Egg McMuffins, um café do Dunkin' Donuts, desculpas sinceras e alguma piada sobre ser a garota que ele precisava para completar seu dia perfeito. (Questão 4, se ele não se lembrasse da referência).

Ela se arrumou toda, então se preparou para sair. Deu uma olhada no quarto de Gabe. Ele ainda estava dormindo. Geralmente seu pai o levava ao mercado no sábado de manhã, mas ela imaginou que aquilo já não fazia mais parte da rotina.

A porta do quarto de seus pais estava entreaberta; a cama, desarrumada. Ninguém à vista ali ou lá embaixo, e isso foi um alívio. Ela se empacotou e saiu. Parou na galeria para fazer suas compras e depois seguiu até o número 2012 da Oxford Street.

Ficou surpresa quando a viu: uma grande casa vitoriana antiga, com arbustos na frente, bem-arrumados em sacos de aniagem, uma Mercedes nova na frente.

Aquele era o lugar errado ou Bob estava mentindo para ela.

Ela encarou a casa por alguns segundos antes de dar de ombros mentalmente e atravessar o caminho de entrada. Nada a pararia agora. Ela tocou a campainha. Conseguiu ouvir uma televisão desligando, depois passos. A porta se abriu. Uma senhora mais velha com óculos pendurados no pescoço e cachos rígidos sorriu e disse:

— Pois não?

Hildy pediu desculpas por importuná-la, e perguntou se Paul Durgan morava ali. Sentiu-se obrigada a mentir, dizendo que havia perdido seu número de telefone e que precisava encontrá-lo.

— Antes que o café da manhã dele esfrie? — A senhorinha riu. — Sinto muito, querida. Paul, você disse? Não conheço nenhum Durgan com esse nome. — Ela fez um sinal para Hildy entrar. — Vou ligar para minha cunhada. Ela conhece a árvore genealógica da família. Talvez ela saiba.

Na próxima hora, Hildy soube que a Sra. Durgan e Nana eram amigas desde a época da escola de enfermagem, e, quando finalmente retornou a ligação, a cunhada da Sra. Durgan disse que não havia Paul ou Molly conhecidos naquele ramo da família.

Enquanto levava Hildy até a porta, a Sra. Durgan perguntou:

— Então, qual é o verdadeiro motivo para você levar o café da manhã para esse garoto?

E como ela havia sido amiga de Nana, Hildy contou a ela.

A Sra. Durgan ouviu com um sorriso de enfermeira no rosto, amável e simpática, mas muito objetiva também.

Quando terminou de falar, Hildy fez uma careta.

— Eu me sinto um pouco ridícula. Desculpe por ter incomodado a senhora.

— Não se preocupe! — A sra. Durgan apertou de leve o braço de Hildy. — Quando se tem 82 anos e é viúva, qualquer tipo de contato humano é bem-vindo. E essa história é maravilhosa. Agora, posso lhe contar uma?

— Claro.

— Quando eu era um pouco mais velha que você, eu estava saindo com um rapaz chamado Don. Charmoso? E como. E bonito? Meus joelhos fraquejavam só de olhar para ele. Mas ele me tratou de um jeito terrível. Sempre me deixando de lado, me interrompendo ou me colocando para baixo. Então, finalmente, eu me enchi. Disse a ele que estava tudo acabado. "Nem se incomode em me telefonar". Lembro que disse isso a ele, saí e me senti maravilhosa. No dia seguinte, fiz minhas malas, subi em um trem e parti para uma nova vida em uma nova cidade. Estávamos a cerca de vinte minutos da estação quando tudo virou de cabeça para baixo. Sirenes, freios rangendo, pessoas gritando. Chegou até nosso carro a notícia de que, na ponte ferroviária, algum idiota havia saltado no trem em movimento e se arrastado ao longo do telhado até o vagão-alojamento. Dois minutos depois, Don veio correndo com o condutor perseguindo-o loucamente. O coitado conseguiu ficar de joelhos e me pediu em casamento antes de ser arrastado para uma noite no xilindró.

— Então, a senhora se casou com ele?

— Sim, mas não antes de consertá-lo. Eu não diria "sim, aceito" até ter toda a certeza de que *ele* sabia o que precisava fazer para que o casamento funcionasse.

— E ele aprendeu?

A Sra. Durgan riu.

— Quase tudo. Primeiro tive que arrancar aquele traço de arrogância. Os homens naquela época não conheciam seu lugar. E, Deus bem sabe, eu não era perfeita também, por isso tivemos nossos altos e baixos. Mas, na pior das vezes, quando eu estava quase cheia de sua cabeça dura, lembrei que ele havia ficado louco de amor o bastante para pular naquele trem e, sabe, ficamos juntos por quarenta e seis anos.

— Então, em outras palavras, eu não fui tão louca ao comprar esses Egg McMuffins e caçar Paul por aí.

— Não! Arrase, garota. Não é o que dizem hoje em dia?

A Sra. Durgan lhe deu um abraço e se despediu.

— Mas nada de pular em trens em movimento, por favor. Aquilo simplesmente foi burrice. Mas, claro, aquele era meu Don. Não importa com quem você fique, as coisas boas sempre vêm um pouco acompanhadas das coisas ruins.

Quando Hildy voltou para casa, Gabe havia se levantado e revirava a cozinha para encontrar algo de comer. Ela lhe mostrou os três Egg McMuffins e os entregou a ele.

— Como assim? — perguntou ele, enchendo a boca. — Pensei que odiasse McDonald's.

— Odeio, mas não sou eu que estou comendo. — Ela estava sentada à mesa da cozinha, mandando mensagens a vários amigos para descobrir se conheciam alguém chamado Paul Durgan.

— Nunca me deixaram comer antes.

Hildy deu de ombros.

— Você está com queijo no... — Ela quase disse bigode. Percebeu que Gabe tinha uma penugem fina e escura crescendo sobre o lábio superior. Apenas apontou para seu rosto.

Ele passou a língua e comeu. Ela não disse nada. Seu telefone vibrou duas vezes. As mensagens diziam *Nunca ouvi falar*.

— Desculpe por ter estragado tudo, Hildy — lamentou Gabe.

— Hein? Como assim?

— Com aquele cara. Seu encontro. Qual é o nome dele?

— Não estragou. — Hildy se levantou para fazer um café. Ela jogou o negócio do Dunkin' Donuts fora. Não sabia como Bob conseguia beber aquilo. — Ele vai voltar.

— Claro. Como ele sequer poderia resistir a você?

Ela empurrou a cabeça do irmão com a palma da mão.

— Babaca.

— Eu meio que falei sério — argumentou o garoto.

— Ahhhh... — falou Hildy. E lhe deu um abraço. — Você precisa tomar banho, Gabe. Todo dia. Você precisa tomar banho.

Ele puxou a camiseta até o nariz e fungou. Até ele se contorceu. Pegou a última metade do último Egg McMuffin e partiu para o banheiro.

Mais seis mensagens chegaram.

Não.

Não.

Sinto muito.

Não posso ajudá-la.

Não.

Trabalhei com um cara chamado Paul Durgan.

Emmeline Mitchell. A flautista e poeta Emmeline Mitchell. A última pessoa que Hildy teria pensado que conhecia Bob.

Onde?

Walmart. Eu trabalhei lá em meio-período há alguns anos.

Não sei se é o mesmo. O cara que eu estou procurando é baterista e tem uma tatuagem no rosto.

Parece ser ele. Não sabia que era baterista, mas tem uma tatuagem e sei que estava em uma banda. Me pediu para trocar de turno algumas vezes para poder tocar.

Sabe como entrar em contato?

Tenho o e-mail, mas não sei se ainda é o mesmo. paul.durg@sympatico.net. Diga oi para ele por mim. É um cara bem legal. Bem diferente do que você acha que é no início.

Eu sei. Brigadinha!

O café estava pronto, mas Hildy não sabia se devia tomar. Seu coração já estava com dificuldade suficiente em ficar dentro do peito.

Ela foi para o quarto e escreveu um e-mail para Paul.

> Paul (você se importa se eu chamar você assim?),
> Emmeline Mitchell me deu seu contato. Ela me disse exatamente o que eu já suspeitava: que você é um cara muito legal. Preciso desesperadamente falar com você. Tem alguma chance de nos encontrarmos? Poderíamos nos encontrar no Dunkin' Donuts se quiser. Vou estar por lá a tarde toda. Só me diga o horário e estarei lá.
> Hildy

Ela recebeu uma resposta quase imediata. Curta e direta ao ponto.

> Tudo bem. Que tal às 2? Dunkin Donuts ao lado do Walmart da Riverview?
> Ótimo. Vejo você lá!

Hildy estava lá às dez para as duas. A última coisa que queria era chegar atrasada. Encontrou uma mesa quase ao fundo que lhe dava uma boa visão das duas portas.

Por volta de duas e cinco, ela começou a entrar em pânico. Muitas pessoas entrando e saindo para pegar seus cafés grandes e dezenas de rosquinhas, mas nada de Bob.

Talvez não fosse um cara legal. Talvez estivesse fazendo aquilo com ela de propósito. Para ver se ela gostava de levar bolo.

Já eram duas e quinze, ela estava pegando a bolsa para ir embora, quando ouviu alguém chamar seu nome. Ela ergueu os olhos. Havia um cara alto e magro, cabeça raspada, grandes alargadores de orelha e uma tatuagem no rosto inteiro.

— Achei que devia ser você.

Ele se sentou na cadeira ao lado da dela e abriu um grande sorriso.

Foi um engano honesto. Aquele Paul Durgan estava em uma banda — Restos em Decomposição — e tinha um pequeno grupo de fãs dedicados. Acabou pensando que talvez ela fosse uma nova fã. Ficou lisonjeado por ela ter entrado em contato.

Hildy ficou surpresa demais para driblar a situação. Que inferno. Ela lhe disse a verdade.

Como Emmeline comentou, Paul se mostrou um cara realmente legal.

Ele comprou um bolinho de mirtilo para ela e uma rosquinha para si, e ela lhe contou tudo.

— Não há do que se envergonhar — disse ele, quando ela terminou. — Isso é o amor.

— O que é?

— Isso. — Ele fez um gesto ao redor da sala. Hildy olhou, mas tudo o que viu foi dois velhos sentados sozinhos, em mesas separadas, e, perto da lata de lixo reciclado, um casal gótico já mais velho, brigando para saber de quem era a vez de comprar amaciante de roupa.

— Amor — repetiu Paul. — Aqui. Lá. Em todo lugar. De verdade. É tudo o que importa. Vê só? Ao lado do crânio? — Ele se inclinou para a frente e apontou para a testa. — Consegue ler?

Era um pouco difícil de entender. Grande parte da pele estava tatuada com um tipo de verde-escuro, e havia um pentágono e um leão enfurecido entremeado com uma palavra também.

— Jocelyn? — Hildy tentou adivinhar.

— Jodilyn. Foi minha namorada há seis anos. Eu a amava mais que qualquer coisa na Terra.

— Amava? O que aconteceu?

Ele se recostou na cadeira e deu de ombros.

— O de sempre. Fiquei um pouco "íntimo" demais de uma de minhas fãs. Ela transou com meu melhor amigo. Fim.

— E agora você tem o nome dela tatuado na testa para o resto da vida. Não me parece uma coisa boa.

Ele balançou a cabeça e riu.

— Foi o que pensei também, mas depois conheci Kit. A garota com quem estou saindo agora. Pus os olhos nela e uau! Foi como um raio. Amor à primeira vista. Na manhã seguinte, reservei um horário no tatuador. Eu ia transformar "Jodilyn" em uma serpente, mas Kit não deixou. Ela disse que gosta de homens apaixonados. Melhor ter amado e perdido que nunca ter amado. Essa é sua filosofia.

Ele colocou a mão no peito. Cada dedo trazia um grande anel em forma de crânio e várias tatuagens.

— Vou te ensinar uma coisa. O amor é como qualquer outra coisa. Você vai fazer besteira algumas vezes até acertar. Só não deixe de errar com vontade. Do contrário, não vale a pena.

— É, isso aí. Na verdade, isso eu já fiz.

— Excelente. Então, vá lá e faça besteira de novo. Não vai se arrepender. Ou, na verdade, talvez se arrependa. Mas não tanto quanto se você não tentasse.

Eles conversaram por mais de uma hora sobre o amor e a vida, depois ele a levou em casa. O pai de Hildy deve ter sofrido um pequeno ataque cardíaco quando parou de tirar neve da entrada e viu um homem grande, tatuado e careca abraçá-la para se despedir, mas, claro, ele não estava em posição de criticar.

CAPÍTULO 17

No início, Hildy se sentiu encorajada pelo encontro com aquele Paul Durgan. Ele tinha razão, ela se arrependeria se não tentasse. Começou a incomodar colegas distantes e conhecidos aleatórios para ver se alguém conhecia o outro Paul Durgan, mas não teve sorte.

Vários dias se passaram. A vida continuou. O pai estava envergonhado e mal se comunicava, mas não houve mais comentários sobre vender o aquário. Gabe ainda estava entusiasmado com a entrada em casa na surdina depois do toque de recolher e curtia sua vitória no fedor do quarto. Era fim de ano no hospital, então Amy estava ocupada com relatórios ou, ao menos, era essa a história que contava. Eles haviam recuado aos cantos do ringue. Transformaram-se em uma daquelas famílias tristes, nas quais cada um jantava em seu respectivo quarto, na frente de seu respectivo laptop, mas ao menos não estavam brigando.

A coisa com Bob era diferente. Ele sabia como entrar em contato com ela, mas não entrava.

Estava bravo.

Naquele momento, ele a odiava.

Talvez ela já o amasse e o tivesse perdido e nunca mais teria a chance de curtir esse amor.

Cada dia que passava, a situação ficava um pouco pior. A porta entre eles estava apenas entreaberta. Quanto tempo até que se fechasse? Quanto tempo até que ele a trancasse?

Ela tirou o pôster de Barcelona que havia pendurado na parede desde a viagem de formatura do fundamental II e colou ali o papel pardo do café. Estudou os desenhos, como um egiptólogo estuda hieróglifos. A curta vida da dinastia Bob e Betty, representada em pictogramas. Ela pensou que tinha descoberto os símbolos de medo, felicidade e raiva, e talvez até de atração física, mas não conseguiu decifrar um endereço.

Pensava em Bob constantemente, quando estava tentando estudar, quando estava tentando comer, cada vez que via um daqueles cartazes de gatos desaparecidos grampeados em um poste. Os pensamentos não causavam mais uma dor de ansiedade, mas apenas dor. A dor dele, tanto quanto a dela. Ela o havia decepcionado. Magoado. Continuou ouvindo Colleen dizer: "Vida difícil para um garoto." Colleen tinha o rosto de uma mulher que passara por coisas ruins na vida e, ainda assim, aquilo a deixava triste.

E agora tinha sido Hildy a decepcioná-lo.

Ela estava na biblioteca, tentando não pensar nessas coisas, quando Xiu enviou uma mensagem perguntando se ela queria almoçar. A última coisa que Hildy queria fazer era ir com ela à cafeteria, mas sem dúvida precisava comer, e Xiu poderia ser uma tábua de salvação ou, pelo menos, alguém para dividir uma salada de beterraba.

Hildy conseguiu fazer que sim com a cabeça e atravessar a multidão do meio-dia, e só então percebeu que o cantor gatinho tinha aparecido na escola e almoçaria com elas. Grunhiu mentalmente quando viu os dois agarrados em uma mesa perto do fundo. Não estava com vontade de conhecer ninguém. Seu cabelo parecia engordurado, e uma herpes labial despontava. Parecia uma fotografia ruim de delegacia de um bandido do colarinho branco.

Xiu levantou de uma vez e lhe deu dois beijos no rosto.

— James. Esta é ela! A fabulosa Hildy Sangster.

Ele deu um sorriso de soslaio. Hildy não podia dizer se era tímido ou legal ou apenas um babaca que queria parecer tímido ou legal. Mas era bonito. Sem dúvida. Xiu se enrodilhou no banco ao lado do cantor. Ele apoiou a mão em sua coxa.

Aquilo seria uma agonia. Xiu estava linda, radiante. Sua felicidade realmente causava uma espécie de dor física em Hildy. Um massoterapeuta com o polegar trabalhando a fundo em um músculo endurecido, agindo como se fosse ajudar. Foi isso o que sentiu.

— Hildy é uma cantora maravilhosa.

Não. Por favor. Isso não. Hildy abriu um sorriso encabulado e balançou a cabeça.

— Não sou. Sério. Sou, tipo, passável para musicais do ensino médio. E só.

O cantor gatinho fez um daqueles gestos descompromissados que ficavam entre um dar de ombros e um menear de cabeça. Os dois só queriam que aquilo parasse.

— Não acredite em uma palavra que ela disser, amor. Ela é *muito* musical. Por isso eu estava morrendo de vontade de juntar vocês. Tanto em comum. — Xiu ajustou a gola da camisa xadrez amassada e nada ajustável. — E com isso não quero dizer o amor de vocês por mim.

O cantor gatinho soltou uma risadinha pelo nariz. Nem isso Hildy conseguiu.

— Ah, é mesmo! — Xiu, toda iluminada, olhou diretamente para Hildy. — Talvez James saiba.

Saiba o quê? Aquilo não era um bom sinal. Pensar em ter que destruir algo como entusiasmo por uma das ideias brilhantes de Xiu fez Hildy sentir vontade de desaparecer.

— Você conhece algum Paul Durgan? — Desde o encontro com o cantor gatinho, a voz de Xiu ficou permanentemente rouca. Aquilo fazia com que tudo que dissesse parecesse levemente indecente.

— Durgan? — O cantor gatinho balançou a cabeça.

— Aaaaah. Achei que pudesse conhecer. Ele toca bateria.

— Não é Paul Bergin, certo? B-E-R-G-I-N?

Ambos se viraram para Hildy.

— Hum... Talvez? — Lembrou-se de Colleen no café, com dificuldade para lembrar o sobrenome de Molly.

— Ele tocou conosco algumas vezes. Mais ou menos de meu tamanho. Uma tatuagem pequena embaixo dos olhos.

Hildy empertigou-se na cadeira.

— Isso. Uma lágrima.

Ele pegou o telefone e rolou algumas fotos na tela.

— É ele?

Tinha sido tirada em algum show. O cantor gatinho estava na frente com a guitarra, apoiado ao microfone. Bob estava em segundo plano, cabeça para trás, baquetas levantadas.

— É.

Xiu juntou a ponta dos dedos, como se batesse palmas. Hildy tentou não explodir.

— Sabe como consigo achá-lo?

— Desculpe. Acho que ele não tem telefone. Foi meu camarada, George, que sempre organizou as coisas. — O cantor gatinho abriu os contatos do telefone. — Vou ligar para ele. Ver se ele sabe.

— Ele é tãããão legal! — exclamou Xiu, virando-se para Hildy. Depois mordeu o lábio e estreitou os olhos.

Hildy deslizou para a ponta da cadeira, as mãos cruzadas sobre o colo, o coração era uma bateria. Bob na bateria. Talvez tivesse encontrado Bob. Cantor gatinho deu respostas de uma e duas palavras, depois agradeceu e desligou.

— Ele não sabe o endereço, mas diz que é uma casa branca com uma porta roxa, duas casas depois da esquina da Young com a Cork. A casa de Paul fica nos fundos. Meio escondida atrás de uma caçamba. Uma porta para o porão. George sempre colocava um bilhete na caixa de correio quando precisávamos dele. Paul sempre aparecia. Bom baterista. Me surpreende que ainda esteja na cidade, pensei que tinha se mudado.

— Por quê? Para onde?

O cantor gatinho deu de ombros.

— Só disse que queria sair da cidade. Tenho a sensação de que não vai ficar por aqui muito tempo. É um pouco solitário. Ao menos essa é minha impressão. Não é muito bom de socializar.

Tantas coisas que Hildy queria perguntar ao cantor gatinho. Sobre a mãe de Bob. Seus amigos. As garotas no plural. Mas Xiu disse:

— O que você está esperando? Vai! Vai!

Hildy agarrou a mochila e saiu correndo.

— Tome as decisões certas! — gritou Xiu, depois voltou a se aninhar no pescoço do cantor gatinho.

CAPÍTULO 18

Hildy não conhecia muito aquela área da cidade, mas não foi difícil encontrar a casa. Duas portas da esquina, como o cantor gatinho disse. A entrada para o apartamento do porão ficava escondida atrás da caçamba nos fundos.

Ela lavou os cabelos, botou uma maquiagem leve e pôs aqueles brinquinhos que Bob parecia gostar, mas ficou aliviada quando bateu e ninguém atendeu.

Ninguém abriu a porta e olhou para ela com olhos indiferentes.

Ninguém lhe disse para dar o fora.

Ninguém riu dela.

Parecia uma espécie de roleta russa. Puxar o gatilho e perceber que a vida continuaria. Ela teria outra chance.

Olhou pela janela ao lado da porta. O apartamento era minúsculo. Apenas a luz sobre o fogão estava acesa. Ela iluminava uma única panela e lançava uma linha fina azulada sobre o canto de uma cama bem-feita. O brilho sobre a mesa, ela percebeu depois de alguns segundos, era um aquário. Ao menos o baiacu ainda estava bem.

Ela se recostou contra a caçamba e examinou o quintal. Estava escuro, mas a luz de segurança do estacionamento ao lado inundava o terreno. Havia uma crosta suja sobre a neve, apenas interrompida onde algum cachorro havia mijado e algum dono havia pisado. Os restos de uma bicicleta ainda estavam presos à cerca. A caçamba devia feder no verão.

Era assim que ele vivia. Paul Bergin. Ela tentou não achar aquilo tudo triste. (Odiava quando fazia isso).

Não queria que ele a flagrasse ali. Pensou em Xiu chamando o cantor gatinho de "amor" e se agarrando a ele.

Tirou o envelope da mochila, escreveu *Para Paul Bergin/Um Bob Qualquer* na frente e colocou rapidamente na caixa de correio antes que mudasse de ideia.

CAPÍTULO 19

Caro Bob,

Isso, se não conseguir adivinhar, é um desenho de minha pessoa, implorando para que você leia esta carta. (Apesar de todas as aulas caras, ainda sou terrível no desenho, mas estou desesperada).

Sei que você não quer ouvir minhas desculpas para ter te dado um bolo, então eu nem vou tentar explicar. Em vez disso, vou responder a algumas das perguntas restantes, tentando recuperar sua fé em mim. (Você teve um pouco de fé em mim uma vez, não teve?)

Então, vamos lá.

PERGUNTA 29: Compartilhe com seu parceiro um momento embaraçoso em sua vida.

Ai, cara. Tantos para escolher. Mas pensei que talvez você pudesse gostar deste. Poucos dias atrás, eu precisava encontrar um cara em um café na esquina da North com a Agricola (talvez você o conheça; chama-se Groundskeeper). Quando consegui chegar lá, eles já tinham fechado e ele tinha ido embora, mas menti para conseguir entrar, dizendo que era namorada do cara.

Com base nessa informação errada, a dona me deixou levar os papéis que ele havia deixado para trás. Talvez você não ache isso especialmente embaraçoso, mas isso é porque você não é a Garotinha Boa, com uma gangue psíquica de figuras de autoridade (sua mãe, vários professores, uma ex-líder escoteira e grandes deidades da maioria das religiões globais) seguindo-a dentro da cabeça. Todas estavam amargamente decepcionadas comigo por mentir (exceto, é claro, Eros, mas você conhece esses deuses gregos. Incorrigíveis...)

Eu me envergonhei ainda mais profundamente por *stalkear* o cara que eu havia perdido. Enchi o saco das pessoas para conseguir qualquer informação sobre ele. Fiz o diabo para entrar na casa de uma senhorinha. Em um Dunkin' Donuts de uma galeria, dividi detalhes "íntimos" de meus sentimentos pelo cara com o vocalista de 34 anos da banda de deathrock Restos em Decomposição só porque tinha um nome surpreendentemente semelhante.

Me incomodava o fato de eu estar me tornando uma personagem básica de uma história de terror: a garota delirante, perseguindo o cara desinteressado. Mas não *muito* incomodada. Isso não me impediu. Continuei a vida até que um conhecido falou que sabia de um baterista, um baterista muito bom, chamado Paul "Bergin com B" e me deu seu endereço. O que me trouxe à situação embaraçosa pela qual estou passando agora. Abrindo-me totalmente. Expondo-me. Mas você, o cara em questão, é claro, já deve estar acostumado.

PERGUNTA 30: *(UM HORROR EM DUAS PARTES)* A) Quando foi a última vez que você chorou na frente de outra pessoa? B) Sozinho ou sozinha?

A) Foi antes do incidente relatado acima. O motivo por que eu estava atrasada para meu encontro com essa pessoa muito importante foi porque meu irmão caçula havia desaparecido depois de uma discussão com meu pai. O frio estava congelante, e eu tive medo de que ele houvesse fugido. Foi por isso que chorei na frente de outra pessoa. (De várias, na verdade. Mas, olhe. Novidade nenhuma).

B) Chorei sozinha porque acordei naquela noite em pânico, pensando que meu irmão ainda estava desaparecido. Então, lembrei que o havíamos encontrado, que ele estava bem, e aquilo me fez recomeçar a choradeira. (Eu choro por razões boas e ruins... E às vezes por razões entre umas e outras). Chorei um pouco mais quando percebi que ele não ficaria bem para sempre e, pela primeira vez na vida, eu não seria capaz de fazer nada quanto a isso.

Pensando no lado bom, não chorei por perder o encontro. Fiquei muito triste, mas não tão triste quanto com a situação com meu irmão. Finalmente tive alguma perspectiva em minha vida. E eu acho que você sabe o quanto aprecio perspectivas.

PERGUNTA 31: Diga a seu parceiro ou parceira alguma coisa de que você já goste nele ou nela.

Sinto que já respondemos a esta pergunta. (Sensível, engraçado, muito bonito etc. etc.). Por isso que, em vez responder, vou dizer que o que espero ALGUM DIA descobrir que gosto em você é o seguinte: sua tendência a perdoar. Espero que você compreenda que houve circunstâncias extenuantes que me impediram. Que entenda que não sou apenas outra pessoa que tende a decepcioná-lo. E que me dê outra chance.

Ainda que apenas para que eu possa ver como você respondeu a estas perguntas. E que também me devolverá o baiacu, claro.

PERGUNTA 32: Existe algo que seja sério demais para se fazer piada?

Se perguntasse a Max, ele diria "nada" (ou talvez nada, chica; está em uma fase meio espanhola no momento). Sua irreverência é um dos muitos motivos por que eu o amo. Se você me perguntasse, eu diria "muitas coisas", a maioria das quais (veja abaixo) não o surpreenderá:
— relações de raça;
— o papel das mulheres e das pessoas com deficiência na sociedade;
— doenças mentais
— financiamento governamental garantido de programas de artes no ensino médio;
— espécies em perigo de extinção (incluindo cobras, embora não consiga deixar de pensar que o mundo seria melhor sem elas);
— circuncisão feminina;
— boa gramática;
— o direito a um local de trabalho seguro;
— a bagunça que está minha família;
— qualquer coisa escrita por Jane Austen, Emily Brontë ou Taylor Swift ou sobre elas;
— o tamanho de meus lábios.

Por outro lado, você pode brincar o quanto quiser sobre minhas pretensões, meus equívocos e meus delírios tristes, tristes sobre um dia me tornar uma Nelson Mandela baixinha e branca. Na verdade, eu gostaria que brincasse. Gosto quando você me faz rir de mim mesma.

PERGUNTA 33: (Se ainda estiver lendo até aqui, o que, francamente, seria um milagre absoluto e, portanto, não seria de seu perfil. Ou pelo menos o Bob que eu conheço. Ou que acho que conheço). A) Se você morresse esta noite sem a oportunidade de se comunicar com alguém, o que você mais se arrependeria de não ter dito? B) Por que você não contou ainda?

A) Sinto muito por não ter respondido à pergunta 28. (Aposto que você pensou que eu havia esquecido). Passei toda a noite antes de nosso encontro tentando encontrar uma resposta "muito sincera" que eu pudesse realmente lhe dar sem usar drogas e/ou álcool. Encontrei uma (embora eu possa precisar de um trago de alguma coisa para poder cuspi-la).

B) "Por que você ainda não contou?" Porque eu tenho que falar na sua cara. Essa é a única maneira que eu posso e/ou deveria fazê-lo. Também preciso pensar em mim. Porque, sinceramente, se você não quiser me ver, provavelmente não merece saber a resposta, e nesse caso será um segredo que vou levar para o túmulo.

Então, agora, uma pergunta para você: você quer me ver?
Se quiser, sabe como me encontrar.
Atenciosamente e com esperança,

Betty

P.S.: Seria adequado acrescentar beijos? Se não for, por favor, ignore.

CAPÍTULO 20

Os dias se passaram. Hildy desligou seu cérebro. Essa foi a única maneira que a fez ir às aulas, terminar seu trabalho, dormir um pouco, respirar. Max comprou seus caramelos com flor de sal e chocolate amargo e a obrigou a comer. Xiu ficou com ela pacientemente, sentada em sua cama, e cobriu a cabeça de Hildy em trancinhas.

— Ele é um idiota — disse ela. — Tão errado deixá-la em suspenso assim, depois de você ter aberto seu coração e tudo mais. — Embora ela não tenha resistido e acrescentado: — Mas o cantor gatinho diz que ele é um excelente baterista e um cara engraçado, quero dizer, quando ele chega a falar.

Hildy trocou de lugar com outra garota para que ela pudesse fazer sua apresentação de poesia depois do recesso de primavera, e não antes. Tomou três ônibus extras para chegar à consulta do dentista e não passar pelo ponto perto da casa de Bob. Esforçava-se para controlar a ansiedade sempre que via uma tatuagem, um desenho, um ponto de interrogação, um peixe. Estava em modo de sobrevivência.

Foi para a escola todos os dias, mas só para ficar longe de casa. Mesmo vazia, seu lar zumbia com a infelicidade, como se a tristeza fosse uma lâmpada fluorescente com defeito, mas a única luz que tinham. Seus pais falavam como marionetes em sua presença, resmungavam, como abelhas agitadas, a portas fechadas. E Gabe? Virou adolescente. Mal-humorado, raivoso, mas não tinha nem energia suficiente para odiar ativamente qualquer coisa em voz alta.

Nem teria se dado o trabalho de voltar para casa se não fosse por ele. Ninguém mais fazia refeições ou verificava sua lição, seus exercícios de clarinete ou sua higiene pessoal. Ela nem podia incomodá-lo com essas coisas (ele não estava mais aberto a conselhos), mas poderia ao menos alimentá-lo. Dar algo que se assemelhasse à normalidade.

Era segunda-feira. Seis dias depois de ter deixado a carta na casa de Bob. Quatro dias depois de ter perdido as esperanças. Três dias desde que voltara a vestir suas antigas calças jeans, tamanho 36. Estava em um café suficientemente longe da escola para que nenhum conhecido aparecesse por lá, e sustentável o suficiente para que Paul também não. Estava com o laptop aberto à frente. Havia escrito três parágrafos de seu trabalho sobre *Memórias de Brideshead* e continuava neles há horas. Havia uma fina película enrugada sobre o café. Ela olhou pela janela. Eram quase cinco da tarde, e nevava muito. O lugar estava esvaziando. Mesmo os dedicados viciados em cafeína se preparavam para partir. Corria o boato de que os ônibus parariam e ninguém queria ficar ilhado no meio do nada.

Exceto Hildy. Ela não teria se importado.

Mas havia Gabe a considerar. Ele comeria alguns pacotes de miojo cru e dormiria com as mesmas roupas se não voltasse e, pelo menos, fingisse que havia motivo para tanto.

Ela arrumou suas coisas e partiu para a tempestade. Tinha se esquecido de pegar uma touca naquele dia. As orelhas estavam congelando. Em alguns quarteirões, a neve tinha se infiltrado em sua trança, queimado a testa e coberto de branco as sobrancelhas, deixando-as como as de um explorador antártico.

Ela parou no Kwik-Way e comprou três jantares congelados. Um para ela. Dois para Gabe. Ela os colocou na bolsa. (Parou de pensar nisso como mochila, apesar de ela carregar mais dos problemas do mundo que antes). Atravessou o resto do caminho de casa, estreitando os olhos para evitar a neve. Os dois carros ocupavam a garagem quando ela chegou, então as pessoas estavam em casa, mas era improvável que alguém tivesse pensado em olhar a correspondência. Naqueles dias, as coisas corriam assim.

A avó tinha dado a Gabe uma assinatura da *Hobbyist Tropical Fish*, uma revista sobre peixes. Hildy limpou a neve da caixa de correio e verificou se havia chegado. Gabe fingia que não ligava para peixes, Nana ou qualquer pessoa que agisse como se ele ainda tivesse importância, mas se importava.

Nenhuma revista. Apenas algumas contas para os pais. Vários folhetos apesar do adesivo para não colocar folhetos na caixa de correio. E uma carta.

Endereçada a ela.

Hildy imediatamente reconheceu a caligrafia. Era elegante e quadrada, como a fonte em uma tirinha.

Sem carimbo dos correios.

Ele devia ter deixado a carta ali.

Bob tinha estado ali. Viera procurá-la.

Ela correu para o fundo da casa e irrompeu pela porta.

Seu pai estava sentado à mesa da cozinha; a mãe, parada com os braços cruzados ao lado do quadro de avisos. Os dois disseram algum tipo de oi/olá, mas Hildy mal respondeu. Deixou a sacola do Kwik-Way no balcão e correu até seu quarto ainda de botas.

Bateu a porta com tudo. Tirou o casaco. Rasgou o envelope. Havia quatro folhas de papel dentro dele.

Ninguém precisa de quatro folhas para dizer que nunca mais deseja te ver de novo.

Seu coração despertou para a vida.

As sobrancelhas nevadas derreteram.

Ela precisou se sentar para conseguir ler.

PERGUNTA 29: "Compartilhe com seu parceiro um momento embaraçoso em sua vida."
Sério? Precisa perguntar?

PERGUNTA 30: "A) Quando foi a última vez que você chorou na frente de outra pessoa?"

Eu tinha 6 anos. Perdi meu bichinho de pelúcia. Os garotos maiores da escola tiraram uma com minha cara. Nunca mais chorei na frente de ninguém.

(p.s. Minha vida mudou depois que meu bichinho de pelúcia desapareceu. Percebi que não se pode contar com ninguém, nem mesmo com cachorrinhos amarelos e corações rosas, e identificações de cãezinhos dizendo "Melhor Amigo do Menino". Desde então, sempre tive bichinhos de pelúcia, no plural).

"B) Sozinho?"

No dia em que recebi sua carta. Eu a vi no chão de meu apartamento, abaixei para pegar e bati a cabeça na quina da cômoda. Chorei até meus olhos saltarem para fora. Você deveria ter visto o roxo que ficou.

PERGUNTA 31: "Diga a seu parceiro ou parceira alguma coisa de que você já goste nele ou nela."

Posso falar mais de uma?

A resposta é sim, porque eu sou o árbitro e quem manda sou eu.

Coisas que eu gosto em Betty

1. Você passou vergonha tentando me encontrar. Eu a imagino toda fúcsia e afobada e fico estranhamente lisonjeado por isso. Ainda mais lisonjeado que pelo que você disse na carta.

2. Você chorou por causa de seu irmão caçula, mas não chorou por mim. Gosto de garotas inteligentes (e de garotas nuas e, talvez, garotas francesas, embora eu tenha que esperar para formar opinião até conhecer uma de verdade).

3. Você gosta quando eu a faço rir de si mesma. (Também gosto de garotas rindo).

4. Está me fazendo esperar para descobrir a resposta à pergunta 28. Me deixaria nervoso se você, de repente, fosse legal demais comigo.

PERGUNTA 32: "Existe algo que seja sério demais para se fazer piada?"

O tamanho de seus lábios.

É isso.

PERGUNTA 33: "Se você morresse esta noite sem a oportunidade de se comunicar com alguém, o que você mais se arrependeria de não ter dito?"

Que eu & Baiacu estaremos no Groundskeeper hoje, às 7 da noite

["Por que você ainda não contou?"

Acabei de contar]

CAPÍTULO 21

Sete.

Meu Deus.

Sete da noite.

Hildy olhou para o telefone. Saltou de sua cama.

18h22. Cabelos sujos. Roupas sujas. Dentes não escovados. Respostas não ensaiadas. Uma tempestade de neve uivante. Trinta e oito minutos para chegar a North End.

Ela nunca conseguiria.

Sacudiu as mãos à frente do corpo. Pulou de um lado para o outro. Andou em círculos várias vezes pelo quarto. E, então, ela pensou *Pare.*

Controle-se.

Pesquisou o telefone do Groundskeeper no Google e discou. Verificou como estava o cheiro das axilas enquanto o telefone tocava. Encontrou uma camisa quase limpa enquanto o telefone tocava. Refez a trança enquanto o telefone tocava. Desistiu.

Hora do jantar. Todos deviam estar ocupados demais para atender.

Lavou o rosto no banheiro e escovou os dentes. Pôs um pouco de corretivo embaixo dos olhos. Usou um pouco de rímel. Encontrou os brincos de que ele gostava.

Respirou fundo e virou-se para o espelho, pensando que seria terrível. Mas então sorriu ao pensar em Paul escrevendo aquela carta, e seus olhos desapareceram atrás de todos aqueles cílios, e ela pensou *Eu estou bem. Eu estou ótima.*

Feliz.

Ela conseguiria. Ela simplesmente precisava conseguir.

Pegou o casaco, pegou a mochila e, no último minuto, também jogou as cartas com as perguntas restantes lá dentro. Talvez precisassem delas. Sempre que tiveram um problema (silêncios, equívocos, mal-entendidos), as perguntas ajudaram.

Alguém bateu na porta.

Gabe.

Ela havia esquecido de dizer que tinha trazido o jantar.

Não o mataria esquentar o jantar no micro-ondas. Teria que começar a assumir um pouco mais de responsabilidade, ao menos naquela noite.

Ela abriu a porta. Sua mãe e seu pai estavam ali, separados por vários centímetros. Impávidos, sérios. Humanoides parentais.

— Querida — disse sua mãe, e Hildy sabia que seria uma conversa ruim. — Seu pai e eu precisamos conversar com você.

Hildy sabia o que eles diriam. Olhou de lá para cá entre os dois. A cabeça de ambos estava inclinada, os olhos tristes e enrugados.

Bob não tinha celular.

Ela não conseguiria chegar ao café.

Aquela era a sua última chance.

Eles tiveram anos. Eles chegaram àquele ponto. Não ela.

— Preciso sair.

— Acho que o que temos a dizer é importante. — A voz de diretor de seu pai.

— Preciso sair. — Ela abriu caminho entre eles.

— Aonde você vai? — perguntaram em uníssono, quando se viraram e a viram descer as escadas, desembestada.

— Sair.

— Nesta tempestade? — Sua mãe se inclinou sobre o corrimão. — Vai aonde?!?

— Vou de Volvo.

— Não, não vai. Não com este tempo. A polícia está dizendo para ninguém dirigir. Greg. Pelo amor de Deus. Diga alguma coisa.

Ele disse, mas Hildy não o ouviu. Ela já estava do lado de fora.

CAPÍTULO 22

Ela considerou pegar o carro de qualquer forma. O que eles fariam? Mandariam prendê-la? Mas o limpa-neve tinha acabado de passar e jogar neve sobre ele. Nunca tiraria a neve do carro a tempo.

Ela envolveu seu cachecol como um *hijab* em torno da cabeça e do pescoço, e correu em direção a Robie Street. Um táxi. Um ônibus. Uma carona. Precisava haver alguma maneira de chegar até lá.

Virou a esquina e viu o brilho distorcido de um ônibus avançando pesado pela neve. Ela correu em sua direção, os braços se agitando sobre a cabeça, a mochila batendo nas costas.

O ônibus passou direto. Ela xingou e continuou correndo atrás dele. No cruzamento, ele parou, e o motorista se inclinou para fora da porta.

— Vamos, garota! Já vi você.

O semáforo ficou verde, mas ele a esperou.

Ela continuou correndo e agradeceu quando chegou, sem fôlego. As outras duas pessoas no ônibus bateram palmas e comemoraram por ela.

— Caramba, aonde você está indo numa noite dessas? — perguntou ele, enquanto ela fuçava a bolsa, procurando o dinheiro.

— North com Agricola.

Ele balançou a cabeça.

— Ônibus errado. Seu ônibus é o número nove. Não sei se ele vai chegar.

— Até onde o senhor vai?

— Chebucto.

— Eu desço lá. Ando o resto.

O motorista do ônibus fez um estalo com a língua e deu uma piscadela.

— Desbravadora da Antártida. É assim que se fala.

Ela não se sentou. Agarrou-se no ferro ao lado da porta e olhou a hora. Doze minutos. Com esse tempo, Bob lhe daria uma trégua. Tinha que dar.

Qual era o problema com o cara, que ano era aquele para ele não ter celular?

Qual era o problema com o cara?

Não conseguia pensar em nada.

Estava tão feliz.

Não deixaria que seus pais e seu mandado de execução arruinassem tudo.

— Vou até aqui, mocinha. — O motorista de ônibus sacudiu a cabeça e abriu a porta para ela. — Agora, tenha cuidado. Está escorregadio à beça por aí.

De qualquer forma, ela correu. Escorregou. Levantou-se. Correu mais ainda. Escorregou de novo. Três quarteirões adiante, quatro à direita, e ela estaria lá. Ela tampou o nariz com a luva e continuou correndo através de neve na altura do joelho e dos montes de neve na altura da cintura até estar do outro lado da rua do Groundskeeper.

Bob estava de pé, na frente do café, embaixo da luz do poste. Parecia estar em um globo de neve, flocos brancos cintilando à iluminação da rua. Estava com uma touca enfiada na cabeça até as orelhas, mas com a mesma jaqueta que usava antes. Sem cachecol nem luvas, devia estar passando frio. Seus braços estavam cruzados, e as mãos presas embaixo dos braços. Ele não a viu.

— Bob! — gritou ela.

Ele não respondeu.

— Bob! — Ela agitou os braços. Ele não ergueu os olhos.

Ela estava no meio da rua e tentou novamente. Dessa vez ele ergueu a cabeça, virou-se para ela e sorriu, mesmo que por um instante.

Ela atravessou aos tropeços por um monte de neve que o limpa-neve havia deixado na esquina.

— Bob. Você me esperou.

— Paul — disse ele. — Agora você pode me chamar de Paul. Não consigo mais me esconder. Você sabe onde eu moro.

— Paul. Tudo bem. — Ela riu. Claro. Ele era Paul. — Achei que você não esperaria. Acabei de receber sua carta. Fiquei até mais tarde na escola hoje. Gabe precisava comer. Parei no Kwik-Way. O carro estava...

— Você passou rímel... — observou ele.

Ai. A mão de Hildy subiu ao rosto, e ela percebeu o que ele quis dizer, com o que ela estava parecendo, e começou a fuçar na mochila, procurando um lenço de papel, um guardanapo velho, um pedaço de papel.

— Aqui — ofereceu ele. Tirou um lenço ligeiramente úmido do bolso e passou embaixo dos olhos da garota.

Ela teve um sobressalto. Ele a tocou.

— Relaxe — disse ele. — Está tudo bem. Já entendi.

Ela confirmou com a cabeça.

— Eles estão fechados.

Ela não entendeu.

— O café. Tem um bilhete na porta. O clima, eu acho.

— Ah. Tudo bem.

— Parece que tudo está fechando. Ao menos por aqui.

Ela deveria responder, sabia disso, mas não tinha nada a dizer. Ela olhou para os dois lados da rua, apenas ganhando tempo até o cérebro entrar de novo em funcionamento.

Ela era atriz.

O show deve continuar etc.

Respiração profunda.

— Alguma ideia de onde possamos ir? — perguntou ela.

Ele coçou o pescoço com os dedos. Estavam vermelhos e úmidos. Ele devia estar congelando.

— O único lugar em que consigo pensar vai exigir uma caminhada, mas o dono vive no andar de cima, então nunca vi fechar. Quer tentar?

— Quanto de caminhada? — Não faria a menor diferença para ela, mas era como improvisar. Reagir sempre. Manter a cena em andamento.

— Uma boa meia hora nesse tempo.

— Ótimo. — Ela deu de ombros, como se aquilo não fosse nada para uma garota como ela, que adorava estar ao ar livre.

— Tudo bem. Por aqui, então. — Ele acenou com a cabeça para a esquerda.

Começaram a andar. Ele manteve as mãos embaixo dos braços.

— Quer uma de minhas luvas?

— Estou bem.

— Pare de ser tão viril.

— Pensei que você gostasse do viril.

— Não "viril" a ponto de ser idiota.

Ele riu.

— Aqui. Estou falando sério. Pegue.

Ela lhe entregou a luva esquerda.

— Uau! Pele de carneiro. Vocês da elite sabem como viver.

— Ou pelo menos como comprar. — Ela enfiou a mão sem luva no bolso. Ele riu de novo.

— Bem, da próxima vez que estiver no shopping, talvez seja bom escolher um rímel à prova d'água.

Ela grunhiu.

— Está tão ruim agora?

— Depende do que você acha das *groupies* de heavy metal.

Ela cobriu os olhos com a mão. Ele a tirou e pegou de novo seu lenço.

— Aqui. Saiu quase tudo agora. — Então, ele disse: — Ei! Pare! — E ela percebeu que tinha visto algo.

Um táxi. Seguindo em sua direção. Os dois começaram a pular e acenar com os braços, então ele agarrou sua mão, e eles correram pela rua atrás do carro até ele desacelerar e derrapar suavemente na direção da calçada meio quarteirão à frente.

— Isso aí! — Ele abriu um sorriso enorme para ela, como se tivessem feito aquilo juntos. Como se tivessem feito a magia acontecer. Um táxi em uma tempestade de neve, parando apenas para eles.

Eles entraram de uma vez.

O carro estava quente e cheirava a desodorante de pinho e cigarros de anos passados. O taxista era um velhinho de cabelos brancos longos demais e um brilhante colete de caça laranja. Estava ouvindo música country.

— Pra onde, pessoal?

— Cousin's Diner — disse Paul, deslizando pelo banco de trás. O taxista assentiu com a cabeça e saiu com o carro.

— Cousin's? — Hildy olhou para Paul e riu. — Eu amo o Cousin's.

— Não acredito que você conhece o Cousin's.

— E você pensou que sabia tudo sobre mim... Sou cheia de surpresas.

— Sim, claro, eu também.

— Ah, é. Tipo o quê?

— Feche os olhos, e eu vou te mostrar.

— Desculpem. — A julgar pela voz, o taxista fumava alguns maços de cigarro por dia. — Talvez seja o momento certo para chamar sua atenção para minha lista de regras do passageiro, colada na parte de trás dos bancos. Antes de continuar, tirem um minuto para ler. A número três, principalmente.

Hildy e Paul fizeram caretas de "estamos encrencados", depois leram as regras.

1. SEM BEBIDAS OU INGESTÃO DE SUBSTÂNCIAS ILEGAIS.
2. SEM PALAVRÕES.
3. SEM DEMONSTRAÇÕES PÚBLICAS DE AFETO.
4. SEM BARULHOS ALTOS REPENTINOS. ELES PODEM DISTRAIR O CONDUTOR.
5. SOLICITAREMOS A PESSOAS QUE VOMITAREM E/OU URINAREM NO TÁXI QUE SAIAM DO CARRO. UMA TAXA DE LIMPEZA DE US$75,00 SERÁ COBRADA PARA REMOVER OS FLUIDOS CORPORAIS.

Obrigado pela compreensão,
Lloyd Meisener, Operador Independente

— Entendido? — Lloyd olhou para eles pelo retrovisor.

— Entendido — respondeu Paul. — A não ser que minha amiga tenha outros planos. Betty?

Ela gargalhou, esperava que ele não conseguisse vê-la vermelha com essa luz.

— Não. Entendido, também.

— Agradeço pela cooperação, pessoal. Não teria instituído as regras se não tivesse visto como são necessárias. Podem continuar.

Hildy olhou para Paul.

— O que você estava dizendo? Surpresas?

— Ah, sim. Feche os olhos.

— Me sinto muito melhor sabendo que não vai se aproveitar de mim.

— Me comprometo a não me aproveitar. Pronta?

Ela confirmou com a cabeça. Ele fuçou dentro da jaqueta e entregou uma coisa a ela. Ela gritou. Lloyd pigarreou.

— Número quatro. Sem ruídos repentinos.

— Desculpe — pediu Hildy, e olhou para sua mão. Paul entregou para ela um saquinho frio e molhado. Era o baiacu. Vivo. Nadando. Ela deu risada.

— Ele sentiu sua falta.

— *Aposto* que sentiu. — Hildy segurou o saquinho para pegar a luz de um carro que passava. Baiacu deu alguns giros. Suas marcas brilharam como neon. — Parece que você cuidou bem dele.

— Nós cuidamos um do outro. Ele é um colega de quarto excelente. Concorda com tudo o que eu digo.

— Você não gostaria de encontrar uma garota assim?

— Na verdade, não.

Hildy olhou pela janela. Uma música sobre corações partidos e sonhos desfeitos estava tocando no rádio. Lloyd estava cantarolando. A névoa derretida escorria pela testa. Ela sentiu que ia explodir.

— Chegamos — anunciou Lloyd, e parou na frente do Cousin's. As luzes no restaurante estavam acesas, e as janelas, embaçadas com o calor. — Oito e setenta e cinco, pessoal. Dinheiro ou cartão.

Hildy tirou a carteira para pagar, mas Paul já havia entregado uma nota de dez.

— Não, não — respondeu ela. — Você precisa do dinheiro.

— Consegui um emprego — disse ele, e sacudiu a cabeça, como se dissesse *Vamos sair daqui*. — Era lá que eu estava indo naquela outra noite.

— Era o "talvez" às oito e meia?

Ele acenou para Lloyd e fechou a porta do carro.

— Isso, exatamente. Acabou virando "com certeza" às oito e meia.

— Que tipo de trabalho começa às oito e meia?

— Desenho. Uma pessoa me contratou para fazer desenhos em uma festa.

— Isso existe?

Eles entraram no Cousin's. O lugar estava barulhento e cheirava a salsicha e roupas molhadas. Ninguém tocava hoje à noite, mas quase todas as mesas estavam ocupadas. Neve derretida marrom se empoçava no chão quadriculado.

— Sim. Uma festa beneficente chique. Pessoas todas bem-vestidas. Sentei às mesas e fiz caricaturas rápidas de todo mundo. Um cara leiloou os desenhos no fim da noite.

— Uau! Desenhando para viver. Era o que você queria fazer.

O cara no balcão acenou para Paul e apontou para uma mesa ao fundo.

— Mal dá para viver, mas são trinta e cinco paus a hora, e ela quer me contratar de novo. Vou a uma convenção no próximo fim de semana. Um bando de cirurgiões plásticos na cidade.

— Isso é fantástico! — Hildy resistiu ao desejo de dizer algo sobre seu nariz. Aquela piada estava batida. E, de qualquer forma, ela gostava desse nariz.

— Não fique tão empolgada. É só um começo. Já sabe o que vai querer?

Eles examinaram o menu escrito nos jogos americanos de papel. Hildy percebeu que estava morrendo de fome.

— Café da manhã completo do dia. Ovos de gema mole, presunto, batatas fritas da casa, sem feijão — disse ela.

— Sem feijão? Eu pensava que você era dos "feijões, sem batata frita da casa". Sem querer ofender.

Ela tirou a luva, desenrolou o cachecol e riu.

— Por que eu ficaria ofendida? Nem sabia que existia esse tipo de coisa, gente "sem batata frita da casa".

— Você sabe. Pessoas que não pedem batatas, mas comem as suas. Fico doido com isso.

— Comigo você está a salvo, mas certamente não vai gostar de Xiu.

Mas ele vai ter que superar isso, pensou ela. Não estariam aqui se não fosse por Xiu.

Eles tiraram os casacos, até Hildy tirou.

— Uau. Tem uma pessoa de verdade aí embaixo — disse Paul.

— Ou quase isso. O que esperava?

Ele puxou o queixo para trás e deu de ombros.

— Você é assim. Nunca sei o que você vai jogar em cima de mim.

— Ah, como se você fosse o Senhor Previsível. Amando o cheiro da cabeça dos bebês e tudo mais.

O garçom veio com os pedidos equilibrados nos braços.

— Ei, Paul. O que vai querer?

Os dois pediram o mesmo, só que Bob também pegou os feijões. O garçom meneou a cabeça e saiu.

— Você vem sempre aqui? — perguntou Hildy.

— Eita, que papinho furado. Isso é o melhor que consegue fazer?

— Você já está no papo. Não preciso de nada disso. Só que o garçom chamou você de Paul. Achei que deveria conhecê-lo.

— Minha mãe trabalhava aqui.

— Ela rodou, hein?

— Pois é. — Ele desviou o olhar. Ela não quis que soasse do jeito que sem dúvida soou, mas ficaria esquisito se pedisse desculpas.

O letreiro em néon com ABERTO zumbia na janela perto de sua mesa. Faltava o B.

— Eu trouxe as perguntas. — Ela fez com que a voz soasse feliz. — Achei que poderíamos terminá-las hoje à noite. Faltam apenas três para acabar.

Ele se virou para ela. Não parecia chateado.

— Cinco.

— Não, estamos na trinta e quatro.

— Sim, mas não fizemos a dezoito nem a vinte e oito.

— Por isso você é o árbitro, eu acho.

O garçom trouxe café sem perguntar se queriam, e um pequeno prato cheio de sachês de geleia e manteiga de amendoim.

— Os pedidos chegam em um minuto.

Hildy pegou as cartas. A neve tinha se acumulado ao redor do zíper de sua mochila e estava derretendo agora. Os cartões estavam úmidos e moles.

— Qual é a primeira? — perguntou ela. — Dezoito é... ai, meu Deus. Tinha me esquecido dela. *"Qual é a sua lembrança mais terrível?"*

Pensou naquele dia, na cozinha. Um mês atrás, mas pareciam mil anos. O olhar no rosto da mãe quando Hildy apontou a janela pop-up em sua tela. O silêncio depois do que ela dissera. O pai de repente se virou para o forno e não voltou a virar de volta. Gabe perplexo. Totalmente inocente. Um espectador pego no fogo cruzado.

— Temos que fazer essa primeiro? — perguntou ela.

— Mais cedo ou mais tarde vai precisar enfrentar.

— Mas de estômago vazio?

— Qual é a vinte e oito, então?

— *"Diga a seu parceiro o que você gosta nele, seja muito sincero etc."*

Ele levantou as sobrancelhas, balançou a cabeça para a frente e para trás.

— Talvez seja necessário um pouco de aquecimento para essa também.

— A trinta e quatro é bastante inofensiva. Parece uma daquelas que se ouviria em um programa de perguntas e respostas. *"Sua casa, contendo tudo o que você possui, pega fogo. Depois de salvar seus entes queridos e animais de estimação, você tem tempo para correr e salvar um único item. O que seria? Por quê?"*

Hildy teve que levantar o cartão na metade da pergunta para que o garçom pudesse servir as refeições.

— Claro. É essa.

Paul esperou até que ela desse a primeira garfada antes de começar. Era surpreendente, mas ele tinha boas maneiras à mesa. Guardanapo no colo e tudo. Ela lembrou que ele havia crescido em restaurantes. Ela sabia tão pouco sobre ele.

PERGUNTA 34

HILDY: Então, acho que vou primeiro. O que eu tiraria de minha casa em chamas? Realmente só tem uma resposta: os sapatos italianos que minha mãe trouxe para mim de uma conferência em Milão no ano passado.
PAUL: Engraçadinha.
HILDY: Sério... Desculpe, estou de boca cheia... Não, estou falando sério. Foi a primeira coisa em que pensei.
PAUL: Isso é ruim. Ou triste. Ou talvez as duas coisas.
HILDY: Eu sei, mas só estou tentando ser sincera aqui.
PAUL: Não está.
HILDY: Estou. Quero dizer, muito do que eu normalmente arriscaria minha vida para salvar já estaria a salvo. Nós armazenamos nossas fotos na nuvem. Minha mãe e meu pai têm um cofre onde guardam as medalhas de meu avô, os documentos da família e outras coisas. A questão especificamente excluiu os entes queridos e os animais de estimação. Com que mais vou me importar? O que mais eu *tenho*? Roupas? Meu notebook?
PAUL: Pinças?
HILDY: Você nun-ca se esquece de nada.
PAUL: Por isso é bom que você me dê uma boa resposta. Tudo o que você diz é para sempre. Então. É sério? Sapatos italianos? É o que você pegaria?
HILDY: Que pressão.

HILDY: Hum.
PAUL: Não dá para ser pior que sua última resposta, então fale logo.
HILDY: Tudo bem. O diário que eu mantinha quando era pequena. Todas as minhas amigas tinham os seus. De vinil rosa macio com cadeadinho. Sabe?

PAUL: Você precisava trancar? Minha nossa. Que coisas nojentas você aprontava aos 6 anos?

HILDY: Nada. Tenho certeza de que é chato, chato, chato, só atualizações dos desenhos do *My Little Pony* e o que eu fazia no recreio, esse tipo de coisa, mas ainda assim eu odiaria perdê-lo. É, sei lá, um registro de algo que não existe mais.

PAUL: É, todo mundo cresce.

HILDY: Não. Não apenas a infância. Acho que estou falando, sei lá, de felicidade. Minha família estava feliz naquela época. Eu me lembro de meus pais dizendo como éramos "abençoados" por ter uma família tão feliz. Todas as coisas tontas do diário parecem felicidade para mim... E você?

PAUL: Eu?

HILDY: O que você salvaria? Não. Não me diga. Seus desenhos.

PAUL: Seriam a primeira coisa que eu jogaria no fogo.

HILDY: Sério? Por quê?

PAUL: Não valem nada. Posso fazer mais sempre que eu quiser.

HILDY: Mesmo quando não quer. Nunca vi ninguém desenhar com uma gema de ovo antes. É o táxi de Lloyd?

PAUL: É. Desculpe. É tipo um tique nervoso.

HILDY: Ou uma maneira de evitar responder à pergunta.

PAUL: É. Isso também.

HILDY: Então, o que você pegaria?

PAUL: Uma fita.

HILDY: Uma fita?

PAUL: É. Tenho uma fita de videocassete do primeiro encontro de meus pais.

HILDY: Você tem? Sério? Eita. Como conseguiu?

PAUL: Uma dessas coisas estranhas. Recebi pelo correio uns meses atrás de uma senhora que era amiga da minha mãe de antes de eu nascer. Ela me encontrou de alguma forma. Achou que eu gostaria de ficar com ela.

HILDY: Isso é incrível. Como é?

PAUL: Bem granulado. Tecnologia daquela época, sabe? Eu precisava transformar em DVD para poder assistir. A senhora disse que gravou em um lugar chamado Pirate's Den. Um boteco que ficava lá perto da praia. Era noite de karaokê, e minha mãe subiu para cantar, e foi quando a senhora gravou.
HILDY: Não me disse que sua mãe era cantora.
PAUL: Não era. Devia ouvi-la. A pior voz que já existiu, mas que ela compensava, tipo, com o entusiasmo. Ela cantou "Proud Mary". Conhece essa música?
HILDY: Claro que conheço.
PAUL: Bem, o apresentador a chama, e ela se levanta e começa a dançar e berrar como se fosse Tina Turner ou algo assim. Provavelmente tinha tomado umas, mas está se divertindo e é linda, e aí um cara pula no palco e começa a cantar e dançar com ela, e o bar inteiro enlouquece. O cara sabe cantar. Com ele ali, eles até parecem bons. Então, a música termina, eles se beijam e o apresentador volta novamente e diz: "Molly Bergin, pessoal! E uma performance surpresa de Steve Hardiman, do Deep Blue!" E então o vídeo meio que chacoalha, porque a moça coloca a câmera na mesa, e você vê minha mãe voltar, ou pelo menos metade dela, e Steve também, e a gente ouve alguns "Você estavam ótimos", e minha mãe apresenta Steve para Caroline, esse é o nome de sua amiga, mas ela o chama de Scott, e ele diz que não, que é Steve, e ela ri e diz "Você parece Scott" e pergunta de onde ele é. E aí você ouve Caroline dizer "Opa" e vê que ela deve ter percebido que a câmera ainda estava ligada, e ela desliga e é isso.
HILDY: Steve é seu pai.
PAUL: Isso.
HILDY: Imagino que não tenham se casado.
PAUL: Nem sequer viveram juntos.
HILDY: Você o conheceu na infância?
PAUL: Não que eu me lembre.
HILDY: Você sabia quem ele era?
PAUL: Ah, sim. Eu sabia seu nome. Sabia que era músico. Sabia que era um idiota. Um idiota casado.
HILDY: Sua mãe que disse?

PAUL: Muitas vezes. Toda vez que eu falava dele. Ela guardava um pôster da banda. Quando eu era pequeno, eu sempre o tirava debaixo de sua cama e olhava para ele com seus cabelos cheios de gel e óculos escuros, e pensava *Meu pai é um astro do rock!* Eu queria tanto vê-lo, mas minha mãe sempre me disse que ele estava viajando.
HILDY: Ela simplesmente não queria que você o conhecesse?
PAUL: É. Mas ele provavelmente também estava viajando a maior parte do tempo. A única maneira de poder sobreviver era fazer o circuito. Ele estava numa porcaria de banda de covers. Descobri isso depois.
HILDY: Quanto tempo ficaram juntos? Seus pais.
PAUL: Rá! Boa pergunta. Achava que tinha sido um grande caso de amor que tinha dado errado, daí recebi a fita. Provavelmente assisti cinco vezes antes de verificar o carimbo da data e fiz as contas. Acho que se conheceram e ficaram por uma noite inteira. Talvez duas ou três noites. Nove meses depois, eu cheguei. O bilhete de Caroline dizia algo sobre "Típico de Molly. Sempre tão sortuda. Entra para cantar no karaokê, e um cantor profissional simplesmente está na cidade naquela noite". Então, ele não era mesmo daqui. Aparentemente ganharam trezentos dólares como melhor apresentação e torraram tudo em conhaque Courvoisier.
HILDY: Já pensou em procurá-lo?
PAUL: Claro. Ele me viu quando eu era bebê, então sabe que existo. Assim que cresci o suficiente para soletrar seu nome, procurei no Google. O Deep Blue tem uma página de duas linhas na Wikipédia. Provavelmente eu poderia encontrá-lo se quisesse. Provavelmente algum dia, mas particularmente agora eu não quero. Para mim é apenas um doador de esperma. Não significa muita coisa.
HILDY: E ainda assim é o que você salvaria. A fita de vídeo.
PAUL: Isso. Não tenho nenhum sapato italiano.

PERGUNTA 35

HILDY: A próxima é ruim.
PAUL: Manda.

HILDY: Tudo bem. "*Entre todas as pessoas de sua família, a morte de qual seria a mais perturbadora para você? Por quê?*"

HILDY: Não precisamos responder a essa.

PAUL: Chegamos até aqui. Não podemos parar agora.

HILDY: Quer que eu vá primeiro, então?

PAUL: Pode ser.

HILDY: Essa é fácil para mim. Gabe. Quero dizer, meus pais não são perfeitos, mas ficaria arrasada se alguma coisa acontecesse com eles. Ou com Alec, embora não tenhamos muito em comum e ele me ignore bastante a maior parte do tempo. Minha mãe sempre diz que os relacionamentos evoluem e que nós gostaremos um do outro quando envelhecermos, e isso provavelmente é verdade, mas Gabe... Digo, Gabe. Sou apenas seis anos mais velha, mas ele era como meu bebê! Meu boneco. Passei minha vida inteira cuidando dele. Se alguma coisa acontecesse com ele, eu simplesmente morreria.
Então, hum, naquela outra noite? Quando não cheguei a tempo? Foi por isso. Ele desapareceu, e eu fiquei tão preocupada. O que é, claro, ridículo. Gabe é grande e forte. Muito maior que eu. Mas acho que é como ser mãe. Você nunca para de se preocupar. Eu ainda o carregaria no colo se pudesse.
PAUL: Isso é estranhamente doce.

HILDY: Estranhamente neurótico.
PAUL: É. Tipo isso.
HILDY: Não precisava ter concordado comigo.
PAUL: Desculpe.
HILDY: Então. Você.
PAUL: O quê?

HILDY: Estou falando da pergunta.

HILDY: Se você quiser responder, claro.

PAUL: De quem seria a morte mais perturbadora? Isso também é fácil para mim. De ninguém.
HILDY: De ninguém?

PAUL: Isso. Porque não sobrou ninguém. De verdade, não.
HILDY: Ah.

PAUL: Quero responder à número de dezoito agora.

PERGUNTA 18

HILDY: Tudo bem. Claro. Dezoito? Hum... deixe-me ver onde está.
PAUL: Não precisa procurar. É *"Qual a sua pior lembrança?"*.

HILDY: Ah.

PAUL: Minha pior lembrança aconteceu no dia 3 de julho, dois anos atrás. Se quiser, eu consigo até ser mais específico.

HILDY: Se você quiser.

PAUL: 9h36.

HILDY: Tem certeza de que quer fazer isso?
PAUL: Tarde demais. Vamos acabar com isso.
HILDY: Você não precisa.
PAUL: Sim. Preciso.

PAUL: Tudo bem.

PAUL: Bem.

PAUL: Eu estava com minha mãe. Estávamos voltando de carro do interior. Um cara estava vendendo um conjunto de bateria, e eu quis ir até lá conferir. Foi triste, pois, no final, nem conseguimos comprá-lo. Dirigimos até lá numa chuva desgraçada para olhar um monte de lixo.

Enfim, no caminho de volta, começamos a brigar. Tipo, um gritando com o outro. Minha mãe tinha me dito que havia conhecido um cara on-line e que ele era "o cara", então nós íamos arrumar nossas coisas e nos mudar de novo. Eu estava perto do final do ensino médio. Eu tinha um professor de arte realmente bom, um grupo de caras com quem eu tocava em uma banda. Eu disse que não ia de jeito nenhum, e ela disse que eu não decidia nada, estava sendo egoísta e era apenas uma criança, eu não sabia de nada e aquela era sua única e verdadeira chance de felicidade. Ela estava xingando assim quando fez uma curva. Rápido demais. Na chuva. Olhando para mim, não para a estrada. Nós giramos, batemos em um poste telefônico, giramos de volta. Quando acordei, tinha sangue para todo lado, e minha mãe estava murmurando meu nome. Ela já havia chamado o resgate. Meu nariz sangrava loucamente, e o rosto dela também, mas ela falava o tempo todo "Estou bem, estou bem. Feridas na cabeça sangram muito. Só estou com frio". É o que me incomoda agora. Eu deveria ter percebido que as coisas estavam piores do que ela fazia parecer. Quero dizer, não estava frio. Estava chovendo e tudo mais, mas era julho. Eu quis acenar na estrada para que alguém parasse, mas ela disse: "Não. Fique comigo. A ambulância vai chegar logo", tudo com alegria e tudo mais. Então, ela disse: "Por que você não canta alguma coisa para mim?" O que foi ridículo. Nunca cantava para ela. Nunca tinha cantado para ninguém, mas ela pediu, então, o que eu poderia fazer? A única música na qual consegui pensar era "My Bonnie Lies over the Ocean", então foi o que cantei. E ela disse: "Eu sempre amei essa música", o que era uma mentira deslavada, mas ela se juntou na parte *Bring back, bring back my Bonnie to me*. Então, ela disse: "Estou cansada. Toda essa agitação, eu acho." Como se fosse uma piada. E eu disse: "Eles vão chegar logo, mãe. Você vai ficar bem." E ela disse: "Eu sei que vou. Seja um bom garoto." E eu comentei: "Eu vou ser", como se eu fosse um garotinho ou algo assim. E ela riu e disse: "Não. Que se foda, Paulie. Você vai dar o que falar. Seja bem corajoso e dê o que falar." E aquilo me fez rir, e ela moveu a mão e a colocou em minha perna, com os dedos meio que virados para cima, e eu estava olhando para ela porque eu acho que estava assustado demais para olhar seu rosto e, desse jeito, eu vi a vida se esvair daquela mão. Levantei os olhos e vi os dela entreabertos, e a boca meio aberta, e soube que ela estava morta.

Saí do carro correndo, e agitei meus braços e gritei e consegui ouvir as sirenes e ver as luzes. Levou doze minutos para eles chegarem. Foi o que aconteceu com minha mãe. E com meu nariz.
HILDY: Estou...
PAUL: Não precisa dizer nada.
HILDY: Realmente, sinto muito.
PAUL: Tudo bem.

HILDY: A mão. É por isso que você desenha a mão.
PAUL: Sim. Pensei que talvez, se eu continuasse desenhando, tipo, eu não seria mais assombrado por ela. Sabe, tipo o que fazem para tratar fobias? Deixar uma pessoa em uma sala cheia de aranhas até ela parar de ficar assustada com elas. Era o que eu estava tentando fazer.
HILDY: Funciona?
PAUL: Talvez com aranhas, mas não comigo.

PAUL: Não, não é verdade. Não fico mais pirado com isso. Digo, é sua mão viva que eu desenho, não a morta. Isso me faz sentir como se ela ainda estivesse aqui. Do mesmo jeito que era com suas roupas. Eu conseguia sentir seu cheiro muito tempo depois do acidente. Quase conseguia fingir que ela simplesmente havia saído para ir a algum lugar, que voltaria logo. Mas eu tive que mudar para a casa de meu tio Hugh por um tempo depois que ela morreu, e ele tinha acabado de se divorciar, e morava num quartinho triste, e não havia lugar para nada, então eu dei todas as coisas dela. Também não queria parecer um anormal, cheirando a roupa de minha mãe morta e tudo mais. Agora eu meio que me arrependo.
Na verdade, não restou nada, exceto o que eu desenho.
HILDY: Você ainda vê seu tio?
PAUL: Não muito. Ele é um cara legal e tudo mais, mas provavelmente mais ferrado que eu. E com menos dinheiro ainda. Bom para dar risada,

mas não é a pessoa mais responsável do mundo. Tipo minha mãe. Deve ser de família.

HILDY: Famílias... Estou começando a achar que são todas complicadas.

PAUL: Sua mãe assinou o atestado de óbito da minha.
HILDY: Minha mãe. Ela foi a médica?
PAUL: É. Eu sei. Fiquei surpreso, também, quando descobri. Reconheci o nome. E os olhos, eu acho. Ela é uma moça boa. É como você. Também queria consertar meu nariz, mas eu não deixei.

PAUL: Isso foi uma piada.
HILDY: Desculpe. Sinto mesmo que ela não conseguiu fazer alguma coi...
PAUL: Não. Ninguém poderia. Minha mãe já tinha falecido quando chegamos ao hospital. Calhou de sua mãe ser a médica que estava lá para assinar o certificado. Uma coincidência. Não é culpa de ninguém.

PAUL: Nem minha.

HILDY: Você pensou que era?

HILDY: É por isso que...

HILDY: Quero dizer, a tatuagem...

PAUL: É. Meio patético. O tipo de coisa que você faz quando tem 17 anos e pensa que o mundo gira em torno de você.
HILDY: Mas *seu* mundo gira. Da mesma forma que o meu gira a meu redor. Você perdeu alguém que ama. Você tem todo o direito de ter uma tatuagem de lágrima.
PAUL: "Toda morte de um ente querido vem com uma tatuagem de brinde. Só esta semana."
HILDY: Sinto muito.

PAUL: Que é isso... Eu que peço desculpas. Foi uma idiotice dizer uma coisa dessas. Entendi o que você quis dizer. Só não preciso de olhos alheios se enchendo de lágrimas porque minha mãe morreu. *Obrigado pela solidariedade, mas será que dá para sair da frente?* É meio o que estou sentindo agora.

PAUL: Não quis parecer tão duro.
HILDY: Tudo bem.
PAUL: As coisas são assim. Penso nela todos os dias, mas as pessoas não precisam saber disso.

PAUL: Tirando você. Fico feliz que saiba. Fico feliz por ter te contado. E fico *realmente* feliz por você não ter chorado.
HILDY: Então, eu...
PAUL: Embora, por outro lado, eu tenha ficado meio chocado. Quero dizer, que tipo de monstro sem coração não chora depois de descobrir que a mãe de alguém morreu em um trágico acidente?

PAUL: Ai, meu Deus. E agora ela está rindo. É um novo recorde.

HILDY: Eu não estou rindo.
PAUL: Na verdade, está.
HILDY: Não estou rindo porque é engraçado. Estou rindo porque *você* é engraçado.
PAUL: Ah, eu sou engraçado. A vítima.
HILDY: E eu sou engraçada. Quero dizer, olhe só. Espere até ouvir minha pior lembrança.
PAUL: Mal posso esperar.
HILDY: Você vai se rachar de rir quando descobrir qual lembrança eu pensei ser simplesmente... Tão... Terrível. Depois do que você passou, é...
PAUL: Antes de conhecê-la, eu nem sabia o que era um preâmbulo. Agora eu vivo com medo deles. Você se importa de desembuchar?

PAUL: E pare de rir. Era para ser uma lembrança terrível. Vou ficar bem puto se não tiver sido ao menos semitraumatizante.
HILDY: Isso foi. Para mim, em todo caso. Mas tudo é uma questão de perspectiva, certo?
PAUL: Fale logo.

HILDY: Tudo bem... Aconteceu, tipo, um mês atrás. O aniversário de minha avó estava chegando, e pensei em fazer alguma coisa para ela. Tinha visto no Pinterest um tipo de decupagem com fotos em pedaços de madeira recolhida em rio. Eu sei. Brega. Mas é o tipo de coisa que Nana gosta para a casa de campo. Bem, fiz minha mãe me enviar um e-mail com algumas fotos de família. Estávamos todos na cozinha. Era um domingo. Meu pai estava cozinhando. Minha mãe tinha acabado de chegar de um plantão e fazia palavras cruzadas. Eu estava com meu laptop, transferindo as imagens para o iPhoto, e percebi uma coisa. Sabe que o iPhoto vê um rosto e uma janela pop-up aparece dizendo "Esta é fulana de tal"?
PAUL: Reconhecimento facial. Não estou totalmente por fora.

HILDY: Bem, ele vivia fazendo isso com minha mãe e comigo. "Esta é Hildy?" Não, esta é Amy. Ou vice-versa. Todos estávamos rindo, porque minha mãe tem quase 50 anos. Então, notei que estava acontecendo com Gabe também, mas em vez de dizer "Este é Greg?" ou "Este é Alec?", ele disse: "Este é Rich Samuels?"
PAUL: Quem é?
HILDY: Um dos médicos do pronto-socorro com quem minha mãe trabalha.
PAUL: Por que ele estava marcado nas fotos de sua família?
HILDY: Um pouco antes, houve uma festa do hospital lá em casa. Minha mãe me pediu para tirar algumas fotos, e eu tinha marcado as pessoas para ela. Ela sempre diz que não sabe como fazer esse tipo de coisa.
PAUL: Ela consegue costurar a perna de alguém no lugar, mas não consegue marcar fotos.
HILDY: É. Muito "técnico" para ela. Bem. Todas as fotos de Gabe que eu olhei naquele dia surgiram marcadas do mesmo jeito. E eu falei: "Eita, o iPhoto tem razão. Já notaram como Rich e Gabe se parecem?" Então, de repente, foi como se todo o ar tivesse sido sugado para fora da sala. Meu pai falou "Me deixe ver", com aquele olhar realmente assustador. Minha mãe disse: "Acho que vou sair para correr". Então, Gabe falou: "Estou morrendo de fome." Comentário normal e típico de Gabe. Nada demais, mas meu pai ficou louco. Começou a gritar com ele sobre se encher de comida 24 horas por dia, 7 dias na semana, como se ele fosse algum tipo de animal, e Gabe olhava para mim, tipo, "Que é isso", e ali eu soube. Tipo, soube. Foi estranho. Eu nunca tinha suspeitado antes. Quero dizer, as pessoas sempre brincaram. Era como se todos nós pertencêssemos ao mesmo conjunto de xadrez e, então, havia esse GI Joe grandalhão chamado Gabe, que nós tentávamos fingir que era uma peça integrante. Minha mãe contava uma história sobre seu bisavô ser um cara alto, moreno e de cabelo encaracolado, e tudo bem. Claro. Fazia sentido. Ou talvez fazia sentido o suficiente. Mas agora acho que meu pai deve ter suspeitado antes...
PAUL: Por quê?
HILDY: Sei lá. Penso em meu pai e em Gabe, tipo, nos bons e velhos tempos, e não consigo evitar o sentimento de que meu pai estava se esforçando muito. Sempre faziam tudo juntos. Os mesmos interesses. Os

mesmos livros. E, claro, os peixes tropicais. É como se meu pai quisesse tanto acreditar que Gabe era seu filho que fazia tudo o que podia para que parecesse verdade. Então, veio o reconhecimento facial e foi tão ruim quanto receber os resultados do DNA. Ele não conseguiria mais fingir. Assim que soltei aquela frase sobre o Dr. Samuels, eles se afastaram. Acabou. A partir daí, meu pai parou de ter qualquer coisa a ver com Gabe.
PAUL: Então, você comprou o baiacu para fazer Gabe se sentir melhor.
HILDY: Era de se pensar, mas, na verdade, era apenas o Primeiro Passo para meu plano brilhante de "salvar o dia".
PAUL: Explique.
HILDY: Ai, meu Deus. Isso faz parecer que você está esperando algo racional.
PAUL: Já passei dessa fase. Vá direto ao ponto.
HILDY: É estúpido, mas é o que eu estava pensando. Meu pai e Gabe sempre falaram sobre ter um baiacu, mas eles são caros, e, como o acordo era que papai pagava pelo equipamento e Gabe pagava pelos peixes, nunca aconteceu. Então, eu saí e comprei um. Pensei que ficariam tão empolgados que talvez... Sei lá... Esqueceriam ou, pelo menos, meu pai esqueceria ou conseguiria passar por cima disso ou percebesse, surpresa!, que família vai além do sangue, mas... Olhe, sei que foi uma ideia idiota, mas não pude pensar em mais nada. Tudo parecia simplesmente tão além de meu controle... Quê?
PAUL: Ai, meu Deus. O baiacu.
HILDY: O que foi?
PAUL: Você está com ele?
HILDY: Não. Você está com ele.
PAUL: Eu o deixei com você. Lembra?

HILDY: Não sei por que estou rindo. Isso também não é engraçado.
PAUL: Não posso acreditar que, depois de tudo o que passamos, deixamos o baiacu no táxi. Será que a gente tenta encontrá-lo?
HILDY: Agora? Onde? Nunca o encontraríamos. Esquece. O taxista recebeu uma gorjeta muito, muito boa. Um peixe de cento e vinte e dois dólares em uma corrida de oito dólares.

PAUL: Cento e vinte e dois dólares?!? Me diz que você está brincando.
HILDY: Não.
PAUL: Estou com falta de ar.
HILDY: Eu sei. Eu sei. Nem me lembre.
PAUL: Por uma sardinha.
HILDY: Baiacu, por favor, mais conhecido como a chave para a felicidade de minha família. Que piada.
PAUL: Não seja tão dura consigo mesma. Talvez tivesse funcionado. Talvez, assim que seu pai tiver uma chance de superar o choque, será capaz de aceitar as coisas e seguir em frente.
HILDY: É mais fácil "seguir para fora".
PAUL: Desenvolva.
HILDY: Meus pais também romperam.
PAUL: Como sabe?
HILDY: Longa história.
PAUL: Tenho todo tempo do mundo.
HILDY: Eita. O novo você. Realmente *pedindo* uma história longa.
PAUL: Implorando.
HILDY: Tudo bem. Sabe aquela noite em que eu deveria te encontrar no Groundskeeper? Um drama imenso estava acontecendo em casa. Meu pai tentou vender o aquário nos classificados. Estava bêbado e fora de si, literalmente jogando peixes no chão. É por isso que Gabe saiu de casa, e é por isso que cheguei atrasada no encontro.
Saí para procurá-lo. Fiquei totalmente em pânico por um tempo, mas então tudo pareceu se resolver. Encontrei Gabe.
O cara que ia comprar o aquário não apareceu. Meu pai deixou de lado a ideia de vendê-lo. A maioria dos peixes sobreviveu. Então, parte de mim estava pensando que as pessoas só precisavam deixar essa história para trás e tudo voltaria ao normal, mas pelo visto não é tão fácil. Tipo, não dá para simplesmente fazer um suco detox e limpar todos os sentimentos tóxicos sobre ter criado o filho de outra pessoa.
PAUL: Muitas crianças têm padrastos que as amam.
HILDY: Isso é diferente. Ninguém tem enteados por engano. Meu pai foi enganado e agora está puto da vida. Para ele já deu.
PAUL: Tem certeza?
HILDY: Tenho. Pouco antes de eu sair hoje à noite, minha mãe e meu pai vieram até meu quarto para o velho: "Temos uma coisa para te contar."

Você precisava ver a expressão no rosto dos dois. Eles não se suportam mais. Só odeio pensar no que vai acontecer com Gabe, principalmente se ele achar que a culpa é dele.

HILDY: Acabei de pensar que minha pior lembrança talvez ainda esteja esperando por mim quando eu chegar em casa hoje à noite.
PAUL: A minha também. Mas isso nunca vai mudar.

HILDY: Sinto muito.
PAUL: Pelo quê?
HILDY: Nem acredito que acabei de dizer uma coisa dessas. Você me contou tudo sobre a morte de sua mãe, e eu ainda estou aqui, fazendo uma tempestade em copo d'água sobre minha família. Que bela perspectiva eu tenho. Pelo menos minha família ainda está viva.
PAUL: Ninguém está competindo.
HILDY: Eu sei, mas...
PAUL: Olhe só. Quando eu estava no hospital naquela noite, tinha uma mulher no pronto-socorro do meu lado, toda queimada. E seus dois filhos tinham morrido no incêndio, e ela havia perdido tudo o que tinha também. Eu só tinha perdido minha mãe. Mais cedo ou mais tarde, todo mundo perde a mãe. Imagine que merda é perder os filhos. Então, jogue suas mãos para o céu. Você vai sair dessa fácil. Vai dar tudo certo.

PAUL: Não acredito que você está rindo.

PAUL: Rindo? Sério?

PAUL: Você é doente, sabia?

HILDY: Você também está rindo.
PAUL: Agora estou, mas a culpa é sua. Do que *você* está rindo?
HILDY: De você. E de sua tentativa patética de me animar. "Vai dar tudo certo." E por falar em fracasso. Menino, você sabe como empilhar desgraças, hein?
PAUL: Todos os sapatos italianos dela também queimaram no incêndio.
HILDY: Pare. As pessoas estão olhando. Eu devo estar muito cansada. Ai, meu Deus. Até choro quando dou risada. Ainda tem rímel embaixo de meus olhos?
PAUL: Não se mexa... Aqui. Por que você ainda usa rímel? Você não precisa de rímel.
HILDY: Os homens são tão ingênuos. Acredite. Eu preciso de rímel.
PAUL: Eu preciso de mais café. E você?
HILDY: Não. Provavelmente é a cafeína que está fazendo isso comigo.
PAUL: Eu gosto disso. Jerry! Dois refis quando você tiver um tempinho?
HILDY: Você vai se arrepender. Quer responder à próxima pergunta?
PAUL: Manda.
HILDY: É a última.
PAUL: Não. Ainda não fizemos a vinte e oito. Vamos responder a essa primeiro. Obrigado, Jerry.
HILDY: Para mim não, obrigada.
PAUL: Certeza?
HILDY: Tenho. Não é de cafeína que preciso para responder à vinte e oito. Preciso de álcool.
PAUL: Posso chamá-lo de volta? Jerry provavelmente tem uma garrafa embaixo do balcão...
HILDY: Não. Preciso encarar meus desafios de frente.
PAUL: Tudo bem. Vamos ouvir a pergunta, então.

PERGUNTA 28

HILDY: "Diga a seu parceiro do que você gosta nele; seja muito sincero, diga coisas que você talvez não dissesse a alguém que acabou de conhecer."

PAUL: Por que precisaria de álcool para responder? Você acabou de revelar todos os seus escândalos familiares.
HILDY: É diferente.
PAUL: Por quê?
HILDY: Sei lá. Você me rejeitar porque não gosta do que meus pais estão fazendo é uma coisa. Você me rejeitar depois de eu te dizer o quanto gosto de você, bem, levo para o lado pessoal. Tipo, vai ser minha essência que você vai rejeitar.
PAUL: Sua própria essência?
HILDY: Pare de tirar sarro de mim.
PAUL: Não estou tirando sarro. Você não tem o que temer. Vamos ouvir sua resposta.
HILDY: Você também precisa responder, você sabe.
PAUL: Sei como funciona. Quer que eu vá primeiro?
HILDY: Não. Não quero que você faça isso de novo, sua resposta vai ser tão boa que qualquer coisa que eu diga vai parecer estúpida.
PAUL: Quando eu fiz isso?
HILDY: Na pergunta terrível da lembrança.

HILDY: Ai, meu Deus. Ai, meu Deus. Ai, meu Deus.

PAUL: Você é inacreditável. Isso é que é competitividade.
HILDY: Não acredito que eu disse isso.
PAUL: Ei! Mãe morta vence de novo! Hurra para mim!
HILDY: Sinto muito. Obrigada por ter a decência de rir.
PAUL: Do que você está falando? Não é decência. Estou rindo porque é engraçado. E se eu tivesse permissão para responder à pergunta primeiro e não a arruinar para você, diria que essa é uma das coisas. Você é meio hilária. Lá no fundo. Eu não estou falando de frases engraçadas. Estou falando de sua essência. É uma grande bagunça extremamente nervosa.
HILDY: Isso realmente não soa como uma coisa boa. Essa é sua resposta?

PAUL: Não. Você primeiro. As coisas de que você gosta em mim são, três pontinhos...

HILDY: Tudo bem. Como você sem dúvida já deve saber, não sou a garota mais experiente do mundo, então foi fácil me balançar com coisas óbvias, mas...

PAUL: Que coisa óbvia?

HILDY: Não importa. Não temos que entrar nesse mérito.

PAUL: Sinto muito. Me dê o cartão. Não. A pergunta... Viu só? Bem aqui? "Diga a seu parceiro do que você gosta nele. Seja muito sincero..." Não tem essa história de escolher. Comece com as coisas óbvias.

HILDY: Não acredito que você fez isso.

PAUL: Honrar compromisso...

HILDY: Eu já te disse a maior parte.

HILDY: Não que você precisasse ouvir, claro.

PAUL: Vai logo.

HILDY: Você é um excelente desenhista. Você é esperto. Engraçado. Bonito. Na verdade, para ser muito sincera, incrivelmente bonito. Às vezes você fica tão bonito que é quase difícil olhar para você. Quando penso em você, tento não imaginar seu rosto, porque ele me distrai demais.

PAUL: Isso é bom?

HILDY: Não. Estritamente falando, em especial quando se tem que entregar, como eu tenho, trabalhos escolares ou se lembrar de desligar a água da banheira antes que transborde e inunde o chão inteiro.

PAUL: Mas fica tudo bem quando você não pensa em meu rosto?

HILDY: Muito bem.

PAUL: Em vez disso, em que você pensa?

HILDY: Pare.

PAUL: Viu? É o que eu quero dizer sobre a essência de você ser histérica. Você precisava ver a cor de seu pescoço agora.

HILDY: Por favor, pode calar a boca?
HILDY: Obrigada. O que eu ia dizer são aquelas coisas óbvias que resumem sua aparência. E eu admito que foi isso que me deixou atraída.
PAUL: Deixou?
HILDY: Ai, ai.
PAUL: "Seja muito sincera."
HILDY: Deixa. Mas... Bem, é como se o que vejo... exterior, digo... Fosse apenas o leão de chácara. Sabe, o cara arrogante, cheio de músculos, a piscada de olhos. Aquele que mantém todos afastados. O que eu realmente gosto em você é a outra pessoa. Aquela que o leão de chácara está tentando me impedir de ver.
PAUL: Isso está confuso.
HILDY: É uma metáfora.
PAUL: Não era o que eu esperava.
HILDY: Estou dizendo que sua personalidade externa é esse grande cara insolente, mas de quem eu realmente gosto é...
PAUL: O idiotinha choroso lá dentro.
HILDY: Isso. Ele é mais minha cara. Brad talvez encante mais as moças, mas...
PAUL: Quem é Brad?
HILDY: O leão de chácara.
PAUL: Ele tem nome?
HILDY: Acabei de lhe dar um.
PAUL: Ele não deveria ser Bob?
HILDY: É, eu acho que deveria. Mas aí o carinha choroso vai ser Paul. Está bem para você?
PAUL: Sou homem suficiente para aceitar.
HILDY: Enfim, é do Paul que eu gosto. O sensível. Aquele que diz a verdade, desenha, me dá uma segunda chance.
PAUL: Isso é bom.
HILDY: Aí está ele de novo.
PAUL: Não consigo me livrar dele. Deus sabe que tentei.
HILDY: Mas tenho que confessar uma coisa. Não terminei. Acho que esse cara choroso aí dentro gosta de mim também.
PAUL: Ah, é?

HILDY: É. Enquanto Bob estava mostrando seus músculos por aí e empurrando as multidões para longe, vi Paul batendo na janela, falando "Hildy, venha me buscar! Me salve!"
PAUL: A voz de Paul é tão aguda assim?
HILDY: Ele estava com medo de eu ir embora.
PAUL: Ele precisava de sua donzela com armadura brilhante para resgatá-lo?
HILDY: É. Mais ou menos.
PAUL: Não é muito viril.
HILDY: No sentido tradicional, não.
PAUL: Mas ainda assim você gostou dele?
HILDY: Gosto dele. Isso.
PAUL: Essa foi uma boa resposta. Mesmo que estranha.
HILDY: Obrigada.
HILDY: Tudo bem. Sua vez. Você também tem que começar com as coisas óbvias. E chega desse negócio de bagunça e gostosa. Fique com os elogios normais. As garotas adoram.

HILDY: Por que está demorando tanto?

HILDY: E por que está me olhando assim?
PAUL: Só saboreando o momento.
HILDY: Bem, não faça isso.
PAUL: Eu gosto disso em você. Você parece insegura no início, mas, de verdade, você é estranhamente confiante.
HILDY: Desculpe. Podemos parar por um momento? Nenhum de seus supostos elogios deve incluir a palavra "estranhamente" ou qualquer uma de suas variações. Meio que perde o efeito.
PAUL: Viu? É disso que estou falando. Você é inteligente, engraçada, sensível, blá-blá-blá.
HILDY: Não, blá-blá-blá também não.
PAUL: Não pense que eu acabei. Você é... Qual a palavra que estou procurando? Quando você enxerga as coisas? Quando você entende o que

realmente está acontecendo, mesmo que as coisas não pareçam o que são? Não é perspectiva...
HILDY: Perceptiva.
PAUL: Isso. E você também tem um bom vocabulário. E você é gostosa. E é bom conversar com você. Você escuta a gente.
HILDY: Eita. Espere. Volte um pouco. Gostosa? Eu.
PAUL: É. Você.
HILDY: Me fale sobre eu ser gostosa?
PAUL: Especificamente?
HILDY: É. Talvez eu precise dessa informação mais tarde.
PAUL: Os cabelos. Os lábios. Esses seus dedinhos magros. O pacote geral. Evan Keefe teve morte cerebral. Ou a morte de alguma outra parte.

PAUL: E o jeito que você fica vermelha.

HILDY: Ninguém nunca me disse algo assim antes, exceto talvez Max, mas ele é meu melhor amigo, e ele é gay, então, você sabe.
PAUL: Talvez você estivesse tão gostosa que tinham medo de falar.
HILDY: Agora você está brincando comigo.
PAUL: Gosto disso em você também. Você fica revoltada e indignada e tudo mais, mas por outro lado você ri de si mesma.
HILDY: Melhor que chorar. O que eu também faço.
PAUL: Disso eu não gosto muito.
HILDY: Fique com as coisas boas.
PAUL: Você é pura.
HILDY: Ai, meu Deus...
PAUL: O quê?
HILDY: É como se eu tivesse VIRGEM estampado na testa ou algo assim.
PAUL: VIRGEM GOSTOSA. Piscando.
HILDY: O que é pior. Parece programa de TV a cabo no qual a gente tropeça três horas da manhã.
PAUL: Não foi isso que eu quis dizer com pura. Eu quis dizer...

HILDY: Sim?
PAUL: Sei lá. Pura. Como se diz. Você não é o mal.

PAUL: É um elogio.
HILDY: Entendi. Só que não captei muito bem.
PAUL: Nem eu, exatamente. Você é meio que o mesmo que seu cabelo ou sua pele ou seus cílios sem rímel. Você é exatamente como você deveria ser. Apesar de tudo.

PAUL: Desculpe. Risque a parte do "apesar de tudo". Você é pura.
HILDY: Obrigada.
PAUL: É isso que eu quero dizer.

PERGUNTA 36

HILDY: Esta é a última pergunta.
PAUL: Então, o que acontece?
HILDY: Sei lá. Pegamos nossos quarenta dólares e depois vemos no que dá, acho.
PAUL: Quarenta dólares. É um terço do custo de seu peixe. Tanto trabalho para uma recompensa tão pequena.
HILDY: Ninguém prometeu recompensa. Pelo que me lembro, Jeff disse que estavam apenas tentando ver se poderiam "facilitar" um relacionamento.
PAUL: Quê?
HILDY: "Facilitar um relacionamento." Eles não prometeram que nos apaixonaríamos ou mesmo que gostaríamos um do outro.
PAUL: Do que você está falando?
HILDY: Do objetivo do estudo.
PAUL: É disso que se trata? Ninguém me disse isso.

HILDY: Por que você estava fazendo isso, então?
PAUL: Pelos quarenta dólares.
HILDY: Ai, meu Deus. Que casal. Você não se importava com o porquê, e eu não me importava com quanto... Você está bem?
PAUL: Estou um pouco atordoado. É como controle da mente ou algo assim.
HILDY: Quer dizer que, se me visse na rua, não teria pensado naturalmente em quanto eu era gostosa e pura.
PAUL: Não, eu ia, mas...
HILDY: Então, do que você está reclamando, então... Vou fazer a última pergunta.
PAUL: Isso pede um rufar de tambores.
HILDY: Obrigada. Tudo bem. Aí vai: "*Conte um problema pessoal e peça um conselho a seu parceiro/sua parceira sobre como ele ou ela poderia lidar com ele. Peça também a seu parceiro/sua parceira que reflita sobre como você parece estar se sentindo com relação ao problema que escolheu.*"
Não tenho a menor ideia do que significa a segunda parte. Mas tenho um problema pessoal para compartilhar.
PAUL: Vá em frente.
HILDY: E sei que provavelmente não é tão grande quanto o seu.
PAUL: Não é uma competição, lembra?
HILDY: Certo.

HILDY: Não sei como vou enfrentar meus pais. Quero dizer, como respeitá-los novamente. Minha mãe traiu meu pai e deixou que ele criasse o filho de outra pessoa. Meu pai criou o filho e o amava, mas não foi homem suficiente para ir além do fato de que Gabe não era dele. Eu não os admiro mais e não sei o que fazer.
PAUL: Provavelmente sou a pessoa errada para se perguntar sobre problemas com os pais.
HILDY: Você é a única pessoa que tenho no momento. Tente.
PAUL: Olhe só. Minha mãe não conseguia manter um emprego. Também não conseguia manter um homem ou um amigo. Não fez nada com seus

talentos. Ela estava bem desesperançada. Mas eu a amava e também a respeitava, pelo menos na maioria das vezes. Ela ferrava tudo, mas continuava tentando, falhando e voltando a tentar. Não sei se a gente pode esperar mais que isso das pessoas. E, caramba, quero dizer, seus pais, sim, eles cagaram dessa vez, mas olhe para as outras coisas que fizeram. A casa, a carreira, a família.
E Gabe, aquela pessoa por quem você morreria? Eles o fizeram também, seja com o esperma de seu pai ou não.

HILDY: Por favor, tente evitar dizer "o esperma de seu pai" de agora em diante.

PAUL: Desculpe. De qualquer forma, o que quero dizer é que foi seu pai quem o criou. Ele fez Gabe quem ele é. E, se estivesse no lugar dele, imagine o quanto ficaria puta. O garoto por quem ele é louco nem dele é. Dê um tempo para o cara. Ele precisa de um tempo para superar.

HILDY: E minha mãe? Foi ela quem começou tudo isso.

PAUL: Então? Talvez tenha ficado bêbada uma noite e fez uma coisa louca. As pessoas fazem essas coisas. Ou talvez seu pai fosse um idiota. Ou Rich Sei-lá-Qual-Sobrenome era seu verdadeiro amor, mas ela decidiu ficar com seu pai pelo bem da família. Você não tem ideia. Ela também merece um tempo. Não esqueça, foi ela quem te trouxe os sapatos de Milão.

HILDY: Mais fácil falar que fazer.

PAUL: Vá se acostumando.

HILDY: Preciso de sorvete.

PAUL: Com esse frio?

HILDY: Facilita a aceitar notícias deprimentes.

PAUL: O cardápio diz baunilha ou chocolate.

HILDY: Jerry! Uma tigela de sorvete de chocolate, por favor.

PAUL: Uma mulher que sabe o que quer. Também gosto disso.

HILDY: Qual é o problema pessoal com o qual você precisa de ajuda?

PAUL: É pequeno. Quero dizer, pelo menos se comparado ao seu.

HILDY: Ei! Parece que finalmente vou vencer.

PAUL: Pequeno, mas cruel.

HILDY: Você só vai dar uma aumentada para me impedir de marcar pontos.

PAUL: Não. É real.

HILDY: Tudo bem. Vamos ouvir.

PAUL: Vai ser mais difícil do que eu pensei que seria.

HILDY: Você está me deixando nervosa.

PAUL: Lá vem Jerry.
HILDY: Ai, sorvete. E duas colheres! Perfeito. Muito obrigada. Aqui... Sirva-se.

PAUL: O sorvete não vai me ajudar.
HILDY: Então, diga logo. Coloque para fora.

PAUL: Preciso que você me ajude a descobrir qual deve ser meu próximo passo.
HILDY: Sobre o quê?
PAUL: Sobre você.

HILDY: Eu?
PAUL: Você.

PAUL: Você me deixou com um tipo de problema.

HILDY: Que é?
PAUL: Em geral eu não conheço tão bem as garotas antes do, hum, próximo passo.

HILDY: Qual o próximo passo?
PAUL: Bem, para começar, eu acho, o beijo.

HILDY: Isso é ruim?
PAUL: É.

HILDY: Por quê?
PAUL: Pode virar uma bagunça.
HILDY: Bagunça? Você baba?
PAUL: Rá. Rá.
HILDY: Desculpe. Piada idiota. Nem sei por que eu disse isso.
PAUL: Você está nervosa.
HILDY: É.
PAUL: Eu também.
HILDY: O que você quer dizer com bagunça?
PAUL: Sei lá. Bagunça na cabeça ou no coração ou sei lá. Geralmente eu posso me afastar e pronto. Mas desta vez não posso.

PAUL: E não gosto disso.

HILDY: Então, o que você vai fazer?

PAUL: Situação clássica da cruz e da caldeirinha. Posso ir embora e ser infeliz ou ficar e algo pior pode acontecer. Você precisa me dizer o que fazer.

PAUL: A culpa é sua. Não deveria ter jogado aquele peixe em mim.

PAUL: Você não está tomando seu sorvete.

PAUL: Ele vai derreter.

HILDY: Acho que você deveria ficar.
PAUL: E depois?
HILDY: Como é que eu vou saber?

PAUL: É tudo o que você vai dizer?
HILDY: É.
PAUL: Você não é assim.
HILDY: Eu sei. Mas o que mais posso dizer? Pensei que você fosse corajoso. Então, seja corajoso.

HILDY: E eu vou tentar ser também.

PAUL: Tudo bem. Bem, está resolvido. Então, terminamos com as perguntas?

HILDY: Não. Tem mais uma coisa. Devemos olhar nos olhos um do outro por quatro minutos sem falar.
PAUL: Tá de sacanagem.
HILDY: É o que diz aqui. *Os participantes devem...* Ei! O que aconteceu?
PAUL: Acabou a energia. A tempestade, eu acho...
HILDY: Ai, meu Deus. Está tão escuro.
PAUL: Perfeito. Não será tão estranho olhar nos olhos um do outro.
JERRY: Bem, é isso, pessoal! Hora de dar no pé! Não precisam ir para casa, mas não podem ficar aqui. Por favor, deixem mais ou menos o que consumiram na mesa, a gente acerta outro dia. Agasalhem-se bem, pessoal. O tempo está feio lá fora.

CAPÍTULO 23

Antes de comprar seu táxi, Lloyd Meisener era um veterano da Marinha. Havia perambulado de um lado para o outro no Atlântico Norte muitas vezes, em navios que não eram muito melhores que latas velhas. Agora, ficava louco com o jeito como uma nevezinha fazia as pessoas fugirem assustadas.

Ah, sim. Melhor para ele. Sempre fazia uma bolada em noites de tempestade.

Estava ocupado, então só percebeu que algo havia sido deixado no carro depois das dez. Estava levando uma enfermeira ao hospital para o turno da noite, e ela encontrou o peixe no banco de trás. Demorou um tempo até descobrir de que passageiro era e onde ele os havia deixado. Eram quase dez quando ele voltou ao Cousin's.

Não achava que os encontraria. North End inteiro estava um breu. O rádio dizia que um motorista de limpa-neve tinha perdido o controle e derrubado um poste de energia. Lloyd foi lá de qualquer jeito. Se não encontrasse o jovem casal, sem dúvida conseguiria pegar outra corrida.

Ele virou na Hammond Drive. Não conseguia se lembrar da última vez que tinha visto as luzes do Cousin's apagadas. Nem teria desacelerado se os faróis não tivessem batido em duas pessoas paradas na frente do restaurante. Teve certeza de que eram o rapaz e a garota que estava procurando. (Tinha orgulho de sua memória. Tivera clientes caloteiros suficientes para sempre manter um bom registro mental dos passageiros). Estava prestes a encostar no meio-fio e buzinar, mas alguma coisa o impediu. Estavam ali, em pé, tão quietos. Os braços do menino estavam encaixados nas mangas do casaco da menina, como se ele estivesse segurando os cotovelos dela com as mãos. Estavam fitando os olhos um do outro.

Lloyd resolveu esperar. Tinha suas regras no carro (a de número três era evitar as DPA, demonstrações públicas de afeto), mas isso não significava que fosse puritano. Apoiava muito o amor da juventude. Era um grande fã. Também já tinha sido jovem. Tinha uma foto de Donna presa ao quebra-

-sol. Foi tirada em 1974. Um estranho talvez não a reconhecesse na rua hoje, mas, pelo que ele sabia, ainda era a garota com quem Lloyd ia para a cama todas as noites.

Ele decidiu que esperaria que se beijassem, então daria um tempo respeitável e tocaria a buzina. A última coisa que queria era ficar com uma porcaria de um peixe, e ele não era do tipo que jogava peixes na privada. Tinha ouvido muitas histórias de terror sobre o que estava surgindo no porto.

Ele esperou.

Vá em frente, filho, pensou. Em sua época, ele já estaria a meio caminho da pegação. Mas o menino continuou olhando a garota, hipnotizado, até que finalmente ambos sorriram. Na verdade, gargalharam. Então, o menino tirou os braços das mangas e passou um ao redor do pescoço da garota, e outro em volta da cintura, puxou-a para perto, e eles se beijaram.

Lloyd sorriu e desviou o olhar. Amor. Fazia bem ao coração.

Ele ficou lá sentado, olhando para o outro lado e ouvindo a rádio Country 101 FM por meia hora, até que buzinou.

AGRADECIMENTOS

A primeiríssima coisa que devo reconhecer é bem óbvia: claramente não tenho conhecimentos prévios de psicologia.

Zero.

Nenhum.

Nem um único curso de nível de graduação, ou ao menos nenhum no qual consegui ficar acordada.

Por isso, me faltam os instrumentos mentais necessários para processar os resultados do estudo feito em 1997 por Arthur Aron, "A geração experimental da proximidade interpessoal". Contudo, reconheço a ideia para uma boa história quando vejo uma. Então, em primeiro lugar, quero agradecer muito, muito ao Dr. Aron e a sua equipe por inspirar este trabalho de ficção — e peço muitas desculpas por tudo o que errei.

Obrigada, também a Jean H. H. Richardson, cobaia extraordinária. Seu apetite por botas caras e *bière* barata fez com que ela se tornasse objeto de pesquisa regular de sondagem na Universidade McGill. Às vezes ela me falava sobre os experimentos, ou ao menos sobre os gatinhos que os conduziam, e daí surgiu outra ideia. (Isso não é suficiente para qualificá-la a receber parte dos direitos autorais, mas foi uma bela tentativa de qualquer jeito).

Adrienne Szpyrka é uma editora fabulosa. Tão boa, na verdade, que, como sinal de minha gratidão, gostaria de propor *szpyrkar* como um verbo que significa "encorajar de forma suave e habilidosa uma pessoa a escrever uma história mais divertida, mais clara e mais emocionante". Com isso eu quero simplesmente homenagear as habilidades incríveis de editora de Adrienne.

Não tem absolutamente nada a ver com o fato de que *szpyrkar* seria a melhor palavra para jogos de palavras cruzadas, como o *Scrabble*.

Agradeço, também, à magnífica Fiona Kenshole. Não é um exagero dizer que minha vida mudou para melhor desde que ela se tornou minha agente. Fez diferença ter seu entusiasmo, experiência e obstinação a meu lado. Ela devolveu a diversão para minha escrita, vendeu meu livro ao redor do mundo e também me deu algumas dicas de como cuidar do cabelo. O que mais eu poderia querer de uma agente?

Minha turma de amigas também não podia passar sem ser mencionada. Amigas da vizinhança, amigas do ensino médio, parceiras de carteado, amigas de clube de leitura, colegas de trabalho: ano após ano, elas aparecem para tomar um vinho ruim, comer petiscos murchos e também para outro livro. Riem de minhas piadas, me animam e enchem seus filhos, parentes e conhecidos com "o último da Vicki Grant". Devo muito a elas. Continuem agradando seus bebês no Natal, garotas!

E por último, mas não menos importante, minha família engraçada, inteligente, linda, gentil e insubstituível. Eles sabem minha resposta à Pergunta 9 sem nem precisar perguntar; e também sabem que simplesmente pensar nisso fez com que meu rosto ficasse coberto com uma torrente imensa de lágrimas reais, não apenas um "derramamento".

Este livro foi composto na tipologia Minion Pro,
em corpo 11/14,7, e impresso em papel offwhite,
no Sistema Cameron da Divisão Gráfica
da Distribuidora Record.